Meine vertauschten Brüder

von
Anton Dellinger

Verlag: BoD · Books on Demand GmbH,
Überseering 33, 22297 Hamburg, bod@bod.de
Druck: Libri Plureos GmbH,
Friedensallee 273, 22763 Hamburg
ISBN: 978-3-7597-9390-4

Meine vertauschten Brüder

Ein historischer Roman von

Anton Dellinger

Backlynn Castle, England, anno 1870. Auf dem Sterbebett offenbart die Haushälterin Anne ein dunkles Geheimnis: Cyrus, der Bruder der adligen Florence, ist nur ihr Halbbruder und damit nicht rechtmäßiger Erbe der Adelsfamilie Skinnerpick. Vor 23 Jahren hatte Anne das Kind von Lady Miriam mit ihrem eigenen Enkel vertauscht. Denn der Vater von Florence hatte Annes Tochter Kate Gewalt angetan, und Kate starb bei der Geburt. Die bis dahin hinter einem Netz aus Lügen verborgende Wahrheit droht, die Familie zu zerstören. Florence steht vor einer schweren Entscheidung: Soll sie das Geheimnis bewahren oder die Wahrheit ans Licht bringen? Was ist mit dem vertauschten Kind, dem rechtmäßigen Erben, geschehen?

Copyright © 2024 Anton Dellinger,
Kirchhohl 3, 56179 Vallendar; Fon 015679106286.
All rights reserved,
mail: anton.dellinger@gmx.net

Titelbild: KI
Lektorat: H. Schalla

Für Heidi und meine Kinder.

Inhalt

Prolog

»So, jetzt wird dein Vater sich um dich kümmern«, flüsterte die Frau, küsste den Säugling in ihrem Arm zärtlich und legte ihn vorsichtig ins Bett neben die schlafende Amme, ihre Schwester. Er trug jetzt den seidenen Schlafrock mit dem aufgenähten ›S‹, den sie dem Still-Baby der Amme ausgezogen hatte. Auch das Armbändchen mit dem gleichen Zeichen hatte sie ihm abgenommen und dem mitgebrachten Säugling übergestreift. Die Frau war erleichtert, die beiden Babys waren beim Kleidertausch nicht aufgewacht, hatten nur kurz gequengelt. Sie hob das Still-Baby behutsam hoch, wickelte es in ein mitgebrachtes Tuch und verschwand leise aus dem Zimmer.

Es ist fast geschafft, Euer Lordschaft, dachte sie und ein grimmiges Lächeln huschte über ihr Gesicht. *Danke, Schwester, dass du den Tee ganz ausgetrunken hast. Schlaf nicht zu lange, der Kleine wird bald Hunger haben.*

Die Nacht war kalt, der Wind pfiff von der Küste her wie immer im Februar. Die Frau verfiel trotz des Kindes im Arm in Laufschritt. Sie achtete dabei auf den Weg, so gut sie im fahlen Mondlicht konnte.

Jetzt zu stürzen, wäre das Schlechteste, was passieren könnte, so kurz vor dem Ziel.

Lady Miriam, die junge Gemahlin des Lords, selbst in Umständen, hatte es als Erste bemerkt. Kate, die fünfzehn Jahre alte Tochter der Frau, war schwanger. Hurerei in der Dienerschaft duldete die Lady nicht. Ohne ein weiteres Wort wies sie die Hausdame an, Kate vor die Tür zu setzen. Kate hatte ihrer Mutter unter Tränen erzählt, was ihr vier Monate vorher widerfahren war. Im Bad des Dienstbotenflügels hatte sie der angetrunkene Lord überrascht und sich an ihr vergangen. Die Frau wusste, Kate war chancenlos, es hing vom Sinn des Hausherrn ab, was mit ihr geschah. Die schwangere Lady hatte rigoros jede Diskussion erstickt. Sie hatte gedroht, ihre Mutter auch hinauszuwerfen, wenn Kate dem Friedensrichter oder jemand anderem den Lord als Vater nennen würde. Wenn sie keinen Mann fände, drohte Kate bittere Armut oder Prostitution. Das Kind – es würde kaum bessere Chancen haben.

Grimmig erinnerte die Frau sich, wie der Lord sie hämisch ausgelacht hatte, als sie wegen Kate nachfragte. Aber er hatte sie nicht rausgeworfen wie ihre Tochter. Sie blieb als langjährige Köchin beim Personal von Backlynn-Castle. Als dann ihre Schwester, die einen eigenen Säugling versorgte, wegen der bekannten Qualität ihrer Milch, als Amme für den künftigen Nachwuchs von Lord und Lady Skinnerpick ausgewählt wurde, witterte sie ihre Chance.

Sie pflegte gemeinsam mit ihrer Tochter ihre Wut und den Wunsch nach Rache. Viele Unwägbarkeiten fügten sich wie von göttlicher Hand geführt zusammen. Jetzt hatte sie ihren Plan fast ausgeführt.

Eine dreiviertel Stunde später erreichte sie ihr Ziel und legte das Bündel mit dem tief schlafenden Kind auf die Schwelle des Pfarrhauses von Nailsea. Sie klopfte an die Tür und rannte los. Sie musste sich beeilen, um rechtzeitig vor dem Wecken zurück in ihrem Zimmer im Dienstbotenflügel von Backlynn-Castle zu sein.

Kate war bei der Geburt gestorben. »Sie war zu jung«, hatte der Doktor gesagt. Der Schmerz über ihren Tod hatte die Frau fast umgebracht.

Für Kate und ihren Sohn hatte die Frau es getan.

***

Das Erbe

»Du willst doch nicht etwa behaupten, dass das gerecht ist?«, ereiferte ich mich, Lady Florence Skinnerpick, und hielt meinem Verlobten, Lord Walter Lace, Baronet of Rixom, eine Zeitungsseite der Bristol Times and Mirror entgegen. »Kein Abschluss in Medizin für Frauen« hieß es da.

»Und das im Jahre 1870. Als ob Frauen dümmer wären als Männer. Und das ganze Land wird von einer Frau regiert«, fuhr ich fort.

»Regiert wird das Land vom Parlament, Liebling«, entgegnete Walter, »vergiss das bitte nicht.«

»Regieren kann man das nicht nennen. Schau das Gesetz gegen übertragbare Krankheiten, im Volksmund Geschlechtskrankheitengesetz an. Vielleicht gut gemeint, aber schlecht gemacht. Und warum? Weil wieder die Frauen an allem schuld sein sollen. Als wenn Männer, die zu Prostituierten gehen, nicht die Wurzel des Übels wären … und die Armut im Lande natürlich.«

»Männer sind schon in der Bibel zu …«, begann Walter.

Ich merkte, wie mir das Blut ins Gesicht stieg. »Nun verteidige bloß nicht diese schreiende Ungerechtigkeit. Wer sich als Frau zwei Meilen im Umkreis einer Garnison der Rotröcke aufhält, wird automatisch zur Hure gemacht und behandelt wie ein Stück Tier – von männlichen Ärzten. Cyrus hat es mir selbst erzählt.«

»Ja, dein Bruder, der Lieutnant, erlebt es hautnah mit. Aber es … es gibt ja keine weiblichen ….«

»Ha! Hab ich dich! Lass sie doch Doktor werden. Das Gesetz ist dann nicht besser, aber die Frauen werden weniger erniedrigt.«

»Reg dich doch nicht so auf. Bisher wolltest du nur eine Mädchenschule gründen, willst du jetzt plötzlich Ärztin werden?«

»Nein, aber ich fühle mit meinen Geschlechtsgenossinnen.«

»Das ehrt dich. Vielleicht liest du die falsche Zeitung?«

»Du willst gar nicht wissen, welche Zeitungen ich noch lese.« Ich griff hinter mich auf meinen Schreibtisch, hob einen Zeitungsausschnitt hoch. »Hier. Hör mal zu. Das schreibt eine Reporterin – ja es gibt welche – aus einem Gerichtssaal in London. Eine Prostituierte sagt das: ›Es sind Männer, nur Männer, vom ersten bis zum letzten, mit denen wir zu tun haben! Um einem Mann zu gefallen, habe ich zuerst Unrecht getan, dann wurde ich von Mann zu Mann herumgeschleudert. Die Männerpolizei legt Hand an uns. Von Männern werden wir untersucht, behandelt, verarztet. Im Krankenhaus ist es wieder ein Mann, der für uns das Gebet spricht und die Bibel liest. Wir werden vor einen Richter gestellt, der ein Mann ist, und wir kommen nie aus den Händen von Männern heraus, bis wir sterben.‹ Was sagst du dazu, Walter?«

Walter schluckte, aber bevor er etwas sagen konnte, legte ich nach:»Wir sind am Anfang einer neuen Zeit, in der Frauen Rechte haben werden. Ich mag gar nicht daran denken, dass ich gesetzlich dir gehöre, wenn wir heiraten. Mein Besitz, sogar meine Kinder gehören dir ... Vielleicht überlege ich es mir noch einmal.«

Walter trat an mich heran, umarmte mich.

»Florence, Liebling. Ja, die Welt ist nicht überall gut, sogar in England nicht. Aber das hat doch nichts mit uns zu tun. Ich liebe dich und werde dich immer auf Händen tragen.«

Ich ließ den Zeitungsausschnitt sinken, erwiderte zögernd die Umarmung und sagte:»Es macht mich krank, wenn ich so etwas lese. Ja, was ist?«

Die Zofe von Lady Miriam, meiner Mutter, stand in der Tür.

»Mylady, Doktor Myers bittet Euch ins Krankenzimmer. Anne möchte Euch sprechen.«

»Ich komme«, antwortete ich und löste mich von Walter.

Ich eilte durch den langen Gang in den Dienstbotenbereich des Schlosses bis zum Zimmer, in dem Anne, die langjährige Haushälterin der Skinnerpicks im Sterben lag. Ich liebte Anne, seit ich denken konnte. Die bescheidene schottische Dienerin war als junge Frau vor fast 40 Jahren in den Dienst meiner Eltern gekommen und geblieben. Zuerst als Köchin später dann als Haushälterin. Mein älterer Bruder Cyrus und ich waren mehr von ihr erzogen worden als von unserer Mutter. War ja auch kein Wunder gewesen. Als mein Bruder und ich klein waren, sahen uns meine Eltern höchstens eine Stunde am Abend. Die restliche Zeit kümmerte sich das Personal um uns. Am meisten eben Anne, der es heute so schlecht ging.

Ach, Anne, dachte ich, du hast mir so viele Dinge beigebracht oder erklärt; mehr als Mutter oder Vater: die erste Spur eines Hasen im Schnee; das erste Vogelnest; das erste Blatt im Herbst hast du mir gezeigt; das erste Kinderlied mit mir gesungen; mir das Zählen beigebracht, lange bevor der Hauslehrer es tat; die erste Schlittenfahrt haben Cyrus und ich mir dir gemacht; du hast mir meinen Schrecken genommen, als ich morgens mit Blut zwischen den Beinen im Bett aufgewacht war und so vieles mehr, an das ich mich gar nicht mehr erinnere. Du warst so klug für eine Frau aus der Unterschicht. Ich habe dich heimlich mit Büchern aus Vaters Bibliothek versorgt, als ich alt genug war zu verstehen, wie wertvoll Bücher für dich waren. Es ist so traurig, dass du im Sterben liegst ....

Sie hatte keine Familie außer einer Schwester, die mittlerweile verstorben war, und lebte nur für den Skinnerpick-Haushalt und uns, die Kinder. Vor allem Cyrus, den vergötterte sie so sehr, dass ich manchmal eifersüchtig gewesen bin.

Der Arzt verbeugte sich, als ich ins Zimmer trat, und sagte ernst: »Alles unverändert, Mylady. Sie möchte Euch sprechen. Ich gehe so lange in die Bibliothek, wenn ich darf.«

Unser Hausarzt wühlte gern in Vaters Büchern. Ich nickte, setzte mich auf einen Stuhl neben dem Bett und fasste die kraftlose Hand der Kranken. Über ihr bleiches, eingefallenes Gesicht huschte ein Lächeln und sie streichelte mir über den Handrücken.

»Flory, Liebes«, sagte sie. Anne nannte mich so, wenn niemand sonst dabei war, und sie durfte Cyrus und mich duzen. »Ich freue mich, dass du gekommen bist.«

»Ist doch selbstverständlich, Anne. Kann ich etwas für dich tun?«

Wenn wir doch nur etwas für sie tun könnten. Doktor Myers hatte keine Hoffnung mehr für sie, die Lungenentzündung war zu weit fortgeschritten. Die Medizin half nicht. Sie konnte kaum noch sprechen. Ich beugte mich nah zu ihr, damit ich ihr Flüstern verstehen konnte.

»Du sollst dir anhören, was ich zu sagen habe. Sonst kann ich es niemand in dieser Familie erzählen.«

Es klopfte leise an der Tür. Bruder Cyrus steckte seinen Kopf ins Zimmer.

»Lass mich bitte allein mit Anne«, sagte ich. »Sie hat etwas für mich.«

»In Ordnung« antwortete Cyrus. »Geht es dir so weit gut, Anne?«

»Es geht mit mir zu Ende, Cyrus. Schau mich doch an …«

»Ich gehe, aber ich werde für dich beten.«

»Danke«, hauchte Anne und versuchte, zu lächeln und sich aufzurichten. Ich schob sie sanft zurück ins Kissen.

»Ich versteh dich gut. Was hast du zu erzählen?«

Anne schluchzte auf und drückte meine Hand ganz fest.

»Ich vertraue dir, weil du die Vernünftigste in dieser Familie bist. Ich darf das sagen, auch wenn es mir nicht zusteht, und jetzt ist eh bald alles egal.«

Es gab einen Stich in meiner Brust. »Das darfst du nicht sagen, Anne.«

»Ich weiß, wie es um mich steht, ich fühle das Ende kommen. Deshalb muss ich mit dir sprechen.« Sie griff in die Schublade des Nachtschränkchens neben sich und zog einen Umschlag heraus. »Ich habe alles für deine Mutter aufgeschrieben, Flory. Nimm und mach damit, was du für richtig hältst.«

Dann begann sie stockend zu erzählen.

***

Lord Arthur Skinnerpick, Earl of Backlynn, legte seinem Sohn Lord Cyrus Skinnerpick, Viscount of Backlynn, die Hand auf die Schulter und zeichnete mit der anderen Hand die Horizontlinie nach. »Dort, wo du die Spitze des Kirchleins von Nailsea siehst, verläuft nicht weit davon die Grenze des Besitzes, der einmal dir gehören wird, Cyrus. Seit etwa dreihundert Jahren gehört das Land den Skinnerpicks.«

»Ich weiß, Vater. Warum sagst du das?«

Was will er von mir?, fragte Cyrus sich.

»Wenn wir um die Zinne herumgehen und zur anderen Seite schauen, ist es genauso weit bis zur Südgrenze, und zur West- und Ostseite auch. Skinnerpick-Land ähnelt einem Quadrat, wenn man wie ein Vogel drauf sieht. Jede Seite achteinhalb Meilen lang, eine davon schräg. Die

Dörfer Nailsea und Chelvey liegen mittendrin.«

»Zwei Dörfer und über 1500 Menschen, die da leben und für uns arbeiten. Das weiß ich doch. Was willst du von mir, Vater?«

»Ich will, dass dir immer bewusst ist, welch große Verantwortung einmal auf deinen Schultern liegen wird.«

»Das ist mir klar, Vater.«

Lord Arthur wollte nicht aufhören und fuhr fort. »Wir stehen hier auf dem Nordturm, vor dem großen Giebel des Mittelgebäudes, den wir erst letztes Jahr erneuern mussten. Auch englischer Sandstein hält nicht ewig, leider. Unser Castle ist 270 Jahre alt, mit in allen Nebengebäuden nach hinten raus insgesamt 62 Räumen, davon 20 für die Dienstboten, 9 Ställen und einer Garten- und Parkanlage, die ihresgleichen sucht. Mein Großvater hatte einen italienischen Gärtner, der unsere wunderbare Flusslandschaft gestaltet hat. Die Queen ist schon hier gewesen, um sie zu bewundern, wie du weißt.«

Ihre Kutsche hatte eine Panne in der Nähe. Man musste sie zur Reparatur herholen und die Queen hat die Gelegenheit genutzt, sich die Beine zu vertreten. Extra wegen des Gartens ist sie nicht gekommen.

»Garten und Park ziehen sogar Forscher an. Deine Mutter und deine Schwester überlegen, ob wir alle Pflanzen und Bäume systematisch erfassen sollten. Schildchen dran machen oder so, um die Wissenschaft zu unterstützen.«

»Weil dein Großvater alle möglichen Bäumchen aus der ganzen Welt zusammen gesammelt und hier angepflanzt hat. Das hat er mir noch selbst erzählt.«

»Ja, er war ein Sammler und Kunstkenner. Unser

Renaissance-Salon mit seinen italienischen Schnitzereien und der venezianischen Decke ist ein Beispiel, das mir sofort einfällt. Oder die Eingangshalle mit den barocken Marmorsäulen. Und die anderen Prunkgemächer aus der 17. Jahrhundert voller Fresken, Gemälden und Statuen. Nicht einer der Kamine gleicht dem andern. Nicht zu vergessen die gusseisernen Fensterrahmen nach Süden hin.«

Was will er denn nur? Warum erzählt er mir, was ich doch alles schon weiß?

»Dazu kommt noch, dass den Skinnerpicks eine Silbermine, eine Kupfermine und eine Kupferhütte gehören und ich sie mit drei Verwaltern betreibe. Über 500 Arbeiter verdienen ihr Brot durch uns.«

Lord Arthur drehte Cyrus zu sich, ließ die Hand auf seiner Schulter und schaute ihm tief in die Augen. »Ich bin mir nicht sicher, ob du dich ausreichend auf all das vorbereitest, Cyrus. Du hast das Internat verlassen müssen, weil du dich nicht beherrschen konntest. Der Headmaster war mit noch so viel Geld nicht bereit, dich zu behalten. Dein Studium hast du nicht allzu ernst genommen. Der Dekan hat mir sehr deutlich nahe gelegt, dass er es nicht schaffen würde, einen wahren Gentleman aus dir zu machen, geschweige denn einen wissenschaftlich gebildeten Zeitgenossen. Er hat gewarnt, dass du schlechten Umgang hättest und mir eindringlich empfohlen, dich aus Cambridge zu holen … Vor allem dieser Esquire Hendrik Skull …«

Hendrik, mein bester Freund …

Cyrus schüttelte die Hand ab. »Ich weiß. Dann hast du

mir ein Lieutnantspatent im 13. Regiment gekauft und jetzt bin ich schon zwei Jahre Offizier, und Colonel Strongbook ist zufrieden mit mir.«

»Das freut mich für dich, Sohn. Du scheinst etwas gefunden zu haben, das dir guttut. Aber du musst etwas finden, das uns auch guttut, deiner Mutter und mir, dem Geschlecht der Skinnerpicks ...«

»Was?«

»Du brauchst eine Frau.« Lord Arthur seufzte. »Du bist jetzt bald 24 Jahre alt. Du wirst den Namen Skinnerpick erhalten, nicht Florence, deine Schwester. Das weißt du. Mutter wünscht sich so sehr einen Enkel und ich ebenso.«

Cyrus sah seinen Vater mit großen Augen an und schwieg.

»Kümmere dich darum, Cyrus, sonst kümmere ich mich oder deine Mutter.«

***

Cyrus hörte auf seine zwei Jahre jüngere Schwester, denn sie wirkte ernst und bestimmt, als sie ihn wegschickte. Beten wollte er nicht wirklich für Anne, so wichtig waren ihm Glaubensdinge nicht. Florence würde ihm später erzählen, worum es gegangen war. Aber, wenn er schon im Dienstbotenflügel war, konnte er hindurchgehen zu den Ställen und bei den Stallburschen vorbeischauen, ob der Einspänner bereitstand, den er am Nachmittag für einen Ausflug an die Küste nutzen wollte. Er liebte es, selbst zu fahren – nicht mit den Vorgaben des Vaters, der den Kutschern keine schnellere Fahrt als 5 Meilen pro Stunde zugestand. Allein würde er den Pferden mehr abverlangen, denn so geringe Geschwindigkeiten machen Pferde faul und träge. Davon war er überzeugt, wie alle Kameraden im Regiment.

Die Stallburschen, zwei Iren, flegelten vor den Kutschen im Stroh, als Cyrus dazu trat. »Ich glaube, ich sehe nicht recht!«, herrschte er sie an. »Ist der Einspänner fertig? Wenn ihr nicht sofort an die Arbeit geht, fliegt ihr!«

Die beiden sprangen auf, zogen ihre Mützen vom Kopf, klopften das Stroh von den Hosen und Jacken und verbeugten sich tief. »Mylord, wir sind fertig, der Einspänner ist bereit. Ihr Pferd ist gestriegelt und eingespannt ...«

»Und warum sehe ich nichts?«

»Die Kutsche steht hinter dem Haus, am Ausgang zum Park, damit Ihr es bequem habt, Mylord. Kein Kutscher, wie Ihr es wünscht.«

Stimmt, das sollten sie so tun ..., dachte Cyrus.

»Und dann gebt ihr euch dem Müßiggang hin. Gibt es sonst nichts zu tun? Soll ich euch zeigen, wo die Arbeit sich versteckt?«, bellte Cyrus sie an, obwohl er innerlich etwas besänftigt war.

Die Stallburschen verschwanden nach einem weiteren Bückling in den Ställen, und Cyrus schlenderte ums Haus, wo die Kutsche auf ihn wartete.

Der Rappe Glorious, sein Lieblingspferd, wartete in seinem glänzenden Kumtgeschirr aus rotem Leder auf ihn. Glorious war ein Hackney; der Großvater hatte diese Rasse bevorzugt. Hackneys waren vielseitig, man konnte sie vor eine leichte Kutsche spannen oder auch reiten. Glorious hatte eine breite und gut ausgeprägte Brust und einen wohlgeformten Kopf mit ausdrucksstarken Augen und Ohren. Der Einspänner war der Stolz von Cyrus, weil er ihn eigenhändig in London bei einem berühmten Kutschenmacher gekauft hatte. Die Coachmaker in Bristol konnten den Londoner Kollegen nicht das Wasser reichen, die dafür aber auch ihre Preise nahmen. Die hohen, gelben Räder mit Holzspeichen waren innen ebenfalls rot lackiert und schimmerten im Sonnenlicht. Cyrus prüfte, ob das Geschirr nicht zu fest verschnallt war. Das würde das Pferd behindern, wenn er es in offenem Gelände fordern würde. Cyrus wischte über den gepolsterten Sitz des Fahrzeugs. Die Tasche mit dem Proviant, eine Flasche Wasser, ein Sandwich und eine Flasche Sherry stand im Fußraum. Alles bestens. Cyrus war zufrieden und tätschelte das Pferd. »Na, freust du dich schon auf eine schnelle Fahrt, Glorious?« Der Rappe schnaubte, als ob er ihn verstünde.

Der Kutscher, den er nicht brauchte, passte trotzdem auf dem Kutschbock auf das Gefährt auf. Er verbeugte sich, wollte absteigen und Cyrus die Zügel übergeben. Doch der hielt inne.

»Noch nicht, Charles, ich muss noch mal kurz zurück. Komme gleich wieder.«

Charles, der eigentlich Robert hieß, sagte nur: »Jawohl, Mylord« und blieb sitzen. Die Pferdepfleger hießen immer Charles, John oder Thomas, auch wenn sie wechselten. So musste man sich in der Familie nicht umstellen.

Ich nehme mein Fernglas mit. Vielleicht gibt es an der Küste etwas zu beobachten.

Cyrus liebte es, an den Klippen von Portishead zu stehen und vorbeifahrende Schiffe zu beobachten. Er ging durch den Dienstbotenflügel zurück. Er war froh, dass Vater schon vor langen Jahren Bäder für die Dienstboten hatte einbauen lassen. In anderen Häusern, die er schon besucht hatte, lag in der Nähe der Dienstbotenräume stets ein leichter Schweißgeruch in der Luft. Auf Backlynn-Castle nicht. Er hielt vor Annes Zimmer inne, presste das Ohr an die Tür und lauschte. Viel konnte er nicht verstehen, außer, dass Anne etwas von einer schweren Last erzählte, die von ihr fiele und dass Mylady eine Lösung finden werde.

Was das wohl Geheimnisvolles sein kann, das sie Florence so heimlich erzählt ...

***

Während Anne erzählte, brach ihr immer wieder die Stimme weg, und sie hustete, dass ich um ein Haar den Arzt aus der Bibliothek geholt hätte. Aber Anne hielt mich mit ihrer knochigen Hand fest und keuchte:»Ich bin noch nicht fertig, Flory. Gleich... noch ein paar Sätze ... dann ... dann kann ich beruhigt sterben.«

Ich tätschelte ihre Hand, entsetzt über das, was mir Anne, meine Anne, die ich so liebte, erzählte, sagte aber:»Sag sowas nicht, Anne.«

Mein geliebter Bruder Cyrus ein Bastard? Anne seine Großmutter?

Ich konnte es nicht glauben, aber warum sollte Anne lügen? Sie hustete und stöhnte auf einmal schlimmer als vorher, bäumte sich auf und fiel dann zurück. Ihre Hand löste sich von meiner.

»Ich hole Dr. Myers«, sagte ich, sprang auf und rannte den Arzt holen, nicht ohne den Brief an meine Mutter unter den weiten Ärmel meines Kleides zu schieben.

Als wir ins Zimmer kamen, hatte Anne die Augen geschlossen. Ein Lächeln lag auf ihren Lippen. Dr. Myers untersuchte sie und konnte nur noch ihren Tod feststellen.

Anne ist tot. Und was mache ich jetzt?

Ich rief eines der Dienstmädchen und ließ sie den Butler, Mr. Summer, holen. Dann wollte ich zu meiner Mutter ins Haupthaus. Sie spielte wahrscheinlich am Klavier, übte sicher für eines der Feste mit den Nachbarn, die ihre Hauptabwechslung waren. Vater hielt sich für ein paar Tage in Bristol auf, hatte ich gehört. Walter war mitgefahren, er wollte etwas mit dem Chefredakteur des Bristol Observer besprechen, das mit seinem Buch zusammenhing, an dem er gerade schrieb.

Auf dem Weg zum Musiksalon wurde ich immer langsamer und wechselte dann die Richtung zu meinem Zimmer im ersten Stock. Bevor ich mit Mutter sprach, wollte ich Annes Brief lesen. Ich raffte meinen Rock und beeilte mich. Mutter sollte sich nicht fragen müssen, warum sie so spät und nicht von mir von Annes Tod erführe.

In meinem Zimmer setzte ich mich auf die Chaiselongue, öffnete das unverschlossene Couvert und nahm den Brief mit Annes zierlicher Schrift heraus.

»Dear Lady Miriam,

ich bin gläubige Katholikin, habe keinen Hass gekannt, bis Ihr meine schwangere Tochter Kate aus dem Haus geworfen habt. Sie war schwanger von Lord Arthur und das wusstet Ihr, Mylady. Sie hat versteckt bei meiner Schwester im Dorf gelebt, bis sie einen Jungen bekam und kurz nach der Geburt gestorben ist. Zu gleichen Zeit wie Ihr, Mylady, hat Kate ihr Kind bekommen. Ein Kind, dem das Elend der Armen bevorstand, obwohl es einen reichen Vater hat.

Ich bereue meine Tat zutiefst, es ist eine schwere Sünde. Gott hat mir vergeben, aber ich will es wiedergutmachen, soweit ich kann, und die Wahrheit bekennen. Mein Beichtvater hat mir dazu geraten, auch deshalb tue ich es. Ich will die Last meiner Sünde nicht mit ins Grab nehmen.

Mylady, ich habe Euren Sohn gegen den Sohn meiner Tochter ausgetauscht, um Lord Arthur für seine Schandtat zu bestrafen und meinem Enkel ein besseres Leben zu ermöglichen, als er es zu erwarten hatte. Ihr habt die Dienste meiner Schwester als Amme für Euer Baby in Anspruch genommen. Ich habe sie betäubt und heimlich Euren Sohn gegen meinen Enkel ausgetauscht. Ich habe den Babys die Sachen des anderen angezogen, Eurem Sohn das Babybändchen abgenommen und es meinem Enkel angelegt, damit man den Tausch nicht bemerkt. Meiner verstorbenen Schwester ist es aufgefallen, aber ich habe sie zum Stillschweigen gezwungen. Euren Sohn habe ich zum Pfarrhaus in Nailsea gebracht und dort vor der Tür abgelegt. Niemand hat mich gesehen. Gott wollte nicht, dass mein Handeln entdeckt wird. Sein Plan war, meinem Enkel ein Leben in Armut und Elend zu ersparen.

Mir tut entsetzlich leid, was ich Euch angetan habe, aber ich kann es nicht mehr gut machen. Das Mindeste ist, dass Ihr vom Schicksal Eures leiblichen Sohns erfahrt. Der Pfarrer von Nailsea wird es wissen.

Eine schwere Last fällt mir von der Seele, Mylady. Ich hoffe, Ihr findet eine Lösung.

In tiefster Ergebenheit.

Anne Stone«

Ich las den Brief zweimal und konnte es nicht glauben.

Mein geliebter Bruder Cyrus ein Bastard meines Vaters ... und Annes Enkel? Was wird Mutter dazu sagen? Was wird Cyrus dazu sagen? Mutter hat ihn nicht geboren. Er ist unehelich. Vater müsste ihn anerkennen, damit er ehelich wird und erben kann. Würde er das tun? Vielleicht, aber Mutter wird das nicht zulassen, wenn es einen leiblichen Sohn, einen ehelichen, gibt. Sie würde Vater das Leben zur Hölle machen ... Lieber Gott! Was für ein Abgrund tut sich da auf ...?

***

Cyrus ließ den Rappen laufen, bremste ihn nur selten und hing seinen Gedanken nach, Glorious kannte den Weg nach Portishead, dem kleinen Hafen an der Küste, und Lenken war unnötig. Die Feldwege waren gut befahrbar, dafür hatte schon sein Großvater gesorgt. Ein schnell laufendes Pferd war keine wirkliche Gefahr für einen robusten Einspänner wie den von Cyrus. *Warum drängt Vater, dass ich heiraten soll?*, fragte er sich. Ihm gefiel das Leben, wie er es jetzt führte. Seine Verpflichtungen im Regiment hielten sich in Grenzen. Der Großteil der Soldaten kämpfte in Indien, und Cyrus hielt die Stellung in der Heimat als Verbindungsmann zur Krone. Drängen seiner Mutter und Beziehungen seines Vaters hatten verhindert, dass der Sohn an der fernen Front kämpfen musste und in Gefahr geriet. Militärische Übungen gab es keine, das kam ihm entgegen. Gut, Bälle wurden nicht veranstaltet für diesen Rest des Regiments. Aber auch das konnte er verschmerzen, so viel lag ihm nicht an dem Getanze und Gebalze in Paradeuniformen und Festtagsroben. Ausreiten, Jagen, Kartenspiel und gelegentlich eine willige Frau im Hinterzimmer eines Clubs oder Bordells in Bristol reichten ihm völlig aus.

Er dachte mit Wohligkeit an die Zeiten in Cambridge, in denen er studieren sollte. Lauter langweiliges Zeug: Recht, Geographie, Mathematik, Kunst, Musik und Literatur. Er schlich sich abends mit anderen Studierenden in einfacher Kleidung in die Pubs der Stadt. Ein Kommilitone namens Hendrik Skull, Sohn eines neureichen Fabrikanten, schleppte Cyrus mit in Hurenhäuser und machte ihn bekannt mit halbseidenen Freunden. Das war erheblich abwechslungsreicher und vergnüglicher als trockener Lehrstoff, jedoch auch anstrengend. Verkatert fiel Cyrus einige Male auf, und der College-Master schickte ihn mehrmals zum Dekan zum Rapport. Das ging so lange, bis Vater ihn aus der

Universität nahm und zum Militär steckte. Das Leben in Cambridge fehlte Cyrus. Interessante Männer aus ganz anderem Milieu hatte er da zusammen mit Hendrik kennengelernt, mit denen er gern Verbindung gehalten hätte. Mit Hendrik traf er sich allerdings noch dann und wann. Hendrik hatte in Bristol eine Fabrik für seinen Vater aufgebaut, die Teile für die Eisenbahn einschließlich ganzer Lokomotiven herstellte und schwamm im Geld. Seine Feste waren legendär. Aber Cyrus` jetziges Leben auf Skinnerpick und im Regiment ließ sich alles in allem aushalten. Sollte das Geschlecht der Skinnerpicks doch aussterben, solange es ihm gutging.

Bestens gelaunt ließ er seinen Rappen in Richtung der Klippen von Portishead laufen, ohne ihn anzutreiben. Er nahm den Weg durch den Wald, erreichte den Küstenrand kurz darauf und hielt an einer Stelle mit reichlich Gras, damit Glorious fressen konnte. Er stieg aus, lobte ihn und streichelte ihm über den Kopf. Der Rappe lehnte sich an Cyrus, stupste ihn an, bis er ein Stück Zucker aus der Jackentasche holte. Cyrus hatte immer einen Leckerbissen für sein Pferd dabei. Glorious verstand ihn, davon war Cyrus überzeugt. Er nahm sein Fernglas und suchte den Horizont nach Segeln ab. Enttäuscht musste er feststellen, dass es diesig war und sich kein Segel blicken ließ. Seine Füße berührten den Klippenrand, er beugte sich vor – seine Haare flatterten im kräftigen Wind – und sah nach unten. Wie jedesmal an dieser Stelle dachte er, *90 Fuß, hier sollte man nicht hinunterfallen, das überlebt man nicht ...*

Er ging zurück und nahm seinen Proviant aus der Kutsche. Dass er ein Glas benötigte, hatte er Charles gar nicht gesagt, es lag aber – säuberlich in ein Tuch eingewickelt – neben dem Sherry. Es gluckerte angenehm, als er sich großzügig einschenkte. Ihm war nach einem entspannenden Schluck. Da fiel ihm wieder sein Vater ein. »Kümmere dich, sonst ich tue es oder deine Mutter.« Das waren starke Worte. Cyrus wusste, der Lord war hartnäckig, wenn er sich etwas in den Kopf gesetzt hatte. *Heiraten! Jetzt, wo das Leben gerade so schön ist.* Nichts davon hörte sich gut an. Nicht, dass er nicht wusste, dass er große Chancen bei Frauen hatte. Auf den Festen und Musikabenden seiner Mutter, bemühten sich immer wieder junge Mädchen – vermutlich von ihren Müttern gesteuert – um ihn. Vorausgesetzt, er konnte sich nicht drücken, was ihm aber mit Vorschützen von soldatischen Verpflichtungen oft genug gelang. Er war schlank, fünfdreiviertel Fuß groß, hatte dichtes, dunkelbraunes Haar, ein leicht rundliches Gesicht mit ausgeprägten Wangenknochen und langen Koteletten, grünliche Augen und ein Lächeln auf den Lippen, das er für freundlich hielt. Seine Mutter hatte ihn einmal darauf hingewiesen, dass er nicht so hochmütig gucken solle, das mache unsympathisch. Für ihn war es das, was den Gentleman ausmachte, die Upper Class von der Middle Class und Lower Class unterschied – sich der eigenen Größe und des eigenen Werts, der eigenen Überlegenheit bewusst sein. *Wie sollte man als angehender Earl of Skinnerpick denn anders gucken als von oben herab?*, fragte er sich. Im Allgemeinen kam sein Gebaren meist gut an. Man war unter sich, und die anderen Offiziere waren nicht anders. Vor allem Colonel Strongbook, der

Kommandeur, der noch über seine eigene Vornehmheit stolpern werde, wie ihm jüngere Offizier hinter vorgehaltener Hand bescheinigten. Cyrus empfand das als angenehm, zeigte das, und der Colonel nahm es wohlwollend zur Kenntnis. Zwei Töchter hatte er, die Cyrus bisher nicht näher kennengelernt hatte.

Was soll ich also tun?

Er musste aktiv werden, eine von Vater oder – Gott bewahre – Mutter ausgesuchte Schöne, das wollte er auf keinen Fall. Florence als Frau hatte es so einfach, sie wurde umschwärmt und hatte jetzt ihren Walter. Ihre Schönheit war aber auch überwältigend. Schlank, rotblondes langes Haar, meist hochgebunden, was ihren schlanken Hals betonte, eine kleine Nase, braune Augen, volle Lippen und ausgeprägte weibliche Formen. Dazu stets ein spitzbübisches Lächeln. Wenn sie nicht seine Schwester wäre … Und sie war klug, so klug, dass Cyrus schon manchmal neidisch wurde. Als sie Kinder waren und beim Hauslehrer lernten, schlug sie ihn, obwohl sie zwei Jahre jünger war, bei allen Aufgaben mit Leichtigkeit. Nur im Sport hatte sie wenig Chancen, er war eben kräftiger als sie.

Ich schwärme in Gedanken für meine Schwester. Was bin ich für ein Schwachkopf. Such dir eine, die nach deiner Pfeife tanzt.

Er nahm einen zweiten Sherry und beschloss, die Sache selbst in die Hand zu nehmen. *Vielleicht mit den Töchtern des Colonels?*

***

Ich faltete Annes Brief zusammen und steckte ihn wieder in den Umschlag mit dem Schriftzug »Für Lady Miriam«. Ich saß in meinem Ankleidezimmer am Schreibtisch, an das sich Schlaf- und Badezimmer anschlossen. Ich hatte dieses Zimmer zu einem Arbeitsraum umgestaltet. Die zwei großen Kleiderschränke mit meiner Garderobe und das Spiegeltischchen, an dem ich mich zurechtmachte oder machen ließ, beherrschten immer noch den Raum. Doch auf dem Schreibtisch lagen Pläne für den Umbau eines alten Seitenflügels in ein Schulhaus und Korrespondenz mit Handwerkern aus Bristol. Es sah nach Arbeit aus. Ich hatte keinen Blick für die frischen Blumen, die man mir hingestellt hatte, und dachte nur an den Brief.

Was mache ich?

»Du bist die Vernünftigste in der Familie«, hatte Anne gesagt. Die Worte klangen in meinen Ohren nach. *Ich kann mit niemandem darüber sprechen*, schoss mir durch den Kopf. *Vielleicht ist es gar nicht wahr? Aber warum sollte Anne lügen?*

Ich ging ins Schlafzimmer, da stand die Wasserkaraffe von der Nacht, halbvoll, und goss mir ein Glas Wasser ein. Meine Hand zitterte leicht. *Was breche ich los, wenn ich den Brief meiner Mutter gebe, wie Anne es wollte?*

Ich liebe meinen Bruder, auch wenn er manchmal schwierig ist. Was unterscheidet den Halbbruder von einem – ganzen – Bruder? Gibt es überhaupt einen Unterschied?

Was macht Mutter, wenn sie es erfährt? Wenn ich Anne richtig verstanden habe, glaubte sie, dass Mutter gewusst hat, was Vater getan hat. Sie schickte das *schwangere Mädchen weg, und jetzt ist der Bastard Teil der Familie. Seit fast 24 Jahren aufgezogen als Erstgeborener. Und wenn sie es nicht gewusst hat? Vater schwängert eine Fünfzehnjährige – mit Gewalt? Was macht das mit Mutter, damals noch nicht lange verheiratet und schwanger – was macht das mit mir? Mein geliebter Vater tut so etwas ... hat so etwas Schreckliches getan. Vergewaltigung ... eine fürchterliche Vorstellung ... und das Mädchen verstoßen, versteckt, bis es bei der Geburt stirbt, weil es zu jung dafür war.*

Ich schüttelte mich bei dem Gedanken und ging mir ein zweites Glas Wasser holen.

Ein Sherry wäre besser oder ein Portwein.

Aber ich hatte keinen Alkohol in meinen Zimmern, Cyrus schon, wie ich wusste.

Cyrus! Was unternimmt er, wenn er erfährt, dass er nicht der Erbe des Titels sein wird? Dass er sich einen Beruf suchen muss?

Und was tut Vater, wenn er erfährt, dass er zwei Söhne hat und nur einem den Titel vererben kann?

Ich stand auf und ging umher; schaute mir das wunderschöne Landschaftsbild an – eine schottische Küste, das mir Vater zum 21. Geburtstag hatte malen lassen. Von einem ganz jungen Maler namens McTaggart. »Der wird berühmt«, hatte Vater behauptet. Er könnte Recht behalten, wie ich im Salon schon gehört hatte. Mutters Freundinnen waren in Kunst bewanderter als ich. Dieses Bild half mir sonst, zur Ruhe zu kommen und meine Gedanken zu sammeln.

Was werden die Freundinnen sagen, wenn urplötzlich aus dem Nichts ein neuer Sohn des Earl of Skinnerpick und seiner Frau auftauchte?

Mir schwirrte der Kopf.

Will ich denn einen zweiten Bruder?

Es klopfte leicht an der Tür und sie schwang auf. Mutter hatte sich angewöhnt, zu klopfen, bevor sie unsere Zimmer betrat. »Ein Gebot der Höflichkeit gegenüber erwachsenen Kindern«, pflegte sie zu sagen. Sie hielt aber nicht inne und trat sofort leichtfüßig in den Raum, einen Fächer in der Hand. Es war nicht heiß, von der Küste wehte ein kühler Wind.

»Oh, du liest einen Brief? Von wem? Störe ich?«

Ich hoffte, sie merkte mir meine Unsicherheit nicht an, und sagte so beiläufig wie möglich: »Ach, nur ein Handwerker, der die Tischlerarbeiten übernehmen will«, und legte den Brief achtlos in die Schublade.

»Ich hoffe nur, dass du dich nicht übernimmst mit dem, was du dir vorgenommen hast. Mädchenschule hier – wozu? Vater ist nicht begeistert, dass du dich um so etwas kümmerst. Sorge dich mehr um deine Heirat mit Walter. Habt ihr schon zeitliche Vorstellungen?«

»Mutter, du bist sicher nicht gekommen, um mit mir über Hochzeitsplanungen zu reden ...«

»Natürlich, Liebes, verzeih. Der Butler hat mich informiert, dass unsere liebe Anne verschieden ist. Gott habe sie selig, sie hat gelitten. Kümmerst du dich um die Beerdigung? Familie hat sie doch keine mehr, ihre Tochter ist irgendwann gestorben, ihre Schwester auch … oder weißt du etwas anders?«

»Nein, sie ist … war allein, Mutter. Kann sich Mr. Summer nicht um das Begräbnis kümmern? Es gehört doch zu den Aufgaben des Butlers, Angelegenheiten des Dienstpersonals zu regeln.«

»Florence, Anne war doch mehr als Dienstpersonal. Über 40 Jahre bei uns im Dienst. Sie hat dich und den Erben mit großgezogen.«

»Ich weiß, Mutter, Aber ich habe im Moment viel zu tun mit dem neuen Schulhaus. Ich denke, der Butler kann das meiste ohne uns erledigen. Er soll zu mir kommen, wenn er ein Problem nicht lösen kann.«

Solche Probleme gibt es eigentlich nie, Mr. Summer schafft geräuschlos und im Hintergrund alle Hindernisse aus dem Weg.

Mutter runzelte die Stirn. »Das wundert mich, du hast sie doch geliebt … Aber wenn du meinst, dann lass es den Butler erledigen. Ich gehe wieder an mein Klavier. Du weißt, in drei Tagen kommen meine Freundinnen und ich will sie mit ein paar neuen Stücken überraschen.«

Sie drehte sich um und ging zur Tür, blieb stehen und fragte: »Du wirst doch dabei sein?«

»Das werde ich. Wenn Walter zurück ist und er nichts weiter geplant hat.«

»Ich bin auch froh, wenn Vater wieder da ist. Was Walter und dich anbetrifft: Es würde mich sehr freuen, wenn ihr **beide** kämt.« Sie wedelte noch einmal mit ihrem Fächer und war verschwunden.

Puuhhh. Gerade noch geschafft. Nicht auszudenken, wenn sie die Aufschrift auf dem Umschlag von Anne gelesen hätte. Ich war durcheinander und meine Gedanken rannten alle in verschiedene Richtungen. *Du bist die Vernünftigste in der Familie laut Anne! Was macht die Vernunft? Planmäßig vorgehen. Bevor ich entscheide, ob ich die Familie durchrüttle oder vielleicht zerstöre, muss ich prüfen, ob Annes Behauptung überhaupt wahr ist. Wie das anzustellen ist, ist vollkommen klar – oder doch nicht? Verflixt. Ich muss mit jemandem darüber reden. Warum ist Walter bloß nicht da?* Dann fiel mir Father Gregory ein, unser Beichtvater.

Ich zog mich ohne Zofe um: Überhaupt hielt ich das Bedienen am Körper für lästig. Mutter und Vater und auch Cyrus waren da anders. Sie ließen sich sogar die Nägel schneiden. Das wollte ich auf keinen Fall. Meine Freundin Mary aus Bristol bestärkte mich darin. Sie brachte mir auch Zeitungen aus London mit, in denen über den Adel hergezogen wurde, manchmal humorvoll, manchmal weniger schön. Auch die Armut im Land wurde dort anders behandelt als bei uns am Esstisch. Das durfte ich niemand im Haus zeigen, selbst Cyrus nicht. Aber Mary kam selten, Mutter mochte sie nicht sehr. Sie war ihr zu modern. Mary pendelte unregelmäßig nach London, weil dort das wahre Leben stattfände, wie sie sagte. Sie gründete gerade einen Literaturzirkel in Bristol. Ich sollte dabei sein. Dass Walter seinen zweiten Roman veröffentlicht hatte, der sich leidlich verkaufte, könnte hilfreich sein. Zu einer Autorenlesung ließ mich Mutter sicher weg. Außerdem war ich jetzt volljährig und zudem verlobt. Die Fesseln der Familie wurden allmählich lockerer – na, ja, die nächsten warteten schon. Wenn Mary erzählte, welche Gesetze im Parlament bezogen auf Ehe und Familie überlegt wurden ...

Mit ihr könnte ich über den Brief reden.

Schade, sie war nicht da. Der schriftliche Austausch war nicht geeignet, dauerte zu lange. Father Gregory lebte nur eine Viertelstunde mit der Kutsche entfernt.

Ich wählte ein eleganteres, aber nicht zu elegantes Baumwollkleid in dunklem Grün aus, mit wenig Stickerei und Verzierung am hochgeschlossenen Oberteil, Handschuhe, einen Schirm und ein Täschchen für den Brief. Meine widerspenstigen Haare zähmte ich mit einer schlichten Haube und schlüpfte in halbhohe, braune Stiefel. Im Spiegel sah ich annehmbar aus. Der gehetzte Ausdruck in meinem Gesicht würde sicher an der frischen Luft auf dem Weg verschwinden.

Das tat er, das fühlte ich, als ich in der Kutsche saß und etwas zur Ruhe kam.

Ich hoffte, dass der Pfarrer zuhause war. Ich kam unangemeldet. Die Frage beantwortete sich von selbst. Father Gregory saß auf einer Bank in seinem Garten vor dem Pfarrhaus und las. Die Gemeinde Portishead hatte mit dem Garten Sorge getragen, dass der Pfarrer und seine Familie sich mit Gemüse und Obst selbst versorgen konnten.

Als er mich kommen sah, legte er sein Buch zur Seite und stand mühsam auf – er hatte die 60 überschritten – und begrüßte mich:»Lady Florence, es freut mich, Euch zu sehen. Wollt Ihr zu mir?«

»Seid gegrüßt, Father«, antwortete ich.»Ja, ich möchte mit Ihnen sprechen, wenn es möglich ist.«

»Aber natürlich. Folgt mir, bitte. Etwas zu trinken? Ein Tee?«

»Gern. Aber machen Sie sich bitte keine Umstände.«

»Es macht keine Umstände, meine Frau hat sicher Tee fertig.« Er drehte sich zum Haus und rief:»Liebling, bringst du uns Tee ins Arbeitszimmer?«. Dann wies er mit der Hand zur Tür.»Kommt, Mylady, ich gehe voraus.«

Wir gingen in das Zimmer, in dem er arbeitete und Gespräche mit seinen Schäfchen führte. Ich kannte es, war schon öfter da gewesen. Die ruhige Art des Pfarrers schwebte wohltuend im ganzen Raum. Die Ehefrau brachte den Tee mit einem Knicks und verschwand ohne Worte wieder nach hinten. Nachdem Father Gregory eingeschenkt hatte, fragte er:»Was wollt Ihr mir erzählen?«

Ich reichte ihm den Brief und berichtete, wie ich an ihn gekommen war. Der Pfarrer las ihn sorgfältig durch und atmete mehrfach hörbar tief durch. Er fragte zu einigen Stellen nach, und ich erklärte ihm dazu, was ich wusste. Dann legte er den Brief weg.

»Wahrscheinlich möchtet Ihr wissen, was ich tun würde, Mylady, oder?«

»Ich überlege, ob ich den Brief nicht einfach verbrenne und vergesse, Hochwürden.«

»Ihr könntet das tun, aber ich bin sicher, es wird Euch den Rest des Lebens belasten.«

»Ich zerstöre meine Familie möglicherweise«, antwortete ich schroffer, als ich es wollte.

»Wenn Ihr den Brief hättet verbrennen wollen, hättet Ihr es schon längst tun können, Mylady. Dass Ihr hier seid, zeigt, dass Ihr eine aufrechte Frau seid, die Unrecht nicht Bestand haben lassen kann.«

Er hat Recht ...

»Denkt an das arme Mädchen, die Tochter von Anne und ihr Schicksal«, fuhr er fort. »Und vergesst nicht, dass – verzeiht – Euer Vater unrecht gehandelt hat und Eure Mutter ... ich wage es kaum zu sagen ... herzlos.«

Ich wollte aufbrausen, aber ich konnte nicht anders, als zu sagen: »So schmerzlich das ist, was Sie sagen, Hochwürden, kann ich nicht zurückweisen, wenn stimmt, was in dem Brief steht. Aber mein Bruder. Ich liebe ihn, so wie meinen Vater und meine Mutter. Es ist alles so lange her ...«

»Wollt Ihr sie alle im Ungewissen lassen, wenn es eine andere Wahrheit gibt?«

»Gott ist die Wahrheit, sagt die Bibel, nicht? Warum hat er das zugelassen?«

»Der Mensch ist fehlbar, Mylady. Eure Eltern haben gesündigt und Fehler gemacht. Anne auch, eine wahrlich schlimme Sünde. Die Schwere der Sünden darf man nicht gegeneinander aufrechnen. Aber das Recht muss hergestellt werden, die Wahrheit ans Licht, wenn es auch schmerzt. «

Und er hatte wieder Recht.

Wir sprachen noch eine Weile weiter, auch über meine Schule für Mädchen. Ich verließ ihn, entschlossen, als Erstes zu prüfen, ob Anne die Wahrheit gesagt und geschrieben hatte. Ich würde so bald wie möglich Pfarrer Higgins in Nailsea aufsuchen. Father Gregory wollte ihm sagen, dass ich bald käme. Natürlich, ohne etwas zum Grund von sich zu geben. Unser Gespräch wurde vom Beichtgeheimnis geschützt, und ich vertraute ihm.

***

So schnell, wie ich es vorhatte, schaffte ich es nicht, mit Pfarrer Higgins über das Findelkind vor 23 Jahren zu sprechen. Zwar traf ich ihn bei Annes Beerdigung in Nailsea, aber ich fand keine Gelegenheit für ein solches Gespräch. Die Zeit wäre zu knapp gewesen. Vater, Mutter, Cyrus, das gesamte Hauspersonal und ich, wir versammelten uns in der kleinen Methodistenkirche von Nailsea zum Begräbnis-Gottesdienst. Dass Cyrus sich nicht mit irgendwelchen Offiziersverpflichtungen entschuldigt hatte, wunderte mich ein wenig. Aber Anne hatte ihn abgöttisch geliebt; deswegen war er zu ihrer Beerdigung gekommen. Er war ja ihr Enkel, wie ich jetzt wusste, das erklärte ihre Liebe.

Der Butler hatte den Pfarrer mit Inhalten versorgt, und er hielt eine Predigt, die Annes würdig war. Er hob hervor, wie lange sie bei uns gedient hatte, und wie gut sie anfangs als Köchin, dann als Hausmädchen und später als Haushälterin gearbeitet hatte. Sie habe sich nach Anfangsschwierigkeiten – er wählte dieses Wort, und es fiel mir auf – wohlgefühlt bei den Skinnerpicks. Das habe sie ihm immer wieder bekräftigt. Nach dem Tod ihrer Tochter und ihrer Schwester waren die Skinnerpicks ihre Familie geworden, insbesondere die Kinder. Wir sangen »Nearer, My God, to Thee« und »It is Well with My Soul«, es war ergreifend. Sogar der nach außen immer harte Cyrus wirkte einen Moment lang berührt. Vater und Mutter behielten ihre unbewegten Mienen, wie es sich für Aristokraten zu gehören schien. Die weiblichen Angehörigen des Hauspersonals weinten ihre Tränen in ihre Taschentücher, auch einige Männer schnieften; sie waren lange mit Anne zusammen gewesen. Ich dachte an jene Anne, die ich so geliebt hatte und die mich am Sterbebett in so einen Tumult an Gefühlen und Gedanken gestürzt hatte.

Diese Gedankenwelt umschwirrte mich noch, als der Sarg schon unter der Erde lag und wir im Pub des Ortes gedrängt an langen Holztischen saßen. Bei einem Leichenschmaus, den Vater spendierte. Er fiel entsprechend üppig aus. Pfarrer Higgins saß neben Vater, ich neben Mutter und konnte mich nicht zurückhalten, wegen der Anfangsschwierigkeiten von Anne zu fragen. Mutter sah mich seltsam von der Seite an, kaute zu Ende, wischte sich ihren Mund mit einer Serviette ab und sagte: »Warum fragst du?«

»Ach, nur so«, antwortete ich, »es interessiert mich, weil Anne nie etwas Derartiges gesagt hat«, antwortete ich.

»Ihre Tochter, ich weiß nicht mehr, wie sie hieß … ihre Tochter hat auch bei uns gearbeitet. In der Küche bei ihrer Mutter. Anne war damals Köchin, kurz davor, zum

Hauspersonal aufzusteigen, sonst hätten wir sie nicht behalten, nachdem …«

»Nachdem was?«

»Das Mädchen war 14 oder 15 und plötzlich schwanger. Wohl von einem aus der Dienerschaft. Wir haben gesucht …«, sie beugte sich zur Seite zu Vater.

»Erinnerst du dich, Arthur, an diese Unzucht unter den Dienern, damals wegen Annes Tochter?«

Vater guckte kurz, ganz kurz, betroffen oder erschreckt wegen der Frage, wie mir schien, sagte dann aber nach einem Hüsteln: »Ich erinnere mich, wieso?«

»Florence fragt, was Anne für Schwierigkeiten anfangs bei uns hatte. Das war doch wegen der Tochter und ihrer Schwangerschaft? Wir haben unter den Dienern nach dem Vater geforscht.«

»Ja, ich glaub schon«, warf Vater mir hin und wandte sich wieder dem Pfarrer zu.

Da ist etwas, das er verbirgt …

»Also, als wir niemanden fanden und sie uns nicht sagen wollte, wer der Vater ist, habe ich sie aus dem Haus geworfen. Schließlich war und ist Skinnerpick-Castle kein Hurenhaus«, fuhr Mutter fort.

»Und Anne? Wieso Schwierigkeiten?«, fragte ich.

»Wir konnten doch niemand behalten, der so etwas zuließ. Das Mädchen war ihre Tochter«, empörte sich Mutter.

»Aber ihr habt sie behalten?«

»Weil sie mich angefleht hat, auf Knien«, schaltete sich Vater wieder ein, der wohl weiter zugehört hatte, obwohl er mit dem Pfarrer redete.

»Und weil unsere alte Haushälterin sie als Nachfolgerin wollte. Anne war nämlich äußerst anstellig und konnte lesen und schreiben. Das war damals noch sehr selten«, ergänzte Mutter. »Hatte ich ja schon gesagt.«

»Aha«, sagte ich, überlegte eine Weile und fragte dann: »Und ihre Schwester, was war mit der?«

»Sie hat Cyrus gestillt. Sie hat als Amme, als wet-nurse, etwas dazu verdient. Immer, wenn sie einen eigenen Säugling hatte. Ihre Milch soll überaus gut gewesen sein. War sie auch – sieht man an Cyrus, oder? Ich war nach seiner Geburt ziemlich lange krank und habe Cyrus erst richtig gesehen und kennengelernt, da war er über ein halbes Jahr alt. Vater kennt ihn länger als ich.«

»Die Schwester ist dann gestorben?«

»Da warst du noch ganz klein, drei Jahre alt. Das hast du gar nicht mitgekriegt. Sie hat dich auch gestillt, Florence, und du bist offensichtlich ebenso gut gelungen, Tochter.«

Mutter lachte auf eine Weise fröhlich, die ich selten an ihr erlebte. An einem Tisch mit einfachen Menschen zu sitzen, schadete ihr wohl nicht.

Ich sagte nur: »Aha«, und wir wechselten das Thema.

Wir saßen noch lange, ich meine Cyrus und mich, mit dem Personal zusammen, tranken manchen Schluck und waren nicht gerade gedrückter Stimmung. Das hätte Anne sicher gefallen. Cyrus trank etwas zu viel in meinen Augen, aber er unterhielt sich angeregt mit den Stallburschen über Pferde. Vater und Mutter brachen früh auf. Den geringen Abstand zwischen ihnen und den Dienern und Dienerinnen so lange Zeit zu ertragen, war nur Anne geschuldet. Ich hatte die Probleme weniger, und Cyrus bemerkte ihn nach genügend Bier nicht mehr oder gab vor, es nicht zu tun. Bei ihm war ich mir da manchmal nicht sicher.

Ich ging spät nachhause. Cyrus begleitete mich zusammen mit Mr. Summer, dem Butler, der meinen Bruder unauffällig stützte und bis in sein Schlafzimmer begleiten wollte, wie er versicherte.

Als ich mich bettfertig gemacht hatte und im Nachthemd und Morgenmantel an meinem Schreibtisch saß, nahm ich den Brief von Anne noch einmal heraus und las ihn.

Mutter gibt vor, nichts gewusst zu haben. Oder hat sie doch, wie Anne geschrieben hat? Bei Vater bin mir nicht sicher ...

***

Ich hatte eine unruhige Nacht, in der ich schlecht träumte. Mutter erschien mir als Hexe, Vater als geiler Teufel, und Cyrus ... Cyrus wurde von einem Wasserwirbel verschlungen. Ich schrie, als er versank, und wachte von meinem Schrei auf. Ich horchte nach draußen, ob ich irgendjemand geweckt hatte. Der Trakt der Dienerschaft lag nicht weit weg von meinen Zimmern und der ganze uralte Bau war hellhörig. Es waren aber keine Geräusche zu vernehmen. Ich trank einen Schluck Wasser, entzündete meine Nachtlampe und nahm mir das Gedichtbüchlein von Lord Byron, das Walter mir geschenkt hatte. Aber ich schaffte es nicht, mich zu konzentrieren.

Vater hat gewusst, was er tat. Anne hat erzählt, sie habe ihm gesagt, dass die Tochter von der Vergewaltigung erzählt hatte. Er hat einfach ausgenutzt, dass niemand dem Mädchen oder auch Anne geglaubt hätte. Ein Lord, der eine 15-Jährige vergewaltigte ... Vielleicht hat er dem Mädchen noch Geld gegeben... Vaters Handeln war in jedem Fall verwerflich! Wenn ich nur wüsste, was ich tun soll ... Mein geliebter Vater, ein geiler Teufel!

Mir lief es heiß und kalt den Rücken hinunter und ich tat das Buch zur Seite. Die Zeilen der Gedichte erreichten meinen Kopf nicht. Ich legte mich wieder hin, schlief doch ein und – traumlos – durch.

Am Morgen kam Walter mit dem ersten Zug aus Bristol zurück. Vater war dort geblieben. Die Bahn fuhr nach wie vor unregelmäßig, hatte aber ein, manchmal zwei Abteile für die Upper Class angehängt. Ich traute Walter zu, dass er mit den normalen Menschen in einem Abteil sitzen konnte. Immerhin waren die Tickets auch in den billigen Abteilen meist weit teurer als ein halber Wochenlohn eines Handwerkers. Das konnten sich am ehesten Angehörige der Mittelklasse leisten. Im Abteil mit Polstersitzen, Vorhängen und Bedienung kostete die kurze Fahrt von Bristol 6 Shilling und mehr, je nach Tageszeit und Wochentag. Walter meinte, Eisenbahn sei ein gutes Geschäft und riet Vater, Aktien der Eisenbahngesellschaften zu kaufen. Ich wusste nicht, ob der Rat auf fruchtbaren Boden fiel. Vater redete selten über Geld. Er hatte – wie er sagte – ausreichende Einkünfte aus einer Silbermine in Derbyshire, einer Kupfermine und -verhüttung bei Bristol, Anteilen an der Westindia

Company, die er hielt, und der Landwirtschaft unserer Dörfer.

Ich ließ den Einspänner um zehn Uhr vorfahren, um Walter abzuholen. Die geplante Ankunftszeit sollte eine halbe Stunde später sein, und er würde im Bahnhof auf mich warten. Manchmal war die Bahn unzuverlässig und kam an, wann sie wollte, wie es schien. Wenn ich zu spät käme, würde er eine Mietdroschke nehmen, hatte er gesagt. Wir würden uns auf der Strecke treffen, und er könnte umsteigen. Es lief aber normal, er kam pünktlich an und wir stiegen hinter dem Kutscher in den offenen Wagen, nachdem wir uns begrüßt hatten und der Kutscher das Gepäck verstaut hatte.

»Wie ging es mit deinem Buch?«, fragte ich.

»Ach, Liebling, der Redakteur will es vielleicht in Teilen in der Zeitung drucken, aber mein Verleger ist noch nicht zufrieden. Lass uns über etwas anderes reden.«

»Aber du schreibst doch so viel, wie mir scheint, dass du kaum Zeit für mich hast. Du wolltest doch schon fertig sein?«

»Ja... richtig ... aber ihm gefällt mein Schluss nicht. Ich soll mehr schreiben wie Jane Austen, sagt er.«

»Du bist nicht Jane Austen, das sieht doch jeder ...«

»Und er meint, das merkt der Leser ...«

»Dein erstes Buch hat ihm doch gefallen, oder?«

»Es hat sich aber nicht so gut verkauft wie erhofft.«

»Und jetzt schreibst du ihm nach dem Mund?«

»Du hast es erfasst. Das ist mein Problem. Ich weiß nicht, was ich machen soll ...«

Ich fasste seine Hand, drückte sie und sagte:»Mir gefällt, was du schreibst, Liebling.«

»Immerhin eine, das beruhigt mich. Wirklich.« Er strahlte mich an. »Und was war bei dir?«

Ich überlegte kurz, dann erzählte ich ihm alles um Annes Brief und wir redeten noch, als wir danach in Backlynn-Castle in meinem Zimmer bei einem Tee saßen – schicklich, wir hatten Mutter Bescheid sagen lassen, dass Walter mich besucht …

***

Cyrus hatte die Beerdigung mit der üppigen Trinkerei gut überstanden. Seine Übung in diesen Dingen aus der Cambridge-Zeit zahlte sich eben aus. Der Butler war es zudem gewöhnt, wenn Feste im Haus oder – selten – bei so einem Anlass außer Haus stattfanden. Manchmal hätte Cyrus Mr. Summer gern dabei gehabt, wenn er im Military-Club mit seinen Offizierkameraden feierte.

Er hatte sich noch einmal nach dem späten Frühstück hingelegt und hörte seine Schwester und ihren Verlobten kommen. Gerade wollte er in den Flur treten und sie begrüßen, da sagte Walter halblaut:»Annes Brief musst du mir unbedingt zeigen, Liebling«, als er das Zimmer von Florence betrat und die Tür schloss.

Ein Brief? Anne hatte doch von einem großen Problem gesprochen, das Mutter lösen sollte, fiel ihm ein. *Ein Brief?*

Er lehnte seine Tür leise an, stellte sich vor die seiner Schwester und drückte sein Ohr dagegen. Eine ganze Weile hörte er eindeutige Geräusche und Flüstern.

Sie küssen sich.

Dann sagte Florence:»Dazu haben wir bald mehr Zeit, Liebling. Ich gebe dir jetzt den Brief zum Lesen.« Dann hörte Cyrus, wie sie eine Schublade aufschloss und»Da, bitte«, sagte.

Sie hat den Brief in einer verschlossenen Schublade, gut zu wissen.

Dann war wieder außer Rascheln nichts zu hören.

Plötzlich sagte Walter:»Das ist schon stark, wenn es stimmt. Du hast einen zweiten Bruder und Cyrus ist nur dein Halbbruder?«

Cyrus prallte zurück. *Was?*

»Richtig«, antwortete Florence.« Aber noch weiß ich nicht, ob es alles stimmt. Ich muss mit dem Pfarrer in Nailsea reden, Father Higgins, und ins Kirchenbuch schauen. Da Cyrus und … wir wissen seinen Namen nicht … zur gleichen Zeit geboren und vermutlich getauft worden sind, müssten sie ja nah beieinander eingetragen sein.«

Cyrus wollte nicht glauben, was er hörte. Aber seine Schwester hatte das so gesagt.

»Als Anne die Babys vertauscht hat, kann Cyrus, also der echte, nur ein paar Tage alt gewesen sein …«

»Cyrus ist unehelich, das nimmt ihm seine Rechte …«

Unehelich? Ich? Sie hat mich vertauscht? Wer … wer bin ich denn dann? Wie heiße ich wirklich?

»Dann stehen sie mit Sicherheit … mag sein, sogar nebeneinander im Kirchenbuch.«

Cyrus hörte Schritte, richtete sich auf und verschwand in seinem Zimmer, völlig aufgewühlt. Seine Gedanken rasten in Wellen durch sein Gehirn. *Was geht da vor sich? Weiß Mutter schon davon? Was steht genau in dem Brief? Ich muss es erfahren!* Ruhelos begann er in seinem Zimmer im Kreis zu gehen und sich dabei mit der rechten Hand am Ohrläppchen zu zwirbeln. Das tat er öfter, wenn er nervös wurde. Als es anfing zu schmerzen, hörte er auf und blieb stehen. Plötzlich begannen seine Hände zu zittern, sein Herz schlug bis zum Hals und ihm brach der Schweiß aus. *Wenn ich nicht ehelich geboren bin, was heißt das für mich?*

Er erinnerte sich an das Gespräch mit Vater über sein künftiges Erbe, die riesige Verantwortung, die auf ihn zukäme. Die Dörfer, die Menschen, die Minen. *All das ist in Gefahr!,* schrie es in ihm. *Unehelich werde ich nicht Earl. Nur, wenn Vater mich anerkennt. Bekomme ich den Titel nicht, bin nicht der Erbe der Skinnerpick-Linie. Sondern er … wer? Wohin ist er gekommen?*

Er goss sich einen großen Sherry ein, verschüttete die Hälfte, weil er seine Hand nicht ruhig bekam.

Liebt Mutter mich noch, wenn sie weiß, dass ich nicht ihr Sohn bin?

Was wird aus mir, wenn Vater mich nicht anerkennt? Ich bin sein Bastard, wenn das stimmt, was ich gehört habe ... aber das denken sie sich doch nicht einfach so aus?

Anne ... meine Großmutter? Ich kann das nicht glauben. Ich will das nicht glauben. Das kann nicht wahr sein!

Reiß dich zusammen, Cyrus. Du musst überlegen, was zu tun ist. Du musst was tun!

Er trank ein weiteres Glas, dann raste er zu den Kutschern und ließ sich den Einspänner mit Glorious herrichten.

***

Die Tür war kaum ins Schloss gefallen, und ich wollte zum Schreibtisch und den Annes Brief herausholen, da umschloss mich Walter von hinten mit seinen Armen.

»Endlich allein, Liebling. Komm, begrüß mich doch noch einmal richtig«, flüsterte er.

Er hat Recht, immerhin sind wir verlobt ...

Ich drehte mich um und ließ mich in seine Arme fallen. Wunderbar, starke Arme, die mich umfingen, ich spürte seinen Herzschlag und seinen weichen Mund auf meinen Lippen. Ich genoss den Kuss, und er auch, das spürte ich. Die Gedanken um Annes Brief verzogen sich in ein Eckchen hinten im Kopf ...

Vielleicht ist es doch nicht schlecht, wenn wir bald heiraten ...

»Wenn die Wände nicht so dünn wären, du solltest Zimmer weiter weg vom Dienertrakt haben ...«, sagte Walter und strich mir zärtlich übers Haar.

»Oder mit Cyrus tauschen…«, antwortete ich ebenso leise.

Wir sahen uns beide an, küssten uns lang und innig, so schicklich ich es verantworten konnte, ohne ihn und mich in Schwierigkeiten zu bringen. Schließlich sagte ich: »Dazu haben wir bald mehr Zeit, Liebling. Ich gebe dir jetzt den Brief zum Lesen.«

Während Walter las, wusch ich mir das Gesicht im Bad und zog mich dann um.

Als ich wieder ins Zimmer kam, hatte Walter den Brief in der Hand und sagte: »Das ist schon stark, wenn es stimmt. Du hast einen zweiten Bruder und Cyrus ist nur dein Halbbruder?«

»Richtig. Aber noch weiß ich nicht, ob es wirklich alles stimmt. Ich muss mit dem Pfarrer in Nailsea reden, Father Higgins, und ins Kirchenbuch schauen. Da Cyrus und … wir wissen seinen Namen nicht … zur gleichen Zeit geboren und vermutlich getauft worden sind, müssten sie ja nah beieinander eingetragen sein.«

»Als Anne die Babys vertauscht hat, kann Cyrus, also der echte, nur ein paar Tage alt gewesen sein …«

»Cyrus ist unehelich, das nimmt ihm seine Rechte …«

»Dann stehen sie mit Sicherheit … mag sein, sogar nebeneinander im Kirchenbuch.«

»Das ist eine gute Idee, Liebling. Der Pfarrer wird uns helfen … Und was machst du dann?«

Wenn ich das wüsste …

»Wenn es stimmt, muss ich ihn kennenlernen, meinen … richtigen Bruder.«

»Cyrus und er haben denselben Vater, wenn alles zutrifft.«

»Aber er … der … das Findelkind weiß es nicht. Und er und ich haben dieselbe Mutter. Cyrus und ich nicht.«

»Ich, ich traue mich das fast nicht zu fragen, was macht den Unterschied?«

Ich überlegte einen Moment.

»Mein Beichtvater hat gesagt, das Recht muss gelten und … Gott bestimmt, was aus den Menschen wird. Wir wissen, wer reich ist, ist es, weil Gott es so festgelegt hat und ihn liebt. Das gilt umgekehrt auch für die Armen. Wenn also der, den wir nicht kennen, als Sohn meiner Eltern geboren wird, wollte Gott, dass er adelig wird und nicht ein Arbeiterkind. Ich glaube, ich muss das korrigieren, auch wenn …«

Walter ergriff meine Hand und suchte meine Lippen. »Mir fällt nichts ein, was ich dagegen sagen könnte… nur eine Frage noch …«

»Ja?«

»Wem tust du einen Gefallen, wenn du das Vertauschen der Babys vor 23 Jahren aufdeckst?«

Ich überlegte nicht lange. »In jedem Fall meiner Mutter. Ihr hat man das Kind gestohlen, und sie hat ein fremdes Kind als eigenes aufgezogen.«

»Gut. Und was ist mit dem Kind, das man deiner Mutter weggenommen hat. Tust du ihm einen Gefallen?«

»Das … das ist eine gute Frage … das weiß ich nicht … Vielleicht ja, vielleicht nein … in jedem Fall sollte er wissen, dass er eine andere Mutter hat.«

»Nur, wenn er weiß, dass er ein Findelkind war.«

»Stimmt … ach Walter, vielleicht tue ich das Falsche? Tue ich das, was meinst du?«

»Cyrus hat ebenfalls ein Problem, er hat … hatte eine andere Mutter und weiß es nicht. Wie wird es ihm ergehen, wenn er das erfährt?« Walter nahm mich in den Arm. »Du merkst an meinen Fragen, dass ich nicht sicher bin.«

»In jedem Fall darf noch niemand außer uns wissen, was ich vorhabe. Zu früh oder in der falschen Reihenfolge der Eingeweihten, diese Information kann meine Familie zerstören.«

»Das sehe ich auch so. Aber du wirst schon das Richtige tun, Liebling.«

***

Die zwei Meilen bis Nailsea schaffte Cyrus` Rappe in Windeseile. Das Pfarrhaus aus grauen Ziegeln schmiegte sich an die Nordseite der unscheinbaren Methodistenkirche aus verwittertem Holz. Längliche Fenster aus buntem Glas rund um den Bau, ein kreisrundes über dem Vorbau des Eingangs, ein vier-Fuß-hohes Türmchen mit schlichtem Kreuz obenauf, so stemmte sich das Kirchlein gegen den Wind, der stetig von der Küste blies. Der Bau schien sich ein wenig vom Wind weg geneigt zu haben. Das Gotteshaus sei zu klein für die Gemeinde, hatte Cyrus gehört. Ein Neubau wurde gewünscht, und eine Abordnung von Bittstellern hatte schon vor Monaten bei seinem Vater vorgesprochen. Lord Arthur hatte aber noch nicht entschieden. Warum, interessierte Cyrus herzlich wenig, aber das lieferte einen guten Vorwand, aus dem Nichts bei Pfarrer Higgins aufzutauchen.

Er stieg vom Kutschbock, band Glorious am Geländer des Treppchens zum Pfarrhaus fest und klopfte mit dem Stiel der Reitpeitsche zweimal an die Tür. Nach wenigen Augenblicken hörte er ein Schlurfen und eine Stimme: »Moment, ich komme.«

Richtig, er ist schon ziemlich alt, dachte Cyrus, *es dauert.*

Er war bis dahin nicht oft mit Higgins zusammengetroffen. Nailsea lag zwar näher an Backlynn-Castle als Portishead, aber der Pfarrer der Familie war seit alters her der von Portishead. Warum, wüsste wohl nur Lord Arthur.

Ob er mich kennt, fragte Cyrus sich. Er hatte sich umgezogen, trug einen hellen Reit-Gehrock mit passenden Hosen, dazu Stiefel und einen weichen Hut, da er die Kutsche genommen hatte und nicht selbst ritt.

Vielleicht hätte ich in Uniform kommen sollen, ging ihm durch den Kopf, als Pfarrer Higgins die Tür öffnete, kurz erschrak und sich dann – in einem Morgenmantel und auf einen Gehstock gestützt – mühsam verbeugte.

»Oh, Eure Lordschaft, Lord Cyrus vor meiner bescheidenen Klause. Was verschafft mir die Ehre?«

»Darf ich eintreten?«, fragte Cyrus, wartete aber nicht ab und trat in den Flur des Pfarrhauses.

»Natürlich, Mylord, tretet ein«, schnaufte der Pfarrer und folgte ihm.

Der Flur war dunkel ohne Fenster. Am Ende öffnete er sich zu einem Zimmer, in das Licht fiel. Cyrus ging ohne

Zögern darauf zu.»Ich möchte mit Ihnen, dem Pfarrer von Nailsea, sprechen. Diese Richtung?«, fragte er und zeigte mit der Reitpeitsche zum Licht.

»Geht nur vor ins Wohnzimmer, Mylord, ich folge Euch.«

Das Wohnzimmer war einfach eingerichtet, ein dicker, dunkler Wollteppich, ein flacher, runder Holztisch mit zwei eingesessenen Stühlen mit roten Polstern vor einem Sofa im gleichen Rot, eine Anrichte, zwei hohe Bücherregale mit beschrifteten Folianten, zwei Fenster ohne Vorhänge. Eine Öllampe, die nicht brannte, auf einem Fensterbrett. Auf dem Tisch stand eine Tasse neben einem aufgeschlagenen Buch, auf dem eine Brille lag. Vor dem Sofa standen Hausschuhe, und eine Katze lag daneben. Cyrus überlegte nicht lang und setzte sich auf einen der Stühle, der vernehmlich knarrte. Die Katze spritzte davon und verkroch sich unter dem Sofa. Cyrus mochte keine Katzen und hatte nichts dagegen. Er nahm die Mütze ab, legte die Reitpeitsche quer über die Knie und sagte:»Setzt Euch, Hochwürden. Ich muss mit Euch sprechen.«

Der Pfarrer wirkte leicht verwirrt und stotterte:»Mögt Ihr einen Tee, Mylord. Ich habe keinen so hohen Besuch erwartet?«

Du hast gar keinen Besuch erwartet ...

»Später.«

Higgins überlegte kurz, dann ließ er sich auf den Stock gestützt vorsichtig auf das Sofa hinab und schob die Hausschuhe zur Seite. Die Katze lugte hervor und rieb sich an seinem Bein.

»Ich will nicht lange drumherumreden. Wie weit sind Sie mit den Plänen für eine neue Kirche?«, fragte Cyrus mit deutlicher Ungeduld in der Stimme.

»Ihr müsst lauter sprechen, Mylord, ich höre schlecht.« Cyrus wiederholte lauter, was er gesagt hatte. Erstaunt sah ihn der Geistliche an.

»Ich verstehe nicht, Mylord«, stotterte er. »Die Gemeinde hat doch …«

»Ich weiß, Father, die Abordnung hat bei meinem Vater vorgesprochen und nichts als Bitten vorgetragen.«

»Aber wir sollten doch …«

»Ist ihre Frau nicht da?«

»Sie ist bei einer Nachbarin, soll ich sie holen, warum fragt Ihr?«

»Ich denke, ich nehme doch einen Tee …«

»Heißes Wasser steht auf dem Herd in der Küche. Der Tee ist im Nu aufgebrüht, Mylord.«

Cyrus nickte und sagte: »Gut. Ich warte.«

Der Pfarrer drückte sich mühsam aus dem Sofa hoch und schlurfte aus dem Zimmer, die Katze folgte ihm, wich den Stiefeln von Cyrus im weiten Bogen aus.

Als Pfarrer Higgins das Zimmer verlassen hatte, sprang Cyrus auf und betrachtete die Folianten in den Bücherregalen.

»Haben Sie die Kirchenbücher hier?«, rief er in die Küche.

»Im linken Bücherregal, Mylord, Euch gegenüber, die letzten 30 Jahre. Die früheren sind im Keller. Das Wasser ist nicht mehr heiß genug. Ich hole etwas Holz hoch und mache das Wasser richtig heiß. Etwas Geduld, Mylord«, tönte es zurück.

Im Regal war eine erkleckliche Anzahl dicker Lederbände mit Jahreszahlen darauf. Cyrus fand nach kurzer Suche die Jahreszahl 1847, sein Geburtsjahr. Er zog den Band des Parish Registers heraus und schlug ihn auf. Es gab die Abteilungen Heiraten, Taufen, Todesfälle. Cyrus interessierte sich nur für die Geburten und Taufen. Für jeden Monat gab es jeweils Spalten mit den Überschriften Tag, Name des Kindes, Eltern, Wohnung, Pate, Priester. Schnell blätterte Cyrus zum Monat Februar und fand sofort das Gesuchte. Er wusste nicht genau, wann er getauft worden war, aber es war Mitte Februar. Er war am 26. Januar 1847 geboren. Irgendwann im Februar musste auch das ausgesetzte Kind getauft worden sein. Sein Finger glitt über die Zeilen und da war es: 15. Tag, William, Findelkind, -/-, -/-, Higgins. In der Zeile darunter hatte der Schreiber eingetragen:»Findelkind am 13. Januar auf den Stufen der Kirche von Nailsea abgelegt; auf den Namen William getauft, auf Wunsch der Zieheltern, Schulmeisterehepaar Brown, Peter und Eleonore, Nailsea.«

Ein Ziehen ging durch Cyrus` Magen.

Es gibt dieses Findelkind, es heißt William und ist zum Schulmeister gegeben worden.

»Der Tee ist gleich so weit, Mylord, noch einen kleinen Moment«, rief Pfarrer Higgins aus der Küche.

Ich muss mich entscheiden! Ohne Eintrag im Parish Register kein William Brown oder Lord William Skinnerpick!

Kurz entschlossen riss Cyrus die Seite aus dem Band, stopfte das Blatt in seine Rocktasche und stellte das Kirchenbuch zurück ins Regal. Hastig setzte er sich wieder hin.

Der Geistliche balancierte unsicher ein Tablett mit einer Teekanne und einer Tasse aus der Küche. Froh, es geschafft zu haben, schenkte er ein und setzte sich. Die Katze huschte wieder unter das Sofa und legte sich danach neben ihn auf die Hausschuhe am Boden.

»Habt Ihr etwas gesucht, Mylord, etwas Bestimmtes?«

Cyrus schüttelte den Kopf und sagte:»Nichts Bestimmtes, ich habe nur nicht mehr gewusst, wie so ein Register aussieht.«

»Verzeiht. Was hattet Ihr vorhin gefragt, Mylord?«

»Ob Sie in der Gemeinde schon Pläne für den Kirchenneubau haben, hatte ich gefragt. Die Bitte nach Geld reicht Lord Arthur nicht.«

»Oh, das verstehe ich nicht, Mylord: Seine Lordschaft, Ihr Vater, hat den Gemeindevertretern doch versichert, Handwerker aus Bristol zu beauftragen, die mit uns über einen Neubau sprechen. Wir warten seitdem. Bisher ist niemand gekommen, soweit ich gehört habe.«

Sogar aus Bristol. Das wusste ich gar nicht ...

Cyrus nahm einen vorsichtigen Schluck aus der Tasse, die schwer in seiner Hand lag – kein chinesisches Porzellan wie im Schloss – hüstelte und sagte:»Dann ist es wohl ein Missverständnis, Hochwürden, ich habe andere Informationen. Mein Vater hat mich beauftragt, mich um den Neubau zu kümmern.«

»Dann können wir davon ausgehen, dass sich bald etwas tut, Mylord?.«

Cyrus antwortete nicht, stand auf und setzte seinen Hut auf. Er hob kurz die Reitpeitsche, tippte dagegen und sagte:»Dann bin ich fertig, Father Higgins. Hat mich gefreut. Der Tee war gut.«

Der Pfarrer schaute verwirrt wie anfangs, stemmte sich aber wieder mühsam hoch, verbeugte sich und rief Cyrus einen Abschiedsgruß hinterher, der er nur halb hörte.

Ich habe, was ich wollte, es gibt keinen Beweis mehr für ein Findelkind, das mir mein Erbe streitig machen könnte. Ohne Beweis keine Gefahr, dass ich mir einen Beruf suchen muss.

Bestens gelaunt, band er Glorious los, schwang sich auf den Bock und gab ihm die Peitsche.

***

Ich schwankte immer noch, was ich tun sollte. Auch wenn ich Walter gegenüber gesagt hatte, dass ich zum Pfarrer nach Nailsea fahren würde. Der Traum aus der schlimmen Nacht verfolgte mich. Annes Brief schwelte in der Schublade in meinem Schlafzimmer. Nach dem Gespräch mit Walter hatte ich ihn nicht mehr angerührt. Ich holte ihn mir und ging in den Park, wollte ihn noch einmal lesen.

Der Park um Backlynn-Castle, von einem talentierten italienischen Gärtner im Auftrag von Großvater entworfen, war ein prächtiges Beispiel für landschaftliche Kunst im Westen des Vereinigten Königreichs. Weitläufige Rasenflächen erstreckten sich wie ein grünes Meer, durchsetzt von Blumenbeeten, die kunstvoll in mäandernden Mustern angelegt waren. Hohe, elegant geschnittene Hecken bildeten natürliche Wände, die intime Lauben und versteckte Gartenkammern umschlossen. Kurze Alleen aus alten Kastanien und schlanken Zypressen führten zu verzierten Brunnen und Statuen, die mythologische Szenen darstellten. Ein kleiner See glitzerte im Zentrum, seine Oberfläche ruhig, umrahmt von Weiden und Rhododendronbüschen. Über allem lag eine stille Eleganz, die durch das sanfte Plätschern eines künstlichen Wasserfalls und das gelegentliche Zwitschern von Vögeln unterbrochen wurde.

Ich war tief in Gedanken versunken mit Annes Brief in der Hand umhergegangen. Niemand sonst war hier draußen. Meine Augen konnten sich nicht von dem Papier lösen, das ich in meinen unruhigen Händen hielt. Ein geschwungener Pfad, der mit feinem Kies bedeckt war, führte an einem blühenden Rosenbusch vorbei. Ich blieb stehen, um den Duft der Blüten einzuatmen, was mich für einen kurzen Moment ablenkte. Doch meine Sorgen blieben, und ich setzte meinen Weg fort, vorbei an einem kleinen Springbrunnen, dessen leises Murmeln mit meinen wirren Gedanken zu verschmelzen schien.

Am Rande des Sees mitten im Park ließ mich lautes Gänsegeschnatter aufhorchen. Ich machte ein paar Schritte näher zur Quelle des Krachs. Eine Gänsemutter mit sieben Küken wehrte sich gegen einen Ganter. Er griff – das hatte ich noch nie gesehen oder davon gehört – die Küken an. Er jagte jeweils ein einzelnes, packte es mit dem Schnabel an einem Bein und zog es unter Wasser. Die Küken entkamen aber mit lautem Piepsgeschrei. Die Mutter verteidigte flügelschlagend und laut schnatternd ihre Brut, griff den Ganter sogar an. Er flüchtete, aber nur kurz. Er hörte nicht auf, kam zurück und attackierte weiter. Die Kleinen tauchten ab, wenn er ihnen zu nahe kam, und erschienen ein, zwei Yards weiter weg wieder an der Oberfläche. Sie stoben auseinander. Die Mutter rief ständig, damit sie sich orientieren konnten. Als sie sich mit allen sieben endlich an das erhöhte Ufer rettete, hörte der Gänsemann auf und flog davon.

Waren es die eigenen Küken, die er angriff, oder fremde? *Wenn ein Vater Kinder angreift, was soll das bedeuten?,* fragte ich mich kopfschüttelnd und fand keine Antwort.

Ich schaute über die wieder friedliche Landschaft. Mein Blick streifte die fein geschnittenen Formen der Topiarien – Hasen, Gänse, Rehe – und die entfernteren Hügel, die durch den Horizont in den Himmel übergingen. Der Wind trug ein leichtes Rauschen der Blätter zu mir, und für einen flüchtigen Moment fühlte ich mich von der Last meiner Entscheidung befreit. Doch die mögliche Wahrheit bedrückte mich, und der Brief, ein Symbol des Geheimnisses und meiner Verantwortung, zog mich zurück in die Realität.

Ich war unbewusst zu einer der Gartenkammern geschlendert, in der ich mich oft versteckt hatte, wenn ich mit Cyrus und Anne Fangen gespielt hatte. Vor einer Cupido-Statuette setzte ich mich auf eine Bank. Sie war sauber ohne Laub. Ich hatte keine Ahnung, wie unsere Gärtner es schafften, überall im Park den Eindruck aufrecht zu erhalten, alles sei frisch beschnitten, gemäht und geputzt worden.

Ich roch Rauch, vermutlich verbrannten die Gärtner Grünschnitt. Allein war ich wohl doch nicht im Park herumgeirrt. *Hoffentlich hat mich niemand mit dem Brief in der Hand gesehen? Wo Rauch ist, ist Feuer. Soll ich einfach vorbeigehen und den Brief hineinwerfen? Von den Dienstboten wird niemand fragen, was ich tue. Wenn es doch jemand erzählt und Mutter oder Vater oder Cyrus fragen sollten, dann war es ein belangloser Brief von Mary aus Bristol oder von einem Handwerker.*

Und dann? Würde mich das Wissen je loslassen, dass es da jemanden gibt, der mein Bruder ist, den ich nicht kenne? Hat der Pfarrer Recht?

Lieber Gott? Was soll ich tun? Gib mir ein Zeichen ...

So saß ich mehrere Minuten mit dem Brief in der Hand und schwieg in mich hinein. Dann begannen meine Gedanken wieder zu kreisen, und ich stellte mir immer wieder die gleichen Fragen, auf die ich keine Antworten hatte.

Ich spürte einen kleinen Luftzug, und ein Vogel setzte sich auf die Cupido-Statue über mir. Die Art kannte ich nicht. Hatte ich nicht eben Gott um ein Zeichen gebeten? War das Vögelchen dieses Zeichen? Ich bewegte mich nicht und dachte nach. *Wie kann dieses Zeichen gemeint sein? Ein Vogel ist scheu, wie eine verborgene Wahrheit.* Dann schoss es mir durch den Kopf. *Ich stehe auf, normalerweise müsste es das Tier aufschrecken, der Vogel müsste wegfliegen. Wenn er wegfliegt, werfe ich den Brief ins Feuer. Wenn er sitzen bleibt, gehe ich zum Pfarrer von Nailsea.*

Mir wurde heiß und kalt zugleich, ich spürte einen Schweißtropfen im Nacken, erhob mich mit weichen Knien behutsam von der Bank und drehte mich um. Der Vogel blieb keine zwei Armlängen von mir entfernt auf dem Pfeil des Cupido sitzen und pickte an irgendetwas, als wäre ihm nicht bewusst, welch wichtige Aufgabe er damit für mich erfüllte.

Danke, du hast mir die Entscheidung abgenommen.

Beschwingt und auf göttliche Weise erleichtert faltete ich Annes Brief zusammen, steckte ihn ein und machte mich auf den Rückweg ins Haus.

***

Auf dem Weg nach Nailsea ging mir Walters Frage nicht aus dem Kopf, wem ich denn eigentlich einen Gefallen täte, wenn ich das Vertauschen der Babys ans Licht beförderte. Sollte ich nicht doch besser umdrehen, die Dinge lassen wie sie sind und Annes Brief in Asche verwandeln? Aber das Vögelchen? Das Zeichen Gottes?

Ich ließ den Kutscher anhalten und überlegte. *Warum bin ich mit dem Kutscher unterwegs und nicht selbst gefahren oder geritten. Ach was, ich frage nach einem passenden Lied für die Hochzeit, deshalb bin ich unterwegs ... So ein Blödsinn, Nailsea ist doch gar nicht unsere Pfarrei. Ich drehe um ...* »Charles, wir drehen um und fahren zurück.« *Warum denn? Ich muss einfach wissen, ob Anne die Wahrheit gesagt hat.* »Halt, Charles, wir fahren doch weiter.«

In den restlichen Minuten bis zur Pfarrei hätte ich den Kutscher fast noch einmal umdrehen lassen. Als er die Kutsche vor dem Pfarrhaus anhielt, stieg ich zögernd aus und ging dann mit immer schnelleren Schritten zur Tür und klopfte. *Ich muss es wissen.*

Pfarrer Higgins kam mit langsamen Schritten zur Tür, ich hörte seinen Stock. Er öffnete und sah mich mit großen Augen an. »Eure Ladyschaft? Der zweite Besuch aus Backlynn-Castle heute. Wie komme ich zu der Ehre?«

Mir wurden die Knie weich. »Der zweite Besuch, Hochwürden? Wer ... wer war denn sonst noch von der Familie da?«

Vater? Mutter? ... doch nicht Cyrus? Hoffentlich nicht er!

»Lord Cyrus hat mich heute früh besucht, Mylady. Tretet ein, womit kann ich Euch denn dienen?«

Er war da! Weshalb? Oh, Gott, was ist da los?

Ich bemühte mich, unaufgeregt zu fragen: »Mein Bruder war schon da? Was hat er denn gewollt?«

»Oh, es ging um den Neubau der Kirche, um die Planungen. Ein Tee. Mylady?«

Neubau der Kirche? Was hat Cyrus denn damit zu tun? Egal, gut so.

»Ja ... ja, gern.«

Pfarrer Higgins führte mich in sein Wohnzimmer, bot mir einen Stuhl und verschwand in der Küche wegen des Tees.

Ich sah mich um. In einem der Regale sah ich gleichartig beschriftete Folianten mit Jahreszahlen. *Die Kirchenbücher? 1847 müsste stimmen ... soll ich? Nein, warte ... oder? Wieso soll ich in einem Kirchenbuch nachsehen?* Dann fiel mir ein Grund ein. Anne hatte gesagt, dass ihre Tochter bei der Geburt ihres Kindes gestorben ist.

Ich wartete, bis Higgins mit dem Tee kam. *Er ist ganz schön wackelig auf den Beinen ...*

»Die Herrschaften von Schloss Skinnerpick nehmen uns doch sonst gar nicht zur Kenntnis, wenn ich das so sagen darf, Mylady. Sie gehören doch zu Portishead. Und dann heute gleich zweimal so hoher Besuch ...«

»Ich habe einen Grund, der nicht schön ist, Hochwürden. Unsere Hausdame Anne ist gestorben, sie gehörte doch zu Ihrer Pfarrei, oder?«

Der Pfarrer nickte heftig. »Ja, das tat sie. Sie hatte eine sehr schöne Beerdigung dank der Großzügigkeit Eures Vater, Mylady.«

»Ja, eine würdige Beerdigung. Ich habe mit meiner Mutter darüber gesprochen und eine Information fehlte uns aber noch. Wo ist ihre ... also Annes Tochter begraben. Sie ist doch hier gestorben?«

»Das ist sie. Wo ihr Grab ist, weiß ich nicht genau. Ich glaube hier. Sicher bin ich nicht, ist lange her. Aber ich kann im Kirchenbuch nachsehen, da wird das eingetragen.«

Na, endlich ...

»Wunderbar. Dann seht doch bitte nach.«

Ich lehnte mich zurück, nahm die Tasse Tee hoch, verschüttete einen Teil, weil meine Hand nicht ruhig bleiben wollte. Innerlich platzte ich fast vor Ungeduld, hätte ihm am liebsten das Buch aus den Händen gerissen und selbst gesucht.

Er wackelte zum Regal, fand die richtige Reihe. Gebückt fuhr er mit dem Finger die Buchrückenseiten entlang ... *Sehen tut er auch nicht mehr gut* ... , bis er endlich den richtigen Folianten entdeckt hatte und legte ihn vor sich auf den Tisch. Er schlug ihn auf, blätterte und fuhr zurück. »Das ... das kann doch nicht sein!«

»Was ist, Hochwürden«, fragte ich, aufs Äußerste angespannt.

Er sah mich völlig entgeistert an und zeigte auf die Buchmitte: »Die ... die Seite mit der Eintragung ist nicht da, sie fehlt.« Er beugte sich tief in den Band, fuhr mit dem Finger die Buchmitte entlang. »Rausgerissen. Weg. Nicht mehr da.«

Gut, dass ich saß. Mir zog es den Boden unter den Füßen weg.

Cyrus war da! Wer soll es sonst getan haben? Er weiß von Annes Geständnis? Woher? Was nun?

Higgins schüttelte den Kopf. »Seit Jahren war niemand mehr an den alten Kirchenbüchern. Ich habe keine Idee, wie die Seite weggekommen sein könnte.«

»War denn irgendetwas Besonderes in dem Jahr?«, fragte ich und gab mir weiter den Anschein von Unaufgeregtheit. »Wissen Sie denn ungefähr, wo Annes Tochter ihr Grab hat?«

Der Pfarrer tupfte sich Schweiß von der Stirn. »Es war ein aufregendes Jahr. Mein erstes Findelkind und ein junges Mädchen, das bei der Geburt gestorben ist – Annes Tochter. Sie war viel zu jung, hat der Arzt gesagt.«

»Und ihr Kind, was ist mit dem?«

»Das, das weiß ich nicht, es … Moment – das weiß ich noch, es war keines eingetragen. Vielleicht ist es auch gestorben?«

»Gab es da nicht ein Findelkind?«

»Woher wisst Ihr, Mylady? … Ja, das wurde eine Woche später vor meine Tür gelegt.«

»Gab es etwas … Auffälliges mit dem Kind? Ein Junge oder ein Mädchen?«

»Ein Junge, ein zwei Wochen alt, dick eingepackt. Es war kalt, ich erinnere mich …«

»Lag etwas dabei? Ein Brief? Ein Zettel?«

»Nein, es war nichts dabei, soweit ich mich erinnere. Warum interessiert es Euch, Mylady?«

»Ach, nur so. Anne hat von ihrer Tochter erzählt. Vergesst die Frage. Eines muss ich aber noch wissen. Wer sind die Zieheltern von dem Findelkind?«

»Peter und Eleonore Brown, das Schulmeisterehepaar von Portishead, Mylady. Ich denke, sie haben dem Jungen nicht gesagt, dass er hier vor meiner Tür gefunden wurde.«

»Wissen Sie, was aus dem Jungen geworden ist?«

Higgins schüttelte den Kopf. »Da kann Euch Father Gregory sicher mehr sagen, Mylady.«

»Woher wissen Sie eigentlich das alles so genau, Hochwürden? Das liegt doch lange zurück.«

»Dieses Kind war mein erstes von vier Findelkindern, die der Herr mir auferlegt hat. Das war alles neu für mich und ich habe es nie vergessen. Versorgen des Kleinen. Ich war noch nicht verheiratet. Eine Nachbarin hat geholfen. Liebende Eltern finden. Es war aufregend. Ich suchte von der Kanzel nach Zieheltern, und die Browns kamen sofort nach der Messe zu mir. Gute Leute, fromme und ehrbare Mitglieder der Gemeinde. So habe ich das Kind getauft und Ihnen gegeben. Sie haben den Kleinen William genannt. Gott überträgt der Kirche damit eine große Verantwortung, und ich habe mich ihr nach besten Kräften gestellt.«

»Ich danke Ihnen, Hochwürden«, sagte ich, zog meine Jacke wieder an und verließ das Pfarrhaus mit rauschendem Kopf. Charles fragte mich dreimal irgendetwas, bevor ich ihm sagte, dass er mich nachhause fahren solle.

Die fehlende Seite, das kann nur Cyrus gewesen sein
...

***

Cyrus sah seinen Vater in der Bibliothek sitzen und lesen. Der Raum mit seinen umlaufenden deckenhohen Bücherregalen hatte zwei fast bodenlange Fenster an der Südseite, und die Sonne warf ein warmes Licht hinein. Vater saß in einem Ohrensessel mit dunkelrotem Polster neben einer der verschiebbaren Leitern auf Rollen und las in der Times.

»Suchst du eine Braut für mich in der Times, Vater?«, fragte Cyrus und setzte sich gegenüber auf den zweiten Lesesessel. Dazwischen auf dem kleinen, runden Tischchen standen eine Karaffe und ein Kristallglas mit dem »Lesewein« wie Vater zu sagen pflegte, einem uralten Port, den er aus Liverpool bezog.

»Du bist zu Scherzen aufgelegt, mein Sohn, was ist los?«

»Nichts Besonderes, ich mache mir nur seit unserem letzten Gespräch über Verantwortung für das Geschlecht der Skinnerpicks diesbezügliche Gedanken.«

»Löblich«, knurrte Lord Arthur, ohne aufzublicken. »Hast du eine Idee?«

»Die habe ich in der Tat. Mein Colonel hat zwei Töchter, die mir schon vorgestellt wurden. Eine ganz ansehnlich …«

»Das Aussehen ist weniger wichtig, als man denkt, Sohn. Auf den Charakter kommt es an. Das siehst du an deiner Mutter und mir.«

»Aber, Vater, das Porträt von Mutter als sie jünger war, an der Familienwand zeigt, dass sie eine sehr schöne Frau war und ist. Man sieht es auch an Florence, die sieht doch aus wie Mutter vor 25 Jahren.«

»Schon, ich habe es auch nur allgemein gemeint.«

Aber ganz schön missverständlich, dachte Cyrus.

»Und du hast doch ebenfalls gut ausgesehen, tust es immer noch …«

»Willst du was von mir, dass du mir schmeichelst?« Der Lord blätterte die Zeitung eine Seite weiter. »Ich lese gerade, dass die Frauen immer einflussreicher werden wollen. Sie wollen wählen, haben in London eine eigene Universität gegründet ...«

»Nicht alle Entwicklungen sind gut, Vater.«

»Ich halte das nicht für falsch. Es muss nur in die richtige Richtung geleitet werden, verstehst du? Man muss die Kontrolle behalten.«

»Man mit zwei ›n‹?«

Lord Arthur lachte. »So ähnlich.«

»Ich glaube, man sollte die Macht der Frauen nicht unterschätzen. Dümmer als wir Männer sind sie jedenfalls nicht ...«

»Ich weiß nicht, wenn man so manche der Frauen in unserer Dienerschaft ansieht ...«

»Ich habe mich vor kurzem mit Florence darüber unterhalten, fast schon gestritten. Sie sagt, es läge daran, dass man die Frauen und Mädchen dumm hält, sie nicht zur Schule schickt ... Du weißt, dass Florence eine Mädchenschule auf Skinnerpick einrichten will? Sie wartet auf meine Zustimmung.«

»Halte ich für eine aus Langeweile geborene Idee, ohne Sinn und Zukunft, Vater«

»Das war meine Anfangshaltung, aber im Unterhaus haben sie darüber diskutiert, und es kamen durchaus Argumente dafür. Die stehen zum Beispiel hier in der Times. Frauen sind zäher als Männer, wenn sie etwas angefangen haben, bleiben sie dabei.«

»Das halte ich für ein Gerücht, Vater.«

Lord Arthur schaute wieder aus der Zeitung hoch und seinem Sohn in die Augen.

»Du bist ja ein Beispiel für das schnelle Aufgeben. Du flatterst dich immer noch durchs Leben, mein Sohn. Florence wirkt auf mich zielstrebiger. Sie wird bald heiraten und etwas für den Erhalt der Familie tun, wenn …«

»Aber nicht unserer Familie, der von Walter, so sehe ich das«, unterbrach Cyrus seinen Vater. »Schließlich gehört die Frau zum Mann, nimmt seinen Titel an. Ich gebe meinen, unseren Titel, an meine Kinder weiter, sie nicht.«

»Das ist auch richtig. Trotzdem hat sie bisher alles zu einem Ende gebracht, das sie angefangen hat. Der Hauslehrer war begeistert von ihr, meinte, man könne ihr kaum noch etwas beibringen. Derselbe Hauslehrer, bei dem du … na, ja, wie sage ich es richtig – der sich bei dir … schon Jahre vorher bemüht hatte. Wenn es Internate für Mädchen gäbe, wäre sie dahingegangen und hätte es abgeschlossen. Sie ist wie ihre Mutter, die eine komplette Musikausbildung hinter sich gebracht hat. Gegen den Widerstand ihrer Eltern.«

»Musik …« Cyrus grinste.

»Mach dich nicht lustig, es gibt ihrem Tag Sinn und erfreut unsere Gäste …«

Nicht alle, das sehe ich jedes Mal ...

Cyrus sah durchs Fenster eine Kutsche kommen. Sie hielt an und Florence stieg aus.

»Florence kommt, Vater. Weißt du, wo sie war?«

Lord Arthur schüttelte den Kopf. »Warum? Wir können sie ja fragen.«

»Aber nur, wenn sie hierher kommt. Ich gehe und sage ihr Bescheid, dass wir hier sind. Wo ist eigentlich Mutter?«

»Im Musikzimmer, sie übt, wo denn sonst? Sie gibt doch bald ein Fest für Freunde und Nachbarn.«

Warum frage ich.

Cyrus huschte in die Eingangshalle und fing seine Schwester ab.

»Sei gegrüßt, Schwester, woher des Wegs?«

Florence wirkte leicht aufgelöst, ihr Gesicht war gerötet und ihr Blick unstet. Sie zögerte kurz bei ihrer Antwort. »Ich ... ich komme aus ... Portishead. Ich war dort wegen meiner Schule, die ich hier einrichten werden, wenn Vater zustimmt.«

»Portishead?«

»Ja, ich habe mir das alte Schulhaus angesehen. Seine Einrichtung könnte mir als Beispiel dienen für die Schulräume auf Skinnerpick.«

»Würdest du Vater und mir Gesellschaft leisten? Wir sind in der Bibliothek.«

»Tue ich gern, lass mich was anderes anziehen und etwas frisch machen, Cyrus.«

»In Ordnung. Wir warten auf dich.«

Florence verschwand nach oben und Cyrus ging zurück.

»Sie kommt gleich, hat sie gesagt. Kann ich auch einen Port haben?«

»Natürlich, nimm dir ein Glas vom Tablett auf der Anrichte. Mr. Summer hat in weiser Voraussicht vorgesorgt.«

»Dein Butler ist eine Koryphäe an Vorausdenken. Meinst du, ein weiblicher Butler könnte das genauso?«

»Die Zofe deiner Mutter, ich denke, das bekäme sie hin. Mutter erzählt Wunderdinge von ihr und hält größte Stücke auf sie.«

»Dann kann sie sie ja gleich als Nachfolgerin für Anne einsetzen, oder?«

»Ich glaube, darüber denkt sie tatsächlich nach. Aber ich weiß es nicht.«

»Ist ja auch nicht so wichtig …«

»Na ja, wenn das Essen nicht mehr schmeckt, oder etwas fehlt, wirst du es schon merken.«

»Warten wir das ab …«

Vater lachte. »Du bist einfach nur …«

Cyrus nahm sich ein Glas, schenkte sich ein, und sein Vater und er genossen eine Weile schweigend den Portwein.

»Ein wunderbarer Tropfen«, sagte Lord Arthur.

»Bin ganz deiner Meinung.«

»Man muss nur vorsichtig sein, der Wein ist stark.«

»Kein Wunder bei dem Brandyanteil, dafür aber haltbar.« Cyrus lachte, trank aus und wollte seinem Vater und sich nachschenken. Lord Arthur hielt die Hand über sein Glas und schüttelte den Kopf. »Es ist zu früh. Ich leiste mir nur in der Bibliothek eine Ausnahme.«

»Ausnahmen sind überall Ausnahmen – ohne Ausnahme«, scherzte Cyrus und schenkte nur sich nach.

Kurze Zeit später bog Florence um die Ecke. Sie hatte ein bodenlanges Kleid aus feinem, hellgelbem Stoff angezogen, darüber trug sie ein kurzes, blaues

Hausjäckchen. Das Haar hatte sie mit einem Stirnband hochgebunden. Beim Gehen sah man Schnürstiefelchen aus hellem Leder.

»Florence, schön dich zu sehen. Der Raum wirkt gleich viel freundlicher, wenn du da bist«, begrüßte sie Lord Arthur, umarmte sie und gab ihr einen Kuss.

Florence erwiderte den Kuss ihres Vaters, wobei es Cyrus vorkam, als zögerte sie einen kleinen Moment. Aber er hatte sich wohl getäuscht.

»Mich willst du ja wohl nicht küssen, Schwester, oder?«, sagte er.

»Dafür habe ich Walter, der kann das besser als du«, antwortete Florence schnippisch.

Wenn du wüsstest ...

»Du hast es ja noch nie probiert. Ein Glas Port?«

»Oh ja, könnte nicht schaden.«

»War es anstrengend?«, fragte Lord Arthur.

»Anstrengend?«

»Ja, wo du warst, Tochter.«

»Ach so. Nein, anstrengend war es nicht. Ich habe nur das Schulhaus in Portishead angeschaut. Vor allem die Möbel im Klassenraum, die man braucht.«

»Du gehst davon aus, dass ich dir das Projekt genehmige, Florence?«, fragte der Lord.

»Ja, warum solltest du denn nicht?«

»Vater ist noch nicht sicher, ob es vorteilhaft für uns wird, wenn alle Mädchen zur Schule gehen«, warf Cyrus ein.

»In jedem Fall, Bruder! Mädchen, die lesen und schreiben können, denken und arbeiten besser, als wenn sie es nicht können. Denk an Anne, die ist eine hervorragende Haushälterin geworden.«

»Vielleicht machen sie einfach nur mehr Schwierigkeiten, als wenn sie es nicht können«, meinte Cyrus.

»Die Besten schicken wir dann vielleicht auf eine Universität in London oder sie gründen eine Fabrik wie die Männer. Eine Ärztin für die Frauen könnten wir gut hier gebrauchen. Wir haben mehr junge Frauen und Mädchen in unseren Dörfern als Männer. Ich weiß, was es bedeutet und Mutter auch, sich von einem Mann untersuchen und behandeln lassen zu müssen. Ihr könnt euch das nicht vorstellen.«

»Du bist in der Sache schon sehr weit voraus, Florence. Wir haben einen wichtigen Punkt noch nicht besprochen.«

»Welchen, Vater?«

»Das Geld. Was wird das Ganze kosten?«

»Ich habe noch keinen genauen Plan – genau wie du mit dem Kirchenneubau in Nailsea, Vater. Wenn alle Handwerker Angebote geliefert haben, werde ich es dir sagen.«

Woher weiß sie das?

»Deine Idee, den Mädchen für jeden Tag, den sie zur Schule kommen, einen halben Penny zu zahlen, macht mir zu schaffen. Billig wird es nicht, wenn ...«, begann der Lord.

»Vater, rechne einfach 25 Mädchen, die kommen. Das macht 12 Shilling pro Monat. Wir geben mehr für die Salben für die Hufe unserer Pferde aus. Und für einen halben Penny pro Tag kann man ein billiges Brot kaufen.«

»Was für ein Vergleich. Hältst du das wirklich für nötig?«

Ich ereiferte mich. Das war mein Thema seit langem. »Das ist nötig, denn sonst schicken ihre Eltern die Kinder zur Arbeit, nicht in die Schule. Seit 20 Jahren dürfen Kinder nicht mehr wie Erwachsene 12 Stunden am Tag arbeiten. Aber statt, dass sie lernen oder spielen, schicken die Eltern sie Geld verdienen, weil sie arm sind. So kriegen die Eltern in Nailsea und Portishead etwas Geld, und die Kinder lernen.«

»Ist schon gut, Florence. Ich verstehe. Das ist schon sehr modern, wie du denkst. Überzeugt bin ich noch nicht, denn ...«

»Noch was: Mary hat mir geschrieben, dass im Parlament darüber diskutiert wird, eine allgemeine Schulpflicht einzuführen. Die Politiker halten Schule für alle also für genauso wichtig.«

»Diskutieren heißt noch nicht ›zum Gesetz machen‹ ...«

»Nimm es einfach von meiner Mitgift, Vater«, unterbrach ich ihn. »Walter braucht sie nicht dringend. Seine Familie ist reich genug.«

Lord Arthur lachte auf. »Du hast immer eine Idee, wie es weitergeht. Also gut. Ich gebe auf. Nimm deine Schule in Angriff. Aber das ruhige Leben hier auf dem Schloss wird nicht gestört!«

»Oh. Danke das ist wunderbar!«, rief Florence aus, warf die Arme in die Luft vor Freude und umarmte den Lord stürmisch. »Du wirst es nicht bereuen. Die Frauen und Mädchen von Skinnerpick werden es dir danken, wenn sie mehr lernen als nur Handarbeit und Bibellesen.«

»Warten wir es ab. Jedenfalls bist du bis dahin beschäftigt.«

»Danke, noch einmal, Danke, Vater. Walter kommt gleich. Ich muss es sofort mit ihm besprechen. Mutter muss ich es auch sagen.«

»Vergiss die Hochzeitsvorbereitungen nicht bei all den Plänen. Das ist mindestens genauso wichtig. Und überlege, was mit der Schule wird, wenn du mit Walter wegziehst.«

Florence stürmte aus dem Zimmer, es war nicht sicher, dass sie das noch gehört hatte.

»Wenn nicht wichtiger«, sagte Cyrus leise.

»Wenn du mich jetzt die Times fertiglesen lässt, Cyrus, würde mich das freuen. Oder hast du noch etwas?«

»Nein, Vater. Ich werde ins Regiment fahren. Der Statusbericht für die Krone ist bald fällig, ich muss noch einiges erheben lassen.«

»Nur zu. Und denk an die Töchter vom Colonel. Zumindest an die hübschere«, sagte der Lord und lachte.

Cyrus ging in sein Zimmer und zog sich seine Uniform an. Er schlenderte anschließend zu den Stallungen. Der Kutscher, der mit Florence gekommen war, striegelte das Pferd und verbeugte sich, als Cyrus vorbeiging.

»Na, Charles, wie war es in Portishead mit Lady Florence?«, fragte Cyrus leutseliger als üblich.

Erstaunt antwortete der Kutscher: »Was meinen Mylord? Portishead? Wir waren in Nailsea. Bei Pfarrer Higgins.«

Cyrus erstarrte und sein Herz hämmert bis zu Hals. Er blieb eine kurze Weile stehen, bis er sich einigermaßen beruhigt hatte und zu seinem Einspänner und Glorious weiterging.

**

Als ich aus der Bibliothek schwebte – *ich darf die Mädchenschule gründen* – lief mir Walter über den Weg. Ohne zu überlegen, ob jemand von der Dienerschaft zusah, fiel ich ihm um den Hals und küsste ihn.

»Walter! Vater hat der Schule zugestimmt. Ich richte eine kostenlose Schule für die Mädchen ein. Es ist einfach wunderbar!«

Walter hob mich kurz hoch und strahlte mich an »Das ist wunderbar, Liebling. Glückwunsch. Dann kannst du deinen Wunsch endlich umsetzen.«

In dem Moment fiel mir ein, was ich beim Pfarrer in Nailsea erlebt hatte. Meine Stimmung fiel ins Bodenlose.

»Was ist mit dir, Florence? Du bist ja auf einmal ganz blass. Ist dir nicht gut?« Walter faste mich an den Händen. »Willst du dich setzen?«

Ich sah mich kurz um, bemerkte Diener in der Nähe und schüttelte den Kopf.

»Lass uns zu mir aufs Zimmer gehen.«

Das taten wir.

Als die Tür hinter uns ins Schloss gefallen war, umarmte ich Walter und mir begannen die Tränen zu laufen. »Oh, Liebling, was habe ich getan. Es gibt kein Zurück mehr.«

»Was für ein Zurück?«

»Den Brief von Anne vernichten und alles lassen, wie es ist …«

»Warum?«

Ich musste mich setzen. Walter drückte sich neben mich, hielt meine Hand und reichte mir ein Taschentuch, das er wohl in der Tasche hatte.

»Cyrus, Cyrus weiß es. Er …«, ein Schwall Tränen folgte meinen Worten, »… er hat die Seite mit dem Eintrag des Findelkindes aus dem Kirchenbuch gerissen.«

»Oh, Gott. Woher weißt du das?«

»Ich habe den Pfarrer nach einer Eintragung zum Tod von Annes Tochter suchen lassen – ein Vorwand – und er hat das Fehlen der Seite bemerkt …«

»Aber … Cyrus?«

»Er war ein paar Stunden vorher da, wegen eines viel einfaltsloseren Vorwands als ich. Der Pfarrer sagt, es war seit Jahren niemand an den alten Kirchenbüchern.«

»Dann muss er es gewesen sein.«

»Aber, woher weiß er das. Es hat ihm doch niemand erzählt …«

»Der Brief!«

Ich sprang auf und stürzte zu meinem Schreibtisch, tastete nach dem Schlüsselchen unter dem Regalbrett an der Wand. Er war da, und ich schloss die Schublade mit zitternden Händen auf.

»Er ist noch da! Gott sei Dank!« Ich hielt mir den Brief vor die Brust und atmete tief aus.

»Das ist wichtig«, sagte Walter. »Sonst gibt es keinen Beweis mehr ...«

»Stimmt, und er ist an Mutter geschrieben. Sie muss es so erfahren, von Annes Hand.«

»Du hast Recht.«

»Ich zermartere mir den Kopf, woher Cyrus vom Inhalt des Briefs erfahren hat?«

»Vielleicht hat er zufällig etwas gehört?«

»Die Räume in diesem Flügel sind hellhörig. Du weißt ... deswegen müssen wir uns hier noch schicklich verhalten und können nicht ...«

Walter grinste. »Leider ... Dann hat er vielleicht an der Tür gelauscht, als du mir den Brief gezeigt hast?«

Ich nickte heftig. »So muss es gewesen sein.«

»Gut«, sagte Walter, »das tut aber auch nichts mehr zur Sache. Wenn er es weiß, wird er versuchen, den Brief in die Hände zu bekommen. Du musst ihn besser verstecken. Das Zimmer zu durchsuchen, dürfte für ihn eine Kleinigkeit sein. Die Schreibtischschublade kriegt er auch auf und ...«

»Und schiebt es der Dienerschaft in die Schuhe, wenn nötig.«

»Gib ihn mir mit, Liebling. Bei mir kann er nicht suchen.«

»Das ist eine hervorragende Idee. Das machen wir.« Walter sah mich nachdenklich an. »Cyrus ist gefährlich. Er ist entschlossen, sich sein Erbe und den Titel nicht wegnehmen zu lassen. Du musst aufpassen, was du tust.«

»**Wir** müssen aufpassen, Liebling«, sagte ich zärtlich und streichelte seine Wange. »Ich liebe meinen Bruder ... habe ihn bis vor kurzem geliebt. Tue es noch ... ich weiß ich nicht mehr, was ich von ihm halten soll. Was täte er alles, um sich eines Konkurrenten um sein Erbe zu entledigen?« Plötzlich stand es klar vor meinen Augen, was zu tun ist. Ich fühlte Kraft und Entschlossenheit. *Ich rede mit Cyrus!*

Walter gegenüber erwähnte ich es nicht, warum konnte ich in dem Moment nicht sagen. *Vielleicht später ...* Ich lehnte mich an ihn, genoss den Duft seines Rasierwassers und die Ruhe, die er ausstrahlte. Er streichelte meine Wange. Was für wohliges Gefühl. Ich gab ihm noch einen Kuss oder zwei oder drei ...

»Komm, Walter, meine Tränen sind getrocknet. Lass uns nach unten gehen. Meine Eltern sind im Haus, und sie sehen es nicht gern, wenn wir zu lange allein hier oben sind.«

Walter nickte. Ich umarmte ihn innig und sagte. »Es ist gut, dass du da bist und mir hilfst. Lass uns mit meinen Eltern über mein Schulprojekt plaudern. Es muss für Cyrus so aussehen, als wenn ich mich um nichts anderes kümmere.«

***

Ich hatte nach wie vor Skrupel, das zu tun, was ich mir
vorgenommen hatte. Bevor ich mich nach Portishead zum
Schulemeisterehepaar aufmachte, der Kutscher vom letzten
Mal fuhr mich, hatte ich einen langen Spaziergang im
Castle-Park unternommen – wie damals, als der kleine
Vogel auf de Cupido-Statue meinen Weg bestimmt hatte.
Die Gedanken kreisten wie von selbst um meinen
Halbbruder Cyrus, den ich nicht mehr richtig einschätzen
konnte.

Liebte ich ihn wie vor Annes Beichte? Wie würde er
mich sehen, wenn er wüsste, was ich vorhabe? Was macht
Vater mit mir? Wie geht Mutter mit dem neuen, einzigen
Sohn um?

Wir fuhren dann aber doch los. Dann schoss mir
plötzlich durch den Kopf: *Was sagen denn die Zieheltern
zu dem Ganzen? Was tut William, der Sohn von Mutter?
Will er das überhaupt, was ich ihm aus heiterem Himmel
anbietet?*

Ich hatte keine Antworten auf die vielen Fragen, als die
Kutsche plötzlich hielt.

»Wir sind da, Mylady. Hier wohnt die
Schulmeisterfamilie«, sagte der Kutscher.

»Danke«, ich stieg aus.

Wir standen vor einem kleinen Haus aus roten Ziegeln
mit einem Schieferdach. Aus dem Schornstein stieg dünner
Rauch auf. In den Fenstern standen Blumen. Die Läden
waren weiß gestrichen, ebenso der Zaun um den kleinen
Garten und das Gartentor mit einem roten Riegel davor.

Ich ging die paar Schritte durch gepflegten Rasen und kurze Sträucher. Die Sorte kannte ich nicht. Ich wollte danach fragen. Bevor ich an die dunkelgrün gestrichene Tür klopfen konnte, öffnete sich die Tür, und eine Frau, etwa in Mutters Alter, schaute mich aus freundlichen Augen an. Sie trug eine Bluse, einen Rock und eine Schürze aus Leinen und wischte sich ihre Hände an einem Tuch ab.

»Ihr wollt zu uns, Mylady?«

Es sieht so aus, als ob mich alle Dorfbewohner kennen ...

Dabei lag es wohl an meiner Kleidung und dem goldenen ›S‹ auf der Kutschentür, wie Walter meinte, als ich ihm von dem Besuch erzählte.

Ich nickte und sagte: »Sie sind Mrs. Brown, die Frau des Schulmeisters, nehme ich an?«

Die Angesprochene nickte. »Was kann ich für Euch tun, Mylady?«

»Darf ich reinkommen? Ist Mr. Brown auch da?«

»Aber selbstverständlich. Seht uns nach, dass wir nicht besonders aufgeräumt haben. Mein Mann sitzt im Wohnzimmer. Er hört nicht mehr gut. Unser Sohn ist in Bristol auf einer Baustelle.«

Aha! William ist Handwerker.

Sie trat zur Seite und ließ mich hineingehen. Alles blitzte vor Sauberkeit. Im Flur und im kleinen Wohnzimmer standen Möbel guter Qualität. Da hatte ich schon einfachere gesehen. Auch bei den Pfarrern.

»Peter, die junge Lady aus Skinnerpick ist zu Besuch! Steh auf, bitte!«, rief Mrs. Brown ziemlich laut hinter mir.

Aus einem Ohrensessel erhob sich etwas mühsam ein Mann mit wallendem weißem Haupt, deutlich älter und gebrechlicher als mein Vater. Seine Augen lagen tief in ihren Höhlen, hatten aber noch einen Glanz, der für Neugier und einen wachen Geist sprach. Er stützte sich auf einen Stock.

»Von seiner Lordschaft?«, fragte er. »Welche Ehre.« Er kam zwei Schritte auf mich zu, deutete eine Verbeugung an. »Willkommen in unserem bescheidenen Heim, Mylady. Ihr seid Lady Florence, richtig?«

»Das bin ich. Machen Sie sich bitte keine Umstände. Ich komme mit einer Frage zu Ihnen und störe Sie.«

»Besuch aus Skinnerpick stört nie. Ihr müsst Euch setzen. Mylady. Fragen bespricht man nicht im Stehen. Welche es auch sein mögen.« Er deutete auf einen gepolsterten Stuhl, der wie neu aussah.

Ich dachte an meine Mädchenschule und sagte. »Der Stuhl sieht sehr gut aus, wie gerade gefertigt, Mr. Brown. Wo ist der her?«

Mr. Brown antwortete mit Stolz in seiner Stimme: »Mein Sohn William ist Möbeltischler und Polsterer. Er hat ihn für uns gemacht wie fast alle Möbel in unserem Haus.«

Ich setzte mich, man saß hervorragend. Der Stuhl wirkte darüber hinaus sehr stabil.

Das ist es!

Mrs. Brown kam mit einem Tablett mit Tee, Tassen und Gebäck aus der Küche, das sie auf den kleinen runden Tisch in der Mitte stellte. Das Tischchen hatte eine auf Hochglanz polierte Platte mit Intarsien und geschwungene

Beine, wie ich sie aus unserem Salon nicht besser kannte. Eine feine Arbeit.

»Noch ein perfektes Möbelstück. Ihr Sohn muss ein Künstler sein, Mr. Brown.«

»Das ist er. Alle Hausbesitzer wollen ihn in Bristol und Umgebung«, warf Mrs. Brown ein, ebenso stolz wie ihr Mann. Sie schenkte mir Tee ein, dann ihrem Mann und sich selbst.

»Lady Florence kommt wegen einer Frage, Peter. Hast du das vergessen?«

»Natürlich nicht, Liebes. Welche Frage dürfen wir versuchen zu beantworten, Mylady?«

Ich erzählte von meinem Projekt einer Mädchenschule auf Skinnerpick. Eine kostenlose Schule für alle Mädchen in Nailsea und Portishead, bei der die Kinder für regelmäßigen Besuch sogar bezahlt würden – mäßig zwar aber immerhin. Mrs und Mr. Brown waren sofort Feuer und Flamme. Kein Wunder, war Mr. Brown doch lange Jahre Schulmeister der Armenschule in Portishead gewesen und half auch jetzt im Ruhestand noch gelegentlich aus. Folglich musste ich die beiden nicht lange überreden, mir das Schulhaus zu zeigen und mich dem jetzigen Lehrer vorzustellen. Mein ursprünglicher Plan war gewesen, von dem Schulmeisterehepaar zu erfahren, wie ich einen guten Lehrer oder eine gute Lehrerin für meine geplante Schule finden könnte. Nebenbei wollte ich irgendetwas über William herauskriegen. Jetzt hatte ich schon viel mehr erreicht: Ich wusste, was William machte und wo. Das hieß es jetzt zu nutzen.

Das Ehepaar Brown machte mich mit dem Lehrer der Portishead Armen- und Sonntagsschule bekannt, und er zeigte mir den großzügigen Klassenraum, in dem er etwa 25 Kinder unterrichten konnte. Sie kamen nicht regelmäßig, weil manche, wie so viele Kinder zurzeit, ihren Eltern helfen und mit Geld verdienen mussten. Vater tat, was er konnte, auch auf meinen nicht nachlassenden Druck hin, um Kinder davon abzuhalten. Mein neues Projekt wäre ein weiterer Schritt. Doch es reichte nicht für alle. Die revolutionären Ideen eines Richard Owen ließen sich eben nicht überall auf einen Schlag durchsetzen.

»Ich interessiere mich für die Kunst Ihres Sohnes. Meine Schule benötigt Möbel, die gut und stabil sind, um Kinder auszuhalten. Meinen sie, er würde mir helfen können?«

»Aber natürlich wird er das. Es wird ihm eine Ehre sein, dem Haus Skinnerpick zu helfen, Mylady«, antwortete Mr. Brown eifrig.

»Dann sollten Sie ihm sagen, das ich mit ihm treffen möchte. Vielleicht können Sie kommende Woche am Freitag möglich machen? Ich lasse ihn abholen. Gegen vier Uhr nachmittags?«

Die beiden alten Leute nickten freudig und ich verabschiedete mich zufrieden, wie ich zuerst dachte. Auf dem Rückweg fiel mir aber ein, dass einige Dinge unklar geblieben waren.

Wusste William, dass er ein Findelkind war? Wie reagieren die Zieheltern, wenn sie erfahren, wer William wirklich ist? Wie ist er? Werde ich ihn mögen?

Doch das Wichtigste war: *Ich werde meinen Bruder kennenlernen und dann sehen wir weiter ...*

***

Ich hatte für Mutters Einladung mein schönstes Kleid angezogen, mit der Hilfe meiner Zofe, die ich nur gelegentlich in Anspruch nahm. Am liebsten kümmerte ich selbst um mich. Aber ein Korsett konnte ich nicht selbst anlegen. Das Kleid war aus jadegrüner Seide mit Puffärmeln, betonte meine schmale Taille und hatte eine gerade noch schicklich tiefe Ausschnittlinie. Für Mutter zu tief, für mich genau richtig. Ich hatte in der Times Zeichnungen von Ballkleidern gesehen, und sie meiner Schneiderin gezeigt. An der Ausschnittlinie war reichlich Spitze aufgenäht. Natürlich trug ich Handschuhe aus feinem, hellem Leder, einen Fächer aus Elfenbein und um meinen Hals die Perlenkette von Großmutter, immer abwechselnd drei weiße und eine schwarze Perle. Ich fand sie nicht übermäßig schön, aber Mutter bestand darauf, und der Schmuck entstellte mich nicht, wenn ich ehrlich zu mir selbst war. Außerdem passte die Kette zu meinen Ohranhängern aus goldgefassten schwarzen Perlen. Mein Haar hatte ich von der Zofe hochstecken lassen. Das brachte die Halskette besonders zur Geltung. Außerdem mochte Walter meinen offenen Hals. Er drückte mir oft heimlich sanft seine Lippen dahin, und ich genoss das Prickeln auf der Haut, das bis weit hin zu anderen Partien des Körpers ausstrahlte.

Mutter hatte die Familien der umliegenden Adelshäuser eingeladen und den Colonel Lord Strongbook aus dem Regiment von Cyrus mit seiner Frau. Wegen der Töchter, vermutete ich. Vater deutete ständig an, wie wichtig es wäre, dass der Erbe des Titels bald eine standesgemäße Ehe einging oder sich zumindest verlobte. Mit seinen 23 Jahren etwas früh, wie ich fand. Um mich musste er sich ja nicht mehr kümmern, seit ich mit Walter verlobt war. Um sich und Vater herum hatte Mutter die ranghöchsten Gäste platziert. Der Duke aus der Nachbarschaft mit hervorragenden Verbindungen ins Oberhaus und zur Queen, wie es hieß, saß meinen Eltern gegenüber. Daneben, absteigend die weniger wichtigen Ränge bis hin zu der verwitweten Baroness, die immer zu viel trank, zu viel von sich redete und zu laut lachte. Am Ende der Tafel saßen Cyrus und ich mit Walter und uns gegenüber die Töchter des Colonel, Lady Violet und Lady Regina. Sie hatten sich gewaltig herausgeputzt. Beide trugen Kleider aus Seide mit eng anliegendem Miederteil und weiten Röcken in leuchtendem Rot die eine und Blau die andere. Lady Violets Hals schmückte eine opulente Kette zu schlichten Goldohrringen; Regina trug nur ein schmales Goldkettchen um den Hals, dafür dicke Ohrringe. Beide hatten Brillantringe an den Händen und Armreifen aus Gold um die Arme, die bei jeder Bewegung leise klimperten. Die Frisuren setzen dem Ganzen die Krone auf: Beide hatten – wie Zwillinge – ausladende Hochsteckfrisuren mit goldenen Haarnadeln mit Edelsteinköpfchen, die eine nach links, die andere nach rechts. Für mein Gefühl war das von allem zu viel.

Geschmack ist eben Geschmackssache, und ich sollte mich ja auch nicht in sie verlieben …

Nachdem wir eine halbe Stunde zwanglos mit einem Glas Sherry oder Port in der Hand im Festsaal von Backlynn-Castle gestanden und uns über belanglose Themen unterhalten hatten, klopfte Mutter an ihr Glas und bat zu Tisch. Unsere rot-golden livrierten Lakaien sammelten geräuschlos die Gläser mit ihren Tabletts ein, sofern man sie nicht mit an den Tisch nehmen wollte. Vater sprach unentwegt mit Lord Strongbook und lachte oft, was ich nicht so von ihm gewohnt war. Vielleicht hatten die Töchter etwas mitbekommen, und ich konnte sie später ausfragen.

Walter und ich suchten unsere Plätze. Wir fanden unsere Tischkarten schnell: Auf handgeschöpftem blassgelbem Büttenpapier hatte einer unserer Diener in feiner und klarer Handschrift Titel und Namen jedes Gastes geschrieben. Mutter war stolz, dass wir in unserer Dienerschaft einen solchen Künstler hatten, der diese Aufgabe für jeden dieser Anlässe erfüllte. Er hatte eine so schöne Schrift, dass er für Mutter die Umschläge ihrer Briefe schreiben musste, da ihre eigene Handschrift nicht ansehnlich war. Nicht alle unserer Bediensteten konnten lesen und schreiben, aber ich hatte Mutter überzeugt, darauf zu achten, wenn es um Einstellungen ging. Mr. Summer, unser Butler, der üblicherweise das Personal eigenverantwortlich einstellte, hatte sich daran gewöhnen müssen, dass Mutter einen Blick auf die Anwärter und Anwärterinnen warf. Das war in meinem Sinne.

Unsere Hausdame hatte zusammen mit Mr. Summer die Arrangements von Besteck, Gläsern, Servietten, Blumen und Kerzen komponiert. Ein wahres Labsal für das Auge. Mutter hatte von einer Verwandtschaft in Deutschland über mehrere Ecken bunt aber dezent bemaltes Porzellan aus Meißen – für Anlässe wie diese – auffahren lassen. Selbst der Menühalter war aus solchem Porzellan, ein kleiner Elefant, der die Menübeschreibung gefaltet in seinem Rüssel hielt. Hatte ich vorher nie gesehen, musste neu sein.

»Was gibt es denn heute Gutes«, fragte Walter, nachdem er meinen Stuhl herausgezogen und mich hatte Platz nehmen lassen.

Ich las vor: »Kaviar Canapés, Austern und Rindercarpaccio zur Auswahl als Vorspeise. Im Hauptgang zarte Gänsebrust mit knuspriger Haut, dazu cremiges Kartoffelpüree und gedünstetes Gemüse.«

»Und zum Dessert?«

»Typisch Mann«, warf ich ein, »immer auf das Süße aus« und las weiter: »Zur Nachspeise Makronen, Petits Fours, Schokoladentorte oder Früchtesorbets nach Wahl.«

»Habt ihr nicht einen französischen Koch?«, fragte Walter und entfaltete seine Serviette, »davon merkt man ja gar nichts.«

»Haben wir, aber Mutter erkundigt sich immer nach dem Lieblingsessen des Hauptgastes«, antwortete ich leise.

»Und wer ist das?«, fragte Walter ebenso leise.

»Der Duke oder der Colonel«, sagte ich.

»Aha! Egal, ich mag Gans auch mitten im Jahr.«

»Willst du nicht wissen, was es zu Trinken gibt?«

»Dein Vater hat nur beste Weine im Keller, Florence, das weiß ich mittlerweile.«

»Mr. Summer kauft immer ein. Er fährt nach Bristol oder Liverpool zur Vorauswahl und lässt den Händler die von ihm ausgewählten Weine hier vorstellen. Vater war noch nie unzufrieden.«

»Dann sollten wir schauen, ob wir Mr. Summer später für unseren eigenen Haushalt abwerben können.«

»Denk nicht dran, Liebling. Mr. Summer ist so lange bei uns, wie es Anne war ...«

Anne! Ich darf nicht vergessen, was viel wichtiger ist als dieses Menü ...

»War nur ein Scherz. Aber so einen Schatz muss man erst mal finden.«

Kaum hatte Walter das gesagt, setzte sich Cyrus uns schräg gegenüber von den beiden Töchtern des Colonels flankiert. Ich war sicher, dass Mutter das arrangiert hatte. Ich saß rechts von Walter, und links von ihm tauchte die bewusste Baroness auf.

Das kann ja heiter werden.

Vorstellen mussten wir uns nicht, das hatte Mutter bei der Begrüßung getan. Vater hielt sich zurück, es war eine Einladung von Mutter und er spielte den Schlossherrn und liebenden Ehemann. Den liebenden Ehemann spielte er heute nicht, das war er. Dass das nicht immer so gewesen sein kann, da hatte Anne mir die Augen geöffnet. Der geile Teufel aus dem Traum kam mir wieder in den Sinn. Aber Vater saß in der Mitte der Tafel bei den Hauptgästen und ahnte nicht, was Walter und ich wussten. Cyrus hatte

davon vermutlich genauso wenig Ahnung, außer er hatte
der Beichte von Anne auch gelauscht.

»Ich glaube, Lady Miriam hat mich mit der Aufgabe
betraut, auf das junge Gemüse aufzupassen«, tönte auf
einmal die Baroness neben mir und lachte meckernd wie
eine Ziege.

Die beiden Obristentöchter sahen etwas verschreckt zu
ihr, Walter und ich schwiegen höflich, nur Cyrus konnte
sich nicht zurückhalten und sagte: »Es ist uns eine Ehre,
Lady, Sie bei uns zu haben, da geht uns die gute Stimmung
nie aus.« Er hob sein Glas, das frisch gefüllt worden war.
»Auf ein schönes Fest.«

Die beiden Obristentöchter schlossen sich an. Der
Baroness fiel offensichtlich nichts Schlagfertiges ein, sie
nickte stumm, grinste etwas dümmlich und leerte ihr Glas
fast in einem Zug.

Es wird noch heiterer, wenn die so weiter trinkt.

Der Salon war erfüllt von Geschirrklappern, Stimmen und
Gelächter, doch mein Kopf war so auf das unangenehme
Drücken unter meinem Kleid fixiert, dass ich etwas
dagegen unternehmen musste. Die Zofe hatte wohl
übertrieben, und das Essen hatte ich von der Menge her
leicht unterschätzt. Das Korsett schnürte meine Taille
mittlerweile so eng ein, dass ich kaum atmen konnte, und
jeder Atemzug machte es schlimmer.

Ich versuchte, mir nichts anmerken zu lassen, und lächelte
weiterhin höflich, während ich meinen Fächer in sanften,
eleganten Bewegungen schwang, um mir etwas Luft
zuzufächeln. Doch das Drücken wurde immer
unerträglicher, und ich wusste, dass ich einen Weg finden

musste, um mich unauffällig zurückzuziehen und etwas dagegen zu unternehmen. »Walter, ich muss kurz raus, das Kleid drückt zu sehr«, flüsterte ich ihm zu und sagte laut. »Bitte entschuldigt mich einen Moment, ich bin gleich zurück.« Vorsichtig erhob ich mich von meinem Platz und bahnte mir meinen Weg durch die an der Wand etwas eng gestellten Stühle entschuldigend lächelnd und nickend, als ich an den Gästen vorbeischritt. Vater wandte kurz den Kopf zu mir, ohne etwas zu sagen. Mutter war in ein angeregtes Gespräch vertieft. Ich sprach Mr. Summer an, der an der Tür alles im Blick behielt, dass er meine Zofe in die Bibliothek schicken sollte. Ich ließ mich dort auf einem Polstersessel nieder, atmete tief durch und wartete. Sie kam wie ein Wunder ein paar Lidschläge später angerauscht. Ich weiß nicht, wie Mr. Summer, dieser Tausendsassa, das wieder geschafft hatte. »Mr. Summer steht vor der Tür und bewacht sie, Mylady«, sagte meine Zofe und knickste. »Wie kann ich helfen?« Ich schilderte mein Problem, und sie lockerte die Schnürung auf ein erträgliches Maß. Die Erleichterung war sofort spürbar, und ich schloss für einen Moment die Augen, um diesen kostbaren Augenblick der Freiheit zu genießen. »Danke«, sagte ich und lächelte. Schließlich war mir klar, dass es meine Schuld war. Ich hätte nur etwas sagen müssen. »Ist nicht schlimm, aber das nächste Mal nicht so fest, oder wir lassen dieses Teufelsding gleich weg.« »Sehr wohl, Mylady. Entschuldigt, Mylady.«

»Alles in Ordnung. Du kannst gehen, noch einmal werde ich dich hoffentlich nicht brauchen, erst wieder zum Auskleiden.«

Ich wusste, dass ich bald zurückkehren musste, um die Erwartungen meiner Familie und der Gesellschaft zu erfüllen. Ich schalt mich selbst, dass ich mich auf dieses Kleid eingelassen hatte und eilte zurück. Im Vorbeigehen sagte ich zum Butler: »Sie sind ein Teufelskerl, Mr. Summer, wie schnell Sie meine Zofe hergeholt haben.«

»Zu viel der Ehre, Mylady. Sie stand mit einigen anderen neben der Tür, um beim Hineintragen der Speisen einen Blick in den Saal auf die Gäste zu werfen. Ihr hättet sie beim Hinausgehen sehen können.«

Habe ich nicht. Er ist doch kein Tausendsassa, nur aufmerksamer als ich.

»Sie haben mir geholfen, Danke.«

»Immer zu Diensten, Mylady.«

Walter schaute zur Tür und freute sich, dass ich zurückkam. Er stand auf, hielt mir den Stuhl hin. »Alles in Ordnung, Liebes? Besser?«

»In bester Ordnung, das Kleid ist die falsche Wahl. Zu fest geschnürt. Mein Fehler.«

»Aber du siehst einfach berückend darin aus«, meinte er.

»Wir tun viel zu viel für die Männer«, flüsterte ich. »Ist was passiert?«

Er schüttelte den Kopf. »Nur eine wunderbare Nachspeise. Ich habe ein Früchtesorbet für dich bestellt. Sie steht vor dir. Und Erzählungen aus dem unerschöpflichen Vorrat der Baronesse.«

»Danke, Liebling.« Ich widmete mich der Nachspeise mit Genuss.

Cyrus nahm kaum Notiz von meiner Rückkehr. Die Baronesse unterbrach ihr Gespräch mit Lady Regina und fragte, ob alles in Ordnung sei. Ich nickte, und sie widmete sich wieder der Tochter des Colonels. Überhaupt kümmerte sich Cyrus wenig um Walter um mich, obwohl ich keine zwei Armlängen entfernt saß. Mir schien, er wich meinem Blick aus. Er unterhielt sich mit Lady Violet über ein Pferderennen, wie ich mit einem Ohr mithörte. Ich konnte mir nicht vorstellen, dass die beiden Mädchen sich dafür interessierten, aber ich wusste, darüber konnte mein Bruder aus dem Stand stundenlang palavern. Lady Violet – für mich die Hübschere der beiden – hing dermaßen an seinen Lippen, dass ich mir nicht vorstellen konnte, dass die Hand, die sie immer unter dem Tisch hielt, sich nur mit den Falten ihres Kleides beschäftigte. Nun, das war Sache von Cyrus …

Walter und ich sprachen über seinen neuen Roman, bis die Baroness das mitbekam. Sie hatte das erste Buch von Walter gelesen und ergoss sich in Lobeshymnen, so dass wir – insbesondere Walter – nicht umhinkonnten, sie ins Gespräch einzubeziehen. Einzige Unterbrechung, das gute Essen, das Mutters französischer Koch gezaubert hatte. Die Gans war köstlich, vor allem die gebrutzelte Haut. Ich konnte nicht gut kochen, genau genommen gar nicht. Mutter hatte meine diesbezüglichen Wünsche mit den Worten abgeschnitten: »Das braucht die Tochter eines Earls nicht zu können.« Dennoch interessierte es mich, und wenn ich bei Walters Eltern zu Besuch war, suchte ich das

Gespräch mit dem Koch oder der Köchin. Walters Mutter war nicht so vornehm wie meine Mutter, was ich nicht unsympathisch fand.

Was ich nicht wusste, das kam nach etlichen Gläsern der Baroness ans Licht, dass sie sich neben Wein, Gin und Sherry auch für Adelsgeschichte interessierte. Sie leitete einen Damenzirkel in Bristol, der alles über englische Adelsgeschlechter sammelte, dessen sie habhaft werden konnte. Aufzeichnungen von Universitäten, Gerichten, Zeitungsberichte, Unterlagen der Kirche. Ob ich wollte oder nicht, störte mich das meckernde Lachen der Lady immer weniger. Sie berichtete von Erbschaftsurteilen, von Adoptionen des Adels und – dabei senkte sie die Stimme – von der großen Zahl von Bastarden, die von adeligen Erzeugern nicht anerkannt wurden.

Ob Vater seinen Bastard anerkennt, wenn es bekannt wird?

Ich konnte mich nicht zurückhalten zu fragen, woher sie das denn alles wüsste.

»Die Armenhäuser führen Listen über Kinder, die aufgefunden oder heimlich abgegeben werden«, antwortete die Baroness.

»Und woher wissen sie dann, dass es Kinder von Adeligen sind?«, fragte ich nach.

»Meist liegt ein Zettel bei dem Kind.«

»Und man unternimmt nichts? Geht nicht zum Kindsvater?«, fragte ich ungläubig. Nach ausgiebigem meckerndem Lachen kam die Antwort: »Wozu? Nie und nimmer geben die Herren – Männer meine Lieben ...«, dabei schaute sie die beiden Obristentöchter an, »Männer geben so etwas nie zu. Haben ihren Spaß und den Rest übernehmen die Armenhäuser oder die Kirche. Und ... wer glaubt schon der Aussage einer gefallenen Frau, die Unzucht begangen hat, wie Annes Tochter?«

»Außerdem sind die meisten Lords auch Friedensrichter oder stellen den Friedensrichter in ihren Gemeinden. Wer wird da etwas gegen den Lord unternehmen?«, warf Walter ein.

Wie bei Cyrus ...

Mein Bruder schien die Worte der Baroness nicht gehört zu haben und plauderte weiter entspannt mit den Ladys Violet und Regina, die sich von der Gesprächsbelagerung durch die Baronesse gelöst hatten.

»Und was meint ihr, warum ich mich dafür so interessiere?«, fragte die Baroness, die bei ihrem dritten oder vierten Glas Wein angelangt war, und am Anfang hatte sie den Sherry sicher nicht an sich vorbeitragen lassen ...

Walter schüttelte den Kopf, ich ebenso.

»Ich ... ich bin so in den Adelsstand gekommen. Mein Vater war ein Lord, den ich nicht kennengelernt habe ... meine Mutter Näherin in seinem Haus ... ich seine und ihre Tochter, ein Bastard. Er hat mich verleugnet und nicht anerkannt, der Unhold! Wenn ich nicht meinen Baron geheiratet hätte, säße ich jetzt verhärmt mit einem Haufen Bälger in einem verqualmten Cottage neben einer Fabrik in Manchester oder sonst wo. Prost. Jetzt wisst ihr es.«

Das erklärt ihr manchmal skurriles Verhalten, schoss mir durch den Kopf.

Sie brach in ein Lachen aus, das tatsächlich wieder an Tiergeräusche erinnerte und in einem Hustenanfall endete.

Sie fing sich und fuhr fort:»Ich habe sogar aus Dankbarkeit ein Waisenhaus in Bristol gegründet, das ich aus dem Vermögen meines verstorbenen Mannes – Gott habe ihn selig – bezahle«, fügte sie hinzu.

Jetzt schaute Cyrus sie interessiert an. Er hatte doch zugehört. Dann sah er mich bohrend an, drehte sich weg und sagte lachend zu Lady Violet:»Dann ist es ja gut, dass du dir über meinen Titel keine Gedanken machen musst, Liebes.«

Liebes? Bahnt sich da etwas an, was ich nicht weiß?

»Darf man gratulieren Bruderherz? Hast du sie erobert oder sie dich?«

Cyrus grinste, so wie ich es nicht an ihm mochte.»Ich kann für den Erhalt der Skinnerpicks sorgen, Schwester, du nicht.«

»Was ist los?«, flüsterte Walter mir ins Ohr.

»Ich weiß nicht«, wollte ich sagen, da klirrte es neben Walter. Die Baroness hatte ihr Weinglas umgestoßen und sich über das Kleid gegossen. Sie sprang auf – so schnell sie noch konnte – und fiel um ein Haar hin. Walter griff zu und half ihr auf. Sie wehrte das erst ab, dann ließ sie es zu und krächzte:»Bring mich zum Bad, ich muss mich frisch machen.«

Die anderen Gäste nahmen keine Notiz. Man schien es gewohnt zu sein, dass die Baroness aus der Rolle fiel. Walter verschwand mit ihr.

Cyrus sagte in die Aufregung hinein:»Lady Violet, Lady Regina, geht am besten mit. Walter kann doch nicht mit ihr ins Bad.« Die beiden sahen ihn kurz verdutzt an, dann folgten sie meinem Verlobten und der Baroness aus dem Raum.

Cyrus kam um die Tischecke herum, setzte sich neben mich und sagte:

»Ich weiß, dass du diesen Brief von Anne hast. Du solltest gut auf ihn aufpassen. Und denk dran, dass du Mutter kein Hirngespinst in den Kopf setzt, das du nicht beweisen kannst.«

Mir verschlug es angesichts dieser Frechheit fast die Sprache. Ich sagte mit so fester Stimme wie mir möglich war: »Den Beweis hast du ja vernichtet, lieber Bruder, wenn ich mich nicht irre.«

Cyrus lachte, bekam sich kaum noch ein. »Du irrst, liebe Schwester. In dem Kirchenbuch fehlte die Seite, um die es geht. Sie war nicht da, als ich gesucht habe.«

Mir verschlug es die Sprache und ich nahm einen Schluck Wein gegen den trockenen Hals. Cyrus schenkte mir noch eines seiner spöttischen Lächeln und ging aus dem Raum. Er wolle nach der lieben Baroness sehen, sagte er.

***

William

Ich traf den Möbeltischler William Brown … den
vertauschten Sohn meiner Mutter … meinen richtigen
Bruder in der Eingangshalle von Backlynn-Castle,
nachdem der Kutscher ihn abgesetzt hatte. William trug
einen dunkelgrauen Gehrock mit feinem Schnitt, der seine
schlanke Figur betonte, und darunter ein makellos
gebügeltes, weißes Hemd mit einem modischen,
hochstehenden Kragen. Seine Weste war dezent in einem
gedeckten Grau gemustert, und er trug dazu ein kurzes
Halstuch in unaufdringlichem Rot. Seine Hose, aus
robustem Leinen war akkurat gebügelt und wurde von
einem Paar polierter Lederschuhe vervollständigt. William
hatte seine zurückgekämmten dunkelbraunen Haare
ordentlich geschnitten und mit Pomade geglättet, soweit
ich unter dem Zylinder sehen konnte, den er keck
aufgesetzt hatte. Er trug eine silberne Taschenuhr an einer
Kette, die aus seiner Weste herausblitzte und einen
schlichten Ring, der wohl auf seinen handwerklichen
Erfolg als Möbeltischler hinweisen sollte.
 Er wirkte auf mich zuversichtlich, aber respektvoll,
bereit, sein bestes Benehmen zu zeigen und mit seinem
Fachwissen und seiner Professionalität zu beeindrucken. In
seinem Auftreten und seiner Kleidung strahlte er eine

Mischung aus Bescheidenheit und Selbstbewusstsein aus, wissend, dass dieser Auftrag ihm eine bedeutende Chance bieten könnte. Ich mochte ihn vom ersten Moment an, als sich seine blaugrünen Augen mit meinen trafen.

Mein Bruder! Er hat ein umwerfendes Lächeln ... und ist überhaupt nicht schüchtern ... und er sieht aus wie Mutter aus dem Gesicht geschnitten!

»Lady Florence, wenn ich richtig liege«, begann er das Gespräch, bevor ich mich aus meiner ersten Erstarrung lösen und ihn begrüßen konnte. Er nahm seinen Hut vom Kopf, verbeugte sich knapp und lächelte weiter.

Ich räusperte mich und hielt ihm meine Hand hin. Er deutete formvollendet einen Handschlag an, berührte mich dabei nicht – wie es sich gehörte – und sagte:»Es ist mir eine Ehre, Euch zu treffen, Mylady. Ich soll Euch beste Grüße von meinen Eltern ausrichten.«

Allmählich bekam ich mich in den Griff, lächelte zurück und sagte:»Es ist mir eine große Freude, Sie kennenzulernen ... Mr. Brown«, fast hätte ich William gesagt.»Tretet doch näher, ich habe im Salon einen Tee und Gebäck für uns herrichten lassen.«

Seine Eltern haben ihn gut vorbereitet, er benimmt sich wie ein Gentleman, nicht wie ein Tischler. Auch sein Englisch ist perfekt ... kein Wunder, er ist bei einem Schulmeisterehepaar groß geworden. Und er sieht so gut aus ...

»Ich habe mein Werkzeug nicht mitgenommen, Mylady, und habe mich nicht für die Arbeit angezogen, ich dachte ...«

»Sie haben richtig gedacht, Mr. Brown, heute möchte ich Sie nur kennenlernen und sehen, ob wir gut zusammenarbeiten können. Kommen Sie.«

Ich ging voran und führte ihn ins Haus. Ein Lakai machte ihm die Tür auf und William ging erstaunlich gelassen und selbstbewusst neben mir die Treppe zum Musiksalon hinauf, als wenn er es schon tausendmal getan hätte. Vorbei an der Ahnengalerie der Skinnerpicks.

»Sind das Bilder Eurer Vorfahren?«, fragte er neugierig.

Ich blieb stehen und zeigte auf die Bilder der neusten Generation: Mutter als junge Frau, Vater als junger Mann und jetzt, Cyrus und ich als Babys und mit 20. »Und die anderen«, sagte ich, »das sind in der Tat die Skinnerpicks der letzten 300 Jahre.«

»Eine so lange Familiengeschichte habe ich nicht, Mylady. Meine Eltern sind Schulmeister, meine Großeltern waren es auch, soweit ich weiß.«

Er blieb vor den Bildern von Mutter stehen und sagte: »Eine sehr schöne Frau, Eure Mutter, Mylady.«

»Das hört sie gern und immer wieder«, sagte ich und dachte *Wenn du dich neben ihr sehen könntest ...* Die Ähnlichkeit war wirklich verblüffend.

Er macht Konversation wie ein Gentleman, erstaunlich.

Wir betraten den Musiksalon und William blieb stehen – vor Bewunderung – vermutete ich.

Mutter hatte Wert darauf gelegt, den Raum elegant und großzügig auszustatten.

Die Wände waren von mit Vögelmotiven verzierten Tapeten bedeckt und im unteren Viertel mit dunklem Holz vertäfelt, was dem Raum eine warme und behagliche Atmosphäre verlieh. Kronleuchter und Kerzenleuchter erhellten den Salon sanft und warfen Lichtreflexe auf die hochpolierten Oberflächen der Möbel.

»Darf ich den Tisch und die Anrichte berühren?«, fragte er. Ich nickte. Er strich beinahe ehrfürchtig über die Flächen. Dabei sah ich zum ersten Mal bewusst seine Hand, die linke, und mir blieb das Herz stehen.

Der linke kleine Finger hat keinen Nagel! Mutters linkem kleinen Finger fehlt er, mir fehlt er. Cyrus hat einen.

Mutter vererbt diesen Makel nur an die Mädchen, davon war sie überzeugt, seit meine jüngere Schwester ebenfalls mit einem fehlenden Fingernagel am linken kleinen Finger auf die Welt kam. Sie ist mit einem Jahr leider gestorben. Dass Cyrus aus der Reihe fiel, ist bis dahin nicht aufgefallen. Aber jetzt!

William ist mein Bruder! Er ist es wirklich!

»Perfekt«, murmelte er.

Ich konnte mich kaum auf den Beinen halten und antwortete mit flatternder Stimme: »Der Tisch und die Anrichte sind von einem berühmten deutschen Möbeltischler, David Röntgen«.

»So etwas Wunderschönes habe ich noch nie gesehen. Hoffentlich erwarten Mylady nicht, dass ich so etwas fertige.«

Ich muss mich setzen.

»Das tue ich nicht, dazu kommen wir gleich. Ich, ich möchte mich einen Moment setzen, Mr. Brown. Sehen Sie sich ruhig weiter um. Wir haben Zeit.«

Ich atmete tief durch und versuchte zu verarbeiten, was eben offenkundig geworden war. *Cyrus ist mein Halbbruder. Anne hat nicht gelogen.* Dass mein linker kleiner Finger ohne Nagel ist, hatte Walter ›interessant‹ gefunden, wie er sagte. Gestört hat es ihn nicht. Ich hatte mich im Laufe meines Lebens auch daran gewöhnt und trug – wie Mutter – , so oft es ging, Handschuhe. *Soll ich meinen Handschuh ausziehen und ihm meine Hand zeigen? Nein, ich warte besser noch ...*

In der Mitte des Salons stand ein prachtvoller Flügel von Broadwood. Daneben waren Stühle, Sessel und Sofas kunstvoll arrangiert, sodass die Gäste eine bequeme Sitzgelegenheit hätten, um dem Spiel zuzuhören. Gemälde und Fotografien schmückten die Wände, kunstvoll in reich verzierte Rahmen eingefasst. Auf Tischen und Anrichten standen Porzellanfiguren, Vasen mit frischen Blumen und Büchlein mit Musikstücken und Gedichten. Vor den großen Fenstern hingen schwere Vorhänge, die im Lichtspiel mit Spitzengardinen das Tageslicht sanft filterten. Eine Dienerin wischte gerade Staub und knickste vor William und mir und verließ den Raum. Ich hatte mich gefangen und merkte, dass das ihm unangenehm war.

»Stören Sie sich nicht am Personal, Mr. Brown, die machen nur ihre Arbeit.«

»Da ist ja sicher auch viel zu tun, Mylady.«

Ein Diener war neben uns getreten und hüstelte.

»Er möchte Ihnen den Hut abnehmen«, sagte ich.

»Oh … natürlich«, entgegnete William, offensichtlich doch zu beeindrucken.

»Wollen wir uns nicht setzen?«, fragte ich. »Tee?«

»Gern. Mylady.«

Ich zeigte auf einen der rot gepolsterten Stühle. Er ging nah an mir vorbei zu dem Stuhl und ich dachte, *er sieht nicht nur hinreißend aus, er riecht auch gut. Kein teures Rasierwasser wie Walter aber, irgendwie … frisch und natürlich …*

Bevor er sich setzte, befühlte William die geschwungenen Beine und murmelte wieder: »Perfekt. Einfach perfekt.«

»Solche Stühle müssen es nicht sein, für das Klassenzimmer meiner Schule«, sagte ich und lächelte meinen Bruder an.

Er wurde rot und antwortete bescheiden: »Damit wäre ich auch überfordert, Mylady. Ich liefere solide Handwerksarbeit mit gewöhnlichem Holz. Nicht mit dem von diesem Röntgen … .« Er blickte dabei so, als wollte er es aber gern einmal probieren.

»Meine Mutter empfängt hier Gäste zu Musik und Gesprächen, Mr. Brown.«

Während wir plauderten, war der Tee in chinesischem Porzellan serviert und eingeschenkt. Der Diener hatte sich wieder entfernt. Eine Dienerin stand noch in der Ecke und wartete auf mögliche Anweisungen. Ich schaute zu ihr und sagte: »Danke, wir helfen uns selbst.«

»Läutet, Mylady, wenn Ihr etwas benötigt«, antwortete sie, knickste und ging.

Wir nahmen jeder einen Schluck aus der Tasse und ich merkte, wie sich William entspannte.

»Gefällt Ihnen Ihr Handwerk?«, fragte ich.

»Sehr, Mylady. Es gibt keinen schöneren Beruf, wie ich finde. Die Arbeit mit Holz ist eine große Erfüllung. Aus dem Ast oder Stamm eines Baumes ein Möbel zu fertigen, ist wie ein Wunder.«

»Ihr seid noch jung für die Meisterschaft, die man Ihnen nachsagt, Mr. Brown.«

»Sieben harte Jahre Lehre bei einem guten Meister, Mylady. Und viele Aufträge in Herrenhäusern von Bristol und Umgebung, als sich herumsprach, dass ich recht gute Arbeit mache. Wie seid Ihr denn auf mich gekommen?«

»Über den Pfarrer, der mich zu Ihren Eltern geschickt hat.«

»Ja, die neuen Tische und Stühle und die Tafel habe ich für die Sonntagsschule gebaut.«

»Solche Stühle, Tische und eine Tafel möchte ich für meine Mädchenschule auch haben.«

»Eine Schule nur für Mädchen, Mylady?«, fragte er erstaunt.

»Haben Ihre Eltern Ihnen das nicht gesagt?«

Er schüttelte den Kopf.

»Macht Ihnen das Probleme?«

Er lachte und zeigte mir seine wunderbar weißen Zähen. »Natürlich nicht, ich wundere mich nur ein wenig, wenn ich darf.«

Er sieht umwerfend aus ... mein ... Bruder ...

Mein Herz hüpfte und ich wusste, warum. Ich zwang mich, ruhig zu fragen: »Warum?«

»Dass Ihr Euch um die Mädchen kümmert. In meiner Sonntagsschule waren fast nur Jungen, obwohl mein Vater oft mit den Eltern gesprochen hat. Aber die Mädchen mussten sich um jüngere Geschwister und den Haushalt kümmern. Für Lernen gab es keine Zeit.«

»Ich will, dass Mädchen und Frauen endlich ausgebildet werden wie Männer. Sie können mehr als Kochen, Nähen, Waschen und Putzen ... und Kinder kriegen.«

»Meine Verlobte kann auch lesen und schreiben wie ich, und sie hat eine wunderbare Stimme. Verzeiht, Mylady, das ist mir so rausgerutscht. Wir wollen weiter über die Möbel für Eure Schule sprechen.«

Verlobt? Daran habe ich noch gar nicht gedacht. Er ist so alt wie Cyrus und ein junger Mann, natürlich ... Das Problem wird dadurch nicht kleiner.

Ich merkte, wie mir warm wurde, hüstelte kurz und sagte dann: »Ich beglückwünsche Sie. Wann wird geheiratet?«

Jetzt stieg deutliche Röte in sein Gesicht. »In einem halben Jahr oder später ... wenn wir genug Geld gespart haben, Mylady.«

»Was arbeitet Ihre Verlobte?«

»Sie ist im Dienst in einem Herrenhaus in Bristol.«

Aha, daher weiß er, wie es in der Upper-Class zugeht.

Ich holte tief Luft und sagte: »Na, da wird der Auftrag hier seinen Beitrag leisten können, Mr. Brown. Da bin ich sicher.«

Er verbeugte sich. »Ich danke Euch, Mylady, dass Ihr an mich gedacht habt.«

»Ich mache Ihnen am besten eine Skizze, was ich mir so vorstelle«, sagte ich, stand auf und holte aus einer Schublade der Anrichte Papier und einen Stift.

Meine Zeichnungen gefielen jedem, sagte man. Ich hatte die Gabe, was mir vorschwebte treffend zu Papier bringen zu können. Ich skizzierte mit wenigen Strichen einen einfachen Stuhl mit Rückenlehne, einen Tisch für zwei Schülerinnen mit Fächern unter der Tischplatte und Vertiefungen in der Platte für Schreibgerät, wie ich es schon gesehen hatte. Und dann zeichnete ich eine drehbare Tafel, die ich mit Walter zusammen ausgedacht hatte.

»Jetzt fehlen nur noch die Maße und die Art Holz und ich kann anfangen«, bemerkte William freudig. »Die Zeichnungen sind eine sehr gute Grundlage.«

»Danke. Und die Anzahl«, ergänzte ich.

»Natürlich. Wie viele Schülerinnen sollen den unterrichtet werden?«

»Die Frage beantwortet sich am besten durch den vorhandenen Raum, Mr. Brown. Wir sollten uns einfach das geplante Klassenzimmer ansehen gehen.«

»Das ist eine gute Idee. Ich benötige eine Vorstellung von der Räumlichkeit, Mylady.«

»Gehen wir«, sagte ich. Wir standen auf und wollten den Salon verlassen. Da trat Mutter in das Zimmer.

»Oh, du hast Besuch, Florence?«

***

Meine Schwester hat hoffentlich verstanden, was die Uhr geschlagen hat, dachte sich Cyrus, nach dem er den

Musikabend seiner Mutter überstanden hatte. Seine Ziele hatte er erreicht, Florence in die Schranken zu weisen und Vaters Wunsch nach einer Ehefrau dem Anschein nach zu entsprechen. Er hatte immer noch keine Lust auf die Ehe, aber die hübsche Violet schien sich für eine Affäre zu eignen. Das hatten die zarten Berührungen ihrer behandschuhten Hand auf seinem Oberschenkel deutlich zu zeigen. Für ihr Alter von noch nicht einmal 20 wirkte sie erfahren. Wie sie gekonnt nach oben Konversation betrieben hatte und unter dem Tisch an ihm gespielt hatte, das war nicht ohne. Er fragte sich, woher sie das hatte. Aber das war letztlich egal. Er hatte beschlossen, dem Colonel seine Aufwartung in einer privaten Angelegenheit zu machen. Er wollte nicht gleich um die Hand von Violet anhalten, aber den Schleier der victorianischen Unantastbarkeit lediger Damen ein bisschen lüften und dem Vater von Violet gegenüber grundsätzliches Interesse bekunden. Das könnte zu unbegleiteten und nicht von Gouvernanten überwachten Ausflügen führen, so die Erfahrung, und dann würde man weitersehen. Da der Colonel vor der Rückkehr nach Indien zum Ende eines Urlaubs stand – *gut, das ich nicht mit muss* –, war durchaus Eile geboten.

Cyrus warf sich in seine Uniform und hatte Glorious mit dem Einspänner für sich reserviert, bevor Florence oder Mutter sich bedienten. Vater hielt sich noch in Bristol im Stadthaus auf. Es machte Cyrus wie immer glücklich, mit seinem Lieblingspferd unterwegs zu sein. Glorious kannte den Weg zum Regiment, der Colonel hatte einen

Landsitz nicht weit von der Garnison. So ließ Cyrus den Hengst laufen und seine Gedanken schweifen.

Gut, dass Vater ihr diese Schulspinnerei gestattet. Soll sie sich doch damit beschäftigen, statt mit gefährlichen Gerüchten. Wenn ich den Brief noch in die Hände kriege, das wäre gut. Aber es ist nicht nötig. Wie sie geglotzt hat, als ich sagte, die Seite wäre schon weg gewesen. Sie weiß jetzt überhaupt nicht mehr, woran sie ist. Jedenfalls kann sie nichts beweisen. Und wenn es doch zur Sprache kommt, ich bin sicher, Vater wird alles abstreiten wie alle Adeligen, die ich kenne. Die Baroness hat ja ausführlich darauf hingewiesen, wie Lords damit umgehen ... Vielleicht sollte ich mit Vater darüber reden ... oder besser nicht ... ich bringe ihn nur noch auf Ideen.

Mutter machte Cyrus mehr Probleme. Er liebte sie, und es war ein Schock, plötzlich vielleicht nicht ihr Fleisch und Blut zu sein.

Was würde sie dazu sagen? Wird sie mich verstoßen, weil ich nicht ihr Kind bin? Sie hat mich als ihren Sohn großgezogen. Kann sie das vergessen, weil ein Unbekannter ihr richtiger Sohn ist? Wird sie ihn lieben, mehr lieben als mich?

Um ein Haar wäre er doch an der Abzweigung zum Landsitz des Colonels vorbeigefahren. Er merkte es gerade noch rechtzeitig und wies seinem Rappen den richtigen Weg.

Angekommen überließ er die Kutsche einem der Bediensteten des Colonels und klopfte an der Tür. Der Hausherr kam ihm schon entgegen, in Zivil, in einem Hausmantel. Man hatte Cyrus angemeldet.

»Lieutnant Skinnerpick, hatten wir einen Termin vereinbart?«, fragte der Colonel.

»Guten Tag, Colonel«, antwortete Cyrus und grüßte militärisch. »Nein, hatten wir nicht. Ich bitte um Vergebung, Sir, aber ich würde gern eine wichtige private Angelegenheit mit Ihnen besprechen, bevor Sie auf Reisen gehen.«

Das Gesicht des Colonels verdunkelte sich kurz, als er sagte: »Erinnern Sie mich nicht. Aber ...«, er überlegte kurz, »wenn es wichtig ist, kommen Sie rein. Etwas zu trinken?«

»Nur wenn ich nicht allein trinken muss, Sir.«

»Hmm. Es ist noch zu früh. Nicht vor Sonnenuntergang. Einen Tee?« Cyrus nickte. »Ich lasse einen bringen. Setzen Sie sich, Lieutnant.« Der Colonel läutete und beauftragte einen Diener mit dem Tee. Dann setzte er sich zu Cyrus an den kleinen runden Tisch mit silbernem Rand aus kleinen Elefantenköpfen. »Aus Indien mitgebracht«, meinte der Hausherr, als Cyrus mit den Fingern über den Randschmuck fuhr, »gefällt es Ihnen?«

Fürchterlich, dachte Cyrus, aber er sagte: »Eine schöne Arbeit, Colonel.«

»Wir wollen aber nicht über Möbel sprechen. Was wollen Sie mit mir bereden? Etwas Privates, habe ich verstanden.«

Cyrus räusperte sich. »Sie und Lady Strongbook waren mit Ihren Töchtern bei uns zum Musikabend meiner Mutter, Sir ...«

»Ein großartiges Fest, das Essen, die Musik. Überbringen Sie Lady und Lord Skinnerpick noch einmal meinen größten Dank. Auch im Namen meiner Töchter.«

»Das werde ich, Sir.« Cyrus wartete einen Moment, bevor er weiterredete: »Ich habe einen wunderbaren Abend mit Ihren Töchtern verbracht, besonders mit Lady Violet habe ich wundervolle Gespräche geführt und ...«

»Wollen sie etwa um Ihre Hand anhalten, Lieutnant?«, fragte der Colonel und lachte dröhnend.

Cyrus fühlte das Blut in den Kopf steigen, sagte sich *ruhig bleiben* und antwortete: »So weit würde ich heute noch nicht gehen wollen Colonel. Aber ich gestehe, dass ich großes Interesse an der Hand Ihrer Tochter entwickle.«

»Das ist doch schon etwas, Junge. Soll ich nach Violet rufen lassen?«

»Nein. Dafür ist es noch zu früh. Ich wollte eigentlich noch Ihren Rat einholen, ob es nicht Sinn machte, Lady Strongbook vorher nach ihrer Meinung zu fragen, Sir?«

Der Colonel stutzte und sagte: »Da kommt der Tee.«

Eine Dienerin servierte den Tee, und die beiden Offiziere warteten, bis sie das Gespräch fortführten. »Eine kluge Frage, mein Lieber. Nach meiner Erfahrung wird es nicht schaden, sie einzubeziehen. Was hält denn Violet davon?«

»Sie sagt, sie liebt mich.«

»Hmm, und du? Liebst du sie?«

Er duzt mich!

Cyrus setzte sein überzeugendstes Lächeln auf, nickte und sagte: »Ich verzehre mich nach ihr, Sir.«

»Das ist gut. Dann ist die Meinung von Lady Strongbook ja nur noch eine Formsache.«

»Da, da ist noch etwas, Sir, das ich bedenken muss …«

»Das wäre?«

»Mein Vater.«

Der Colonel sah Cyrus leicht verwirrt an. »Ihr Vater, Lieutnant?«

Cyrus seufzte und sagte: »Ja, Sir. Mein Vater will mitreden bei meiner Ehe.«

»Was soll das denn? Wozu?«

»Er will eine … passende Frau für mich, den künftigen Earl of Skinnerpick.«

Der Colonel sprang auf. »Was? Sind wir ihm etwa nicht nobel genug? Das ist die Höhe! Ich fordere ihn zum Duell!«

»Beruhigt Euch, Sir. Mein Vater hat so seine Eigenheiten. Das meint er nicht ernst. Er lässt mir grundsätzlich freie Hand, will aber mitreden. Deswegen überzeugt man ihn am besten langsam.«

»Verstehe ich nicht, Lieutnant.«

»Es ist ganz einfach, Sir. An dem Musikabend meiner Mutter hat mein Vater nicht den ganzen Abend teilgenommen. Er musste das Haus leider nach dem Essen verlassen.«

»Ich weiß, bedauerlich. Wir waren so tief im Gespräch über Geldanlagen«

»… er hat folglich Ihre Töchter nicht näher kennengelernt, da wir am anderen Ende der Tafel saßen, und die Gesellschaft sich erst später zwanglos aufgelöst hat.«

Im Gesicht des Colonels löste sich die Anspannung, als er sagte:»Sie wollen also, dass Ihr Vater meine Töchter näher kennenlernt, insbesondere Violet?«

»Richtig, Sir. Das meine ich. Wenn Lord Arthur erst Lady Violet kennt, wird ihr Liebreiz jeden nur möglichen Widerstand seinerseits in Luft aufgehen lassen.«

Der Colonel lächelte und sagte:»Ich verstehe.« Er überlegte einen Moment.»Da ich übermorgen nach Indien aufbrechen muss, würde das bedeuten, dass ich nicht dabei sein könnte. Aber Lady Strongbook ...«

»Verzeiht, Colonel, Eure Gattin sollte nicht über die Gebühr belastet werden. Es könnte eine Gouvernante oder die Schwester von Lady Violet ...«

»Junge, ich durchschaue dich«, sagte der Oberst, behielt aber sein Lächeln bei.»Du willst mit Violet allein sein. Ich bin noch nicht so alt, dass ich nicht mehr weiß, was es bedeutet, wenn man sich nach jemandem verzehrt ...«

»Sir, das würde ich niemals ...«

»Papperlapapp! Genau das willst du. Also, entweder mit meiner Frau, mit Gouvernante oder gar nicht. Verstanden?«

Mit der Gouvernante werde ich schon klarkommen, das kenne ich ...

»Zu Befehl, Colonel. Ich habe verstanden. Vielen Dank für das Vertrauen.«

Danach plätscherte das Gespräch noch eine Weile mit Belanglosigkeiten dahin, bis der Colonel sich den Reisevorbereitungen widmen wollte und Cyrus verabschiedete.

Cyrus war zufrieden, er konnte seinem Vater Positives bezogen auf die Erhaltung des Geschlechts der Skinnerpicks erzählen. Wenn dann Violet wirklich mit der Gouvernante auftauchte, würde man weitersehen ...

***

William und ich unterbrachen unser Gespräch. Mutter stand einen langen Moment in der Tür und kam dann lächelnd auf uns zu:»Wer ist denn der junge Mann, Florence?«

Ich stand auf und sagte:»Mr. William Brown, bekannter Möbeltischler aus Portishead. Wir sprechen über die Möbel für meine Schule, Mutter.«

Statt – wie ich es erwartet hätte –»Ach, ein Handwerker« zu sagen, sich umzudrehen und zu gehen, lächelte Mutter weiter und hielt William ihre Hand hin.

William hatte sich ebenfalls erhoben. Er verbeugte sich und deutete wie bei mir einen Handschlag an, wie es die Etikette vorsah.

Gut, dass er kein Linkshänder ist, dachte ich. *Ich muss es Mutter sagen, bevor sie von selbst darauf kommt.*

»Ich will nicht stören, aber einen Tee nehme ich auch«, flötete meine Mutter und machte mich weiter sprachlos. Sie zog an der Klingel und bestellte eine Tasse bei der Dienerin, die augenblicklich erschienen war.

»Ich darf mich setzen, Mr. Brown?« Sie sah ihm tief in die Augen.»Kennen wir uns? Haben wir uns schon gesehen? Vielleicht beim Leichenschmaus von unserer Hausdame Anne, im Gasthaus?«, fragte Mutter.

So direkt kenne ich sie gar nicht ... Konversation mit einem aus der lower class.

»Das war vor zwei Wochen, Mr. Brown«, erklärte ich. »Verzeiht, Mylady, aber da war ich nicht dabei. Ich habe seit Wochen eine Baustelle in einem Stadthaus in Bristol, dort statte ich das ganze Haus mit Teakholzmöbeln aus.«

Mutter lächelte verständnisvoll und rückte ihren Stuhl ein Stückchen näher zu William. »Es ist nur, Sie kommen mir so bekannt vor.«

Der Tee kam. Mutter nahm ihre Tasse hoch und fragte mich: »Und? Kommt ihr voran? Dein Vater hat mir erzählt, dass er deinem Projekt zustimmt.«

Bevor ich etwas antworten konnte, fragte sie William: mit ungewöhnlicher Wärme in der Stimme: »Und Sie, Mr. Brown, kann meine Tochter auf Sie rechnen?«

»Ich verstehe nicht, Mylady. Lady Florence hat mir Zeichnungen der gewünschten Teile gefertigt, mit denen kann ich hervorragend arbeiten. Und wir wollten gerade in das Schulhaus gehen ...«

»Ein Schulzimmer, Mr. Brown,« warf ich ein, »kein eigenes Schulhaus ... eher ein großer Raum, ein kleiner Saal.«

»Ja, meine Tochter kann ganz wundervoll zeichnen«, bemerkte Mutter und strahlte mich an.

»Und Mr. Brown macht ganz wundervolle Möbel«, sagte ich. »Ich habe einige bei seinen Eltern gesehen. Sie reichen an die von David Röntgen heran.«

»Zu viel der Ehre, Mylady, solch teures Holz wie das hier im Schloss habe ich nicht zur Verfügung.« William errötete leicht, als er das sagte.

»Florence wird sicher für das bestmögliche Holz in ihrer Schule sorgen, Mr. Brown.«

»Mutter, wir reden über einen Schulraum, ein Klassenzimmer, nicht einen Musiksalon.«

»Aber, es soll sicher das Beste für die Mädchen geben, oder?«

Was hat denn meine sparsame Mutter?

»Verzeiht noch einmal, Mylady. Möbel für ein Klassenzimmer dürfen schön sein, aber vor allen Dingen sollten sie robust sein. Kinder verkratzen Möbel, machen sie kaputt. Da wäre teures Holz, vergebt mir, Verschwendung.«

Mutter lachte auf, ein selten helles Lachen. »Natürlich, Mr. Brown. Wie konnte ich das vergessen?«

Sie nahm noch einen Schluck Tee. William und ich sahen uns an. »Sie sprachen vorhin von ihrem Elternhaus. Wer sind denn Ihre Eltern, Mr. Brown?«

»Das Schulmeisterehepaar aus Portishead, das ehemalige, Mylady.«

Mutter sah ihn wieder mit einem Blick voller Wärme an, war noch ein Stück näher an ihn gerückt und sagte: »Sagen sie Ihrer Mutter und Ihrem Vater einen Gruß. Sie haben ihrem Sohn hervorragenden Manieren beigebracht. Ich beglückwünsche sie.«

William sah mich verwirrt an und antwortete: »Vielen Dank, Mylady, ich weiß nicht, was ich dazu sagen soll, …«

»Ich schlage vor, wir gehen jetzt in das geplante Klassenzimmer und sehen uns an, welche Möbel am besten hineinpassen und wie«, sagte ich und stand auf.

William erhob sich sofort und sagte zu Mutter: »Vielen Dank, Mylady, dass Ihr Euch Zeit für mich genommen habt. Meine Eltern werde ich grüßen.« Mutter sprang behände auf, wie ich es nicht von ihr kannte. »Oh, ich gehe natürlich mit.«

Ich war sprachlos. *Hat sie etwas gemerkt? Hat sie den Finger gesehen?* Wir verließen den Musiksalon und schritten die Treppe in die Halle hinunter. Mutter verhielt vor einem Spiegel und nestelte an ihrem Kleid herum. William und ich blieben stehen. Ich konnte beide im Spiegel sehen, Mutter und Sohn, wie ich ja wusste. Ihr Blick wanderte zwischen den Spiegelbildern hin und her. Sie sah nach unten, und ihr Gesicht entgleiste, so kam es mir vor. Sie taumelte leicht. William bemerkte es als Erster und griff beherzt zu, bevor sie zu fallen drohte.

Sie erkennt die Ähnlichkeit! Sie starrt auf seine Hand!

»Ich hoffe, es geht Euch gut, Mylady?«

»Alles in Ordnung, Mutter? Was hast du?«

»Verzeiht, dass ich Euch angefasst habe«, stotterte William.

Mutter fing sich und sagte leise: »Es … es geht mir gut. Ich … ich habe es mir überlegt. Geht doch alleine zu dem Klassenraum. Es … es hat mich gefreut, Sie kennenzulernen, Mr. Brown. Ich hoffe, wir sehen uns wieder und grüßen Sie Ihre Eltern.«

Sie spürt etwas …

Ehe William oder ich etwas sagen konnten, war sie die Treppe hoch und zurück in den Musiksalon gerauscht. William war ganz rot im Gesicht.

»Habe ich etwas falsch gemacht, Mylady?«

»Keineswegs, alles in Ordnung«, beruhigte ich ihn.

In diesem Moment hörte ich jemanden ins Haus kommen, Cyrus. Er sprach kurz mit einem Diener, der ihm Hut und Mantel abnahm und kam uns von unten auf der Treppe entgegen.

»Oh, meine Schwester und ein unbekannter Gentleman? Willst du uns nicht vorstellen, Florence?«

»Cyrus, das ist«, meine Stimme stockte unmerklich, »Mr. William Brown aus Portishead. Mr. Brown, mein Bruder Lord Cyrus of Skinnerpick.«

Ich habe eben Cyrus und seinen Halbruder miteinander bekannt gemacht. Und William steht vor Mutters Jugendbild ... und Cyrus weiß, wer das Findelkind war. Das steht im Kirchenbuch ...

***

Kaum war ich zurück von der Besichtigung des künftigen Klassenraums in einem Nebenflügel von Backlynn-Castle und hatte William in die Kutsche gesetzt, die ihn zurück nach Portishead brachte, kam Mutter auf mich zu und zog mich in ihr Zimmer.

»Wer ist dieser Mann, dieser Mr. Brown?«, fragte sie erregt, nachdem wir uns gesetzt hatten.

»Warum fragst du?«

»Ist dir nicht aufgefallen, wie ähnlich er mir sieht?«

»Schon …«

»Was heißt schon? Er ist mir wie aus dem Gesicht geschnitten!«

Sie fasste mich an der Schulter und schüttelte mich.

Soll ich es ihr etwas sagen? Nein …

»Zufall, ein purer Zufall, Mutter«, sagte ich und schob ihre Hand weg.

Mit leiser Stimme sagte sie: »Er stand bei den Ahnenbildern, er sieht aus wie ich mit 25. Und als er neben mir stand, und ich uns im Spiegel gesehen habe, dachte ich, mich trifft der Schlag. Und dann seine Hand, sein Finger. Ich habe einen Moment geglaubt, er sei wie bei mir und dir ohne Nagel. Das, das kann doch nicht sein. Das ist völlig unmöglich. Es ist nur bei Mädchen … deine tote Schwester ist der Beweis.«

»Reg dich doch nicht so auf, Mutter.«

»Diese Ähnlichkeit … ich glaube nicht, dass es Zufall ist … und … der Finger. Es **muss** Zufall sein«

Ich rückte an sie heran.

»Ich habe deinen Vater nie betrogen. Es gab keinen anderen Mann in meinem Leben.«

Ich nahm ihre Hand. »Natürlich nicht. Wie soll das auch gegangen sein, Mutter? Hier in Backlynn-Castle eine Affäre haben, das ging nicht und geht nicht.«

»Du hast recht, Florence. Aber … dann muss es eine andere Erklärung geben.«

»Richtig.«

»Hast du seine Eltern kennengelernt?«

»Ja.«

»Und? Wie sind sie? … Lass dir doch nicht alles aus der Nase ziehen.«

»Reizende Leute, soweit ich es beurteilen kann.«

»Sieht er einem von ihnen ähnlich?«

»Das … das kann ich nicht sagen. Sie sind älter …«

Ist es zu früh? Ist es falsch, ihr nichts zu sagen?

Mutter hielt jetzt meine beiden Hände und fragte: »Sag mir, wie bist du auf ihn gekommen?«

Was soll ich antworten? Über mein Projekt der Mädchenschule? Oder die Wahrheit?

Sie ließ meine Hände los, ging einen Schritt zurück, fixierte mich und fragte: »Wieso hast du ihn überhaupt hergeholt? Du hättest dich auch mit ihm anderswo treffen können.«

Meine Gedanken rasten, sie überschlugen sich. Einerseits hatte ich fürchterliche Angst, eine Lawine loszutreten, die ich nicht mehr aufhalten konnte. Was würde Cyrus tun? Würde er noch mit Vernunft und Bedacht handeln? Vernunft und Bedacht waren sowieso nicht seine ausgeprägtesten Eigenschaften. Andererseits – ich dachte an das Gespräch mit Pfarrer Gregory – pfusche ich Gott ins Handwerk, wenn ich Mutter nicht die Wahrheit sage …

Und dann brach es aus mir heraus.

»Setz dich«, sagte ich und erzählte ihr alles von Anfang an. Annes Beichte. Der Brief. Der Besuch beim Pfarrer. Die herausgerissene Seite. Und das Wichtigste, der fehlende Fingernagel wie bisher nur bei den Frauen der Skinnerpicks. Das kurze Gespräch mit Cyrus am Musikabend und was er von allem wusste.

Mit jedem meiner Worte wurde Mutter bleicher. Sie atmete heftig. Griff sich an die Brust und bekam einen Hustenanfall. Ich klopfte ihr auf den Rücken. Sie beruhigte sich. Und sie schwieg. Starrte mit weit aufgerissenen Augen ins Leere. Dabei liefen ihr Tränen über das Gesicht. Ihre Arme lagen kraftlos auf dem Sofa neben ihr. Ich nahm ein Taschentuch und wischte ihr die Tränen weg, nahm sie in den Arm. Dann begann sie hemmungslos zu schluchzen und wollte nicht aufhören.

»Arthur, dieser Schuft!«, stieß sie hervor und »Ich will meinen Sohn!«»Er sieht aus wie ich, er ist wunderschön«»Ich hatte vom ersten Moment so ein Gefühl … «»Doch ich liebe Cyrus«»Oh, Florence, was soll ich nur tun?«

Dann schlug sie mit der Faust in das Sofapolster und schrie plötzlich:»Ich bin so wütend! Anne, was hast du getan?« Dann sprang sie vom Sofa, stampfte mit dem Fuß auf, die Tränen liefen immer noch, und schrie:»Arthur, wie konntest du mir das nur antun?«

Ich fühlte mich ziemlich hilflos. Es klopfte an. Mutters Zofe fragte durch die Tür:»Alles in Ordnung, Mylady?«

»Alles gut. Ich bin bei meiner Mutter. Verschwinde«, rief ich.

»Sehr wohl, Mylady«, tönte es zurück, und ich hörte, wie sich Schritte entfernten.

Das Gesicht meiner Mutter verzog sich mehr und mehr einer Fratze, sie tobte weiter.»Wie kann Gott das zulassen? Mein Baby geraubt! Ich habe einen Bastard großgezogen … Oh Gott, oh Gott … was soll nur werden?«

Ich nahm sie in den Arm und hielt sie, so fest ich konnte. Sie wehrte sich dagegen. Ihre Augen waren rotgerändert. Schweiß lief ihr über die Stirn. Ihr Blick war irre.

»Wird mein Sohn mich lieben, Florence. Ich mochte ihn vom ersten Moment an. Ich … ich hab es sofort gefühlt, dass … dass er kein Fremder ist.«

Ich drückte ihre Arme an ihre Seite. Meine Kraft war zum Glück größer als ihre.

»Ich weiß nicht, ob er weiß, dass er ein Findelkind ist«, sagte ich.

»Oh, Florence, er hat eine Mutter, hält sie dafür. Wird er mich überhaupt wollen?«

»Das weiß ich nicht, Mutter. Du musst dich beruhigen, leg dich erst einmal hin.«

Ich drängte sie zu ihrem Bett, schob und drückte sie, bis sie lag. Sie griff nach einem Kissen und schlang ihre Arme darum.

»Lass mich allein!«, brüllte sie auf einmal und schob mich weg. »Ich will niemanden sehen. Niemanden!« Sie presste ihr Gesicht in das Kissen und legte sich schluchzend darauf.

Ich setzte mich auf die Bettkante und wusste immer noch nicht, was ich tun sollte, suchte eine Hand von ihr und wollte sie streicheln. Sie riss sie wütend weg und rief noch einmal: »Geh, lass mich endlich allein. Warum musstest du mir das erzählen?«

Mir war klar, dass ich im Moment nichts weiter für sie tun konnte. Als ich gerade die Tür aufmachen wollte, richtete sie sich plötzlich in ihrem Bett auf – mit ihrem verweinten Gesicht und den zerzausten Haaren glich sie einer Furie – und sagte mit zitternder Stimme: »Bring mir Annes Brief. Ich will seine Hand genau sehen, den Finger wie bei mir, dir und deiner kleinen Schwester. Ich will ihn befühlen, ob es wirklich wahr ist, Florence. Und sag deinem Vater noch nichts. Das ... das werde ich tun. Geh! Bitte.«

***

Cyrus fror. Mitten im Sommer. Eben hatte den Erstgeborenen von Skinnerpick kennengelernt. Er fühlte sich nicht mehr wohl. William Brown im Gespräch mit seiner Mutter und seiner Schwester vor der Skinnerpick-Ahnengalerie und er wusste es vermutlich nicht. *Oder wusste er es schon?*, schoss ihm durch den Kopf. *Nein, so hatte es nicht ausgesehen. Mutter? Sie wusste es wohl auch noch nicht. Nur Florence, die falsche Schlange, die wusste es. Sie hat es arrangiert. Dabei war ihr doch bekannt, dass die Seite im Kirchenbuch fehlt. Ein Treffen von Mutter und Sohn. Weiß dieser William, dass er ein Findelkind war?*

Ha!, wie man es auch dreht und wendet, beweisen kann niemand, dass er das Findelkind war, das mit Anne in Zusammenhang steht. **Das** Findelkind, das mir das Erbe streitig machen kann.*

Ob Mutter diesen Brief von Anne schon gelesen hat? Ich muss ihn haben. Die Schublade im Schlafzimmer von Florence!

Florence war mit diesem William im Nebenflügel, wo sie ihre vermaledeite Schule aufmachen wollte. Mutter hielt sich nie so nah bei den Dienern auf. Die Gelegenheit war günstig. Das Zimmer von Florence lag ein paar Schritte neben seinem. Er huschte hinauf und achtete nicht auf die Bediensteten, die ihn grüßten. Es war ihm so was von egal, was sie von ihm dachten. Diese Anbiederei von Florence beim Personal, die ahmte er nicht nach.

Der Gang war leer. Abgeschlossen waren die Türen selten. Nur, wenn sie außer Haus war, schloss Florence ab. Man vertraute sich. Er hatte Glück, auch jetzt war ihr Zimmer offen. Cyrus huschte hinein und zum Schreibtisch. Die Schublade war nicht verschlossen. Er ahnte Schlimmes – der Brief war nicht da. Er wühlte den Inhalt des Fachs durch und überflog, was alles auf dem Schreibtisch lag. Nichts, was sich als Versteck eignete. Warum hätte sie den Brief auch anderswo aufbewahren sollen.

Sie hat ihn Mutter schon gezeigt!, durchschoss ihn wie ein Blitz. Er verließ rasch das Zimmer, nicht ohne vorher vorsichtig die Tür aufzumachen und um die Ecke zu blicken. Niemand zu sehen. Er huschte in sein Zimmer, diese Tür schloss er immer ab. Er hatte wenig Vertrauen zu den Dienerinnen und Dienern. Nur für die Pferdepfleger legte er – mit Ausnahme der Iren – seine Hände ins Feuer.

Was mache ich jetzt? Er goss sich einen Sherry ein und überlegte. Aber die Gedanken rasten durch den Kopf wie eine Herde wild gewordener Pferde. Eine drohende Gefahr schwelte im Hirn wie ein Wiesenfeuer, das den nahenden Wind ahnte. Normal für ihn wäre gewesen, wenn er sich Glorious hätte satteln lassen und eine Stunde im Gelände um Backlynn-Castle und darüber hinaus umherzureiten, bis das Pferd erschöpft und er klar im Kopf war. Eine innere

Stimme schlug einen anderen Weg vor. Er ließ einen Diener Mutter ausrichten, Vater war immer noch unterwegs, dass er zum Regiment müsse und möglicherweise in der Garnison übernachtete. Die Stallburschen bereiteten den Einspänner mit Glorious für ihn vor, und eine halbe Stunde später war Cyrus unterwegs.

Er hoffte, Hendrik zu treffen, mit dem er einige Dinge besprechen wollte. Deshalb schlug er den Weg zur Eisenbahnfabrik Bristol Wagon&Carriage Works auf dem Lawrence Hill ein.

Sein Kopf war immer noch in Aufruhr, als er eintraf, obwohl sich ganz hinten der Gedanke verfestigte, dass ihm nichts geschehen könne, weil es keinen Beweis für die Existenz eines Findelkindes aus Skinnerpick gäbe. Selbst die herausgerissene Seite des Kirchenbuchs hätte das nicht bewiesen. *Warum mache ich mir denn überhaupt Sorgen?*

Er wollte es sich nicht zugeben, doch er wusste, dass seine schlaue Schwester diesen William Brown nie eingeladen hätte, wenn es da nicht etwas gäbe, was Cyrus nicht wusste.

Hendrik war im Hause, das war ein Anfang. Cyrus hatte Hendrik bisher hier nicht besucht und war beeindruckt von der großflächig angelegten Fabrik. Eine Vielzahl Hallen, aus denen ohrenbetäubender Lärm zu ihm drang. Cyrus musste Glorious immer wieder beruhigend über den Hals streichen, so viel Krach war er aus Skinnerpick und Umgebung nicht gewöhnt. Als es laut aus einem Dampfkesselventil pfiff, scheute der Rappe sogar. *Vielleicht wäre ich besser mit der Eisenbahn gefahren?* Da verliefen so viele Schienenstrecken, da gab es sicher eine Verbindung zur öffentlichen Eisenbahn. Überall wimmelte es von verdreckten und verschmierten Menschen bei der Arbeit, die ihm und seiner Kutsche auswichen und eilig die Mützen vom Kopf zogen. Sie zeigten in Richtung auf ein rotes Backsteingebäude, als er nach dem Direktor fragte, und verbeugten sich noch tiefer. An dem Gebäude nahm ein Pförtner das Kutschengefährt in Empfang – er versprach das Tier zu versorgen, man habe einen Stall – und ließ ihn zum Direktor führen. Hendrik empfing ihn mit offenen Armen und Cyrus war beeindruckt, was er sah, nachdem die Sekretärin ihn zuerst aufgehalten hatte. An einem Raum mit einem Telegraphen führte ihn die in schwarzem Rock und weißer Bluse gekleidete mittelalte Sekretärin in das Büro des Eisenbahndirektors.

Ein großer, massiver Holzschreibtisch, vermutlich aus blank polierter Eiche oder Mahagoni, war der zentrale Punkt des Raums. Der Schreibtisch hatte mehrere unter der Platte durchgehende Schubladen und ein Einlagefeld aus Leder. Dahinter ein bequemer, gepolsterter Ledersessel mit hoher Rückenlehne und Armlehnen, in dem Hendrik saß. Edle Holzverkleidung, Bilder und Zeichnungen schmückten die Wände. Große Fenster ließen das Tageslicht herein, aber Gaslampen und Kerzen auf dem riesigen Konferenztisch zeigten, dass auch am Abend und bei Nacht gearbeitet werden konnte. In den Regalen und Schränken an den Wänden standen Ordner und Dokumentenmappen. Tintenfässer, Federhalter, Siegelwachs und Brieföffner füllten den Schreibtisch, hinter dem sein Freund Hendrik hemdsärmelig, aber wie ein König thronte.

»Cyrus, altes Haus. Was für eine Überraschung«, dröhnte ihm Hendrik entgegen. *Ich habe völlig vergessen, was für eine laute Stimme er hat ...* »Hendrik, ich grüße dich und bin beeindruckt von dem, was ich hier sehe.«

»Ja, Cyrus, Adel ist schön aber nicht alles. Hier wird Geld verdient. Aber komm, setz dich.«

Hendrik kam hinter dem Schreibtisch hervor, sie umarmten sich. »Maggie, einen Brandy und zwei Gläser«, rief er ins Vorzimmer. »Oder immer noch nur vornehm Sherry?«

In den Spelunken von Cambridge hatte es selten Sherry gegeben; Brandy und Gin schenkte jeder Pub neben Bier aus.

»Du willst sicher nicht nach so langer Zeit ... wie lange haben wir uns nicht gesehen ... ein Jahr oder zwei? ... egal. Du willst sicher etwas Bestimmtes, oder nur eine Werksbesichtigung? Aber da musst du aufpassen, deine edle Kleidung ist anschließend hinüber ... Aber wir hätten sicher etwas für dich.« Henrik lachte dröhnend mit dem Brandy in der Hand, und Cyrus hätte am liebsten vergessen, weswegen er gekommen war. Die alten Zeiten standen urplötzlich nur wegen der Stimme von Hendrik im Raum.

»Prost auf die alte Zeit«, sagte er. »Nein, ich möchte das Werk nicht besichtigen. Wenn, dann folge ich deiner Empfehlung und bringe Kleidung zum Wechseln mit. Ich

… ich brauche deinen Rat, Hendrik, oder auch deine Hilfe, deine Verbindungen.«

»Setz dich und erzähl, was du auf dem Herzen hast«, sagte Hendrik und seine Stimme klang plötzlich normal laut.

Cyrus schilderte erst stockend, dann flüssig, bis es aus ihm heraussprudelte, alles, was bisher geschehen war. Sein Gegenüber unterbrach ihn nicht, schenkte nur zwischendurch zweimal nach. Cyrus schloss mit der Frage: »Was soll ich am besten tun, Hendrik, alter Freund?«

»Es ehrt mich, dass du mit einer solch pikanten Angelegenheit zu mir kommst. Ich denke, jetzt kommst du erst einmal zur Ruhe. Du bleibst natürlich heute hier … oder musst du gleich zurück? Nein, so wie du aussiehst, brauchst du Entspannung. Ich wollte in einer Stunde sowieso gehen. Wir gehen aus, etwas Essen und suchen angenehme Unterhaltung und danach glaube ich, habe ich einen Vorschlag für dich.«

»Du bist noch nicht verheiratet, Hendrik?«

Er lachte. »Du etwa, Cyrus?«

»Komm, nimm dir eine Zeitung. Ich brauche noch ein bisschen. Dann machen wir ein Fass auf.«

Ich wollte gar nicht saufen, aber vielleicht ist eine solche Ablenkung das, was mir hilft … und ein Blick von außen auf mein Problem.

Cyrus griff zur Brandy-Karaffe und sagte: »Das machen wir. Ich glaube, es tut mir gut, mit dir zu reden, Hendrik.«

**

Nach Mutters Zusammenbruch dauerte es zwei Tage, bis sie sich wieder zeigte. Sie ließ sich das Essen aufs Zimmer bringen und verweigerte jedes Gespräch mit mir. Auch Vater drang nicht zu ihr durch und fragte mich, ob ich wisse, was los sei. Ich sagte nichts, zuckte nur mit den Schultern, hätte keine Ahnung, sie sei ja seine Frau. Er müsse sie kennen. Er meinte, es würde sich sicher wieder legen, und verschwand zu einer geschäftlichen Reise nach London, nicht ohne ihre gute Besserung zu wünschen.

Ich saß in meinem Zimmer vor dem Spiegel, meine Zofe Nora richtete mir die Haare, da kam Mutter ohne zu klopfen herein. Ziemlich unwirsch schnarrte sie in Richtung Zofe: »Lass uns allein.« Nora ging ohne ein Wort, und Mutter sagte: »Ich kann noch nicht ganz glauben, was wahr zu sein scheint. Deshalb will ich als Erstes den Brief von Anne sehen. Besorge ihn mir.«

Da ich mir das gedacht hatte, hatte ich sofort nach ihrem Zusammenbruch einen Boten zu Walter geschickt und ihn mit einem Brieflein gebeten, dem Boten Annes Beichte in verschlossenem Umschlag mitzugeben. Folglich griff ich nur in meine Schreibtischschublade und gab ihr den Beichtebrief. Mutter setzte sich, las ihn durch und ihr bleiches Gesicht wurde noch eine Spur fahler.

»Ich soll etwas gewusst haben?«, brach es aus ihr heraus. Sie ließ den Brief sinken. »Diese falsche Schlange. Das hätte sie mir mal ins Gesicht sagen sollen.«

»Sie hat es bereut«, Mutter, sie hätte das Geheimnis auch mit ins Grab nehmen können.«

»Papperlapapp. Sie hofft, dass ich eine Lösung finde. Dass ich nicht lache. Eine Lösung? Welche Lösung? Eine, die meine Familie zerstört? Von meinem Mann gar nicht zu reden ...«

Sie verbarg ihren Kopf hinter den Händen, und schluchzte kurz auf. Ich dachte, es geht schon wieder los, aber dann richtete sie sich auf und sagte:»Ich will seine Hand genau sehen und befühlen. Das ist ein Beweis. Dann glaube ich, dass dieser William mein Sohn ist. Außerdem – ich habe ein eigenartiges Gefühl gehabt, als er hier war ...«

»Und dann, Mutter?«

»Was und dann?«, sie blickte mich aus tränenden Augen an.

»Dann musst du entscheiden, was du tust oder ...«, ich holte tief Luft,»ob du etwas tust.«

»Du meinst?«

»Ja, ich meine. Es wäre eine Lösung, gar nichts weiter zu tun. Alles so lassen, wie es ist. Cyrus würde sicher nicht darauf bestehen, die Sache weiter zu verfolgen. Ich würde es auch nicht – auch wenn es mir schwerfällt. Du weißt, wie sehr ich auf Gerechtigkeit bestehe.« Ich dachte in dem Moment auch an das Gotteszeichen in der Gartenkammer. »Und Vater weiß es überhaupt nicht. Und vergiss die Ziehfamilie nicht. An die legen wir die Axt mit der Wahrheit über ihr Findelkind. Und William?«

Mutter stand mühsam auf und sagte.»Alles richtig. Alles zu überlegen. Aber ohne den Augenschein von seinem Finger, unternehme ich nichts.«

Sie nahm den Brief mit. Als sie in der Tür stand, drehte sie sich noch einmal und sagte:»Du kommst doch mit zu den Browns, oder?«

»Selbstverständlich, Mutter, ich begleite dich.«

***

Der Raum, in dem Hendrik und Cyrus sich vom bisherigen Verlauf des Abends erholten, hatte etwas von einem Pub. Dieser Raum, an den sich Separées anschlossen, war ganz in Rot gehalten. Ein kräftiges Rot an den Wänden voller freizügiger Bilder. Eine glänzend polierte rotbraune Decke, mit rotem Leder bezogene Sessel, Hocker um einen länglichen Holztisch und ein Fußboden aus Fliesen unterschiedlicher, rötlich-gelber Muster. In der Mitte eine breite Liege. Eine Wand bedeckte ein grünlich schimmernder Doppelkamin mit einem mannshohen Spiegel in der Mitte völlig. Darüber eine Uhr mit grünrotem Rand. Eine Lampe an der Decke spendete warmes Licht. Wie Cyrus später erfuhr, auch eine moderne Gaslampe. Zwar hat der Abend mit viel gutem Essen, Alkohol und willigen Frauen bisher Spaß gemacht, aber das Vergnügen war schal. Sie ruhten sich allein bei Champagner aus. Cyrus drängte Hendrik, endlich seinen Vorschlag von sich zu geben. Er schien weniger getrunken zu haben als Cyrus, denn er sagte völlig klar:»Da deine Familie weiß, dass du weißt, was los ist, darfst du nicht mehr auf dich aufmerksam machen als unbedingt nötig. Tritt freundlich und unverdächtig auf. Wenn du der Meinung bist, dass es brennt und dieser angebliche Bruder

– oder besser Halbbruder – eine Gefahr für dich bedeutet, werde ich dir helfen. Du kennst meine Beziehungen aus Cambridge, und sie sind – ich übertreibe nicht – besser geworden. Gib mir ein Signal und es wird dafür gesorgt werden, dass dieser Brown, Schulmeistersohn und Möbeltischler aus Nailsea – richtig? – einen Unfall hat, den er nicht überleben wird. Es gibt keine Verbindung zu dir oder mir. Du wirst dein Erbe behalten.«

»Du bist sicher, dass das funktioniert?« Cyrus war nicht mehr ganz klar im Kopf, aber so viel verstand er von dem Angebot, dass es gefährlich für ihn sein könnte.»Aber jeder der den Zusammenhang mit mir kennt, wird doch vermuten, dass ich meine Hand im Spiel habe.«

»Mag sein. Er wird es aber nicht beweisen können, dafür sorge ich.«

»Hmm. Mir bleibt nichts übrig, als dir zu glauben, Hendrik.«

»Das hoffe ich sehr, Cyrus. Komm, trink noch ein Glas.«

Cyrus wehrte ab.»Was, was willst du dafür? Du hast nie etwas ohne Gegenleistung getan und tust es doch sicher heute immer noch nicht.«

Hendrik grinste breit.»Du kennst mich immer nach wie vor gut. Ja, umsonst ist nur der Tod. Mir schwebt da etwas vor, das wirst du aber leisten können. Die Eisenbahn nach Portishead ist noch nicht fertig ausgebaut. Ich denke, wenn der Hafen weiterwächst, werden wir Land brauchen. Du als künftiger Erbe von Skinnerpick wirst ein gewichtiges Wort mitzureden haben. Deinen alten Vater wirst du doch überzeugen können, falls er etwas dagegen haben sollte?«

Cyrus war sich nicht im Geringsten sicher, das zu können, aber er zögerte keinen Augenblick, heftig zu nicken.

»Das geht in Ordnung, Hendrik.«

Sie schüttelten sich die Hände.

Zwei Gläser später fragte Cyrus:»Dieses Signal, wenn es schnell gehen muss, wie machen wir das?«

Hendrik überlegte nicht lange.

»Am schnellsten geht es über den Telegraphen, denke ich. Du hast ihn doch bei mir gesehen?«

»Habe ich. Aber wo kann ich denn telegraphieren?«

»In Portishead in der Hafenbehörde gibt es einen Telegraphen, dort ginge es.«

»Ist der öffentlich?«

»Nein, aber er hat eine Leitung zu mir und du schickst einfach nur die Nachricht ›Problem B. steht an.‹ direkt an mich. Wenn jemand fragt, hilfst du mir, ein Problem für den Truppentransport per Eisenbahn zu lösen. Gib dich am besten als Eisenbahner aus.«

»Verstehe. Das ist gut. Und wie lange, bis dann …«

»Ich muss das organisieren, höchsten zehn Tage und jemand ist vor Ort und kümmert sich.«

»Du glaubst, das klappt?«

Hendrik klopfte ihm auf die Schulter und lachte:»So etwa mache ich nicht zum ersten Mal. Das Eisenbahngeschäft ist hart umkämpft, das kannst du mir glauben. Keine Sorge, Cyrus. Sollte Problem B. anstehen, wird es gelöst. Sobald die Nachricht von dir kommt, werde ich jemanden schicken. Wie gesagt, spätesten zehn Tage später ist jemand in Portishead und kümmert sich. Dieser Jemand wird im größten Pub in Portishead ein Zimmer nehmen. Ich nenne ihn den Mann mit dem gelben Band am Hut, weil er sich immer so anzieht, wenn er in einer Spezialmission für mich unterwegs ist. Wenn es noch Dinge zu besprechen gibt, kannst du ihn da treffen. Er wird sich immer nachmittags im Pub aufhalten.«

Alles wird gut, dachte Cyrus erleichtert und fragte: »Gehen wir noch mal ins Separée?«

Hendrik grinste anzüglich. »Falls es bei dir geht? Ich kann.«

Cyrus nickte eifrig.

Hendrik schlug ihm auf die Schulter. »Gut, gehen wir.«

***

Mutter und ich hatten Pfarrer Higgins aufgesucht, bevor wir zu den Browns fuhren. Sie ließ sich den Folianten mit der herausgerissenen Seite zeigen. In ihr brodelte es. Mutter überzeugte den Pfarrer, zu den Browns mitzukommen, was er gern tat. »Sie kennen mich schon lange, und wird es ihnen leichter machen«, sagte er. Ich hatte es Mutter vorgeschlagen, als Unterstützung für den zu erwartenden Schock, den unser Besuch und der Grund auslösen würden. Pfarrer Higgins zwängte sich mit in die Kutsche, und wir schwiegen, bis wir das kleine Haus des Schulmeisterehepaars erreicht hatten.

»Wenn Mylady erlauben, versuche ich das Gespräch einzuleiten.«

Ich hielt Mutters Hand fest und drückte sie zustimmend, weil ich merkte, dass es in ihr brodelte.

»In Ordnung«, presste sie heraus.

Wie erwartet zeigten sich die Browns erschrocken über den Auftrieb.

»Oh, Mylady Miriam, Mylady Florence und Hochwürden«, rief Mr. Brown erschrocken und verbeugte sich sofort. Seine Frau schlug die Hände über dem Kopf zusammen, knickste. »Was, was ist passiert?«

»Dürfen wir hereinkommen«, fragte ich.

»Na … natürlich«, stotterte Mr. Brown und hielt die Tür weit auf.

»Es … es ist nicht aufgeräumt, verzeiht«, stammelte seine Frau und stürzte voraus. »Ich mache etwa Ordnung.«

Ich kannte das Wohnzimmer ja, und mir schien es nicht unordentlich zu sein. Doch Mrs. Brown richtete die Kissen und rückte die Stühle zurecht.

»Ist ihr Sohn nicht da?«, fragte Mutter.

»Er ist oben, Mylady«, antwortete Mr. Brown.

»Es geht um ihn«, stieß Mutter hervor. Mrs. Brown schaute sie erschreckt an. Ich fasste Mutter sanft am Arm. »Lass den Pfarrer zuerst«, flüsterte ich ihr zu. Sie schüttelte meine Hand ab. »Komm, Mutter, Geduld schadet nicht«, sagte ich.

»Gut«, sagte sie widerwillig, »aber holen Sie ihn, bitte.«

Mrs. Brown verschwand nach oben. Ich hörte sie die Treppe hinaufgehen.

Pfarrer Higgins ergriff das Wort: »Mr. Brown, es geht um Ihren Sohn, das Findelkind, das ich Ihnen einst übergeben habe.«

»Oh, Gott, haben Sie …«, er wechselte den Blick zu Mutter und mir, »… oder Sie seine … seine wahren Eltern gefunden?«

»Sie müssen stark sein, Mr. Brown, Sie und Ihre Frau, denn …«

In diesem Moment betrat Mrs. Brown mit William das Zimmer. »Oh, welch hoher Besuch? Wer muss stark sein? Geht es um die Schule, Myladies?« William verbeugte sich dabei und schenkte Mutter und mir ein strahlendes Lächeln.

Mein Bruder. Mir wurde ganz warm ums Herz.

»Ich sage es noch einmal, Mrs. Und Mr. Brown, Sie müssen stark sein, weil sich Ihr Leben verändern wird.«

»Was ist los, Hochwürden? Reden Sie doch klar.«

»Es geht um dich, William. Es gibt etwas sehr Wichtiges, das ich dir erzählen muss. Etwas, das dein Leben verändern wird.«

»Hochwürden, was meinen Sie? Was könnte mein Leben so drastisch verändern, dass Sie kommen, um es mir zu sagen?«

»Oh, Gott«, stammelte Mrs. Brown und wurde ganz bleich im Gesicht, schaute ihren Mann an, der nach unten blickte.

Der Pfarrer sagte sanft: »William, manchmal bringt das Leben uns auf unerwartete Wege. Was du heute erfahren wirst, mag schockierend sein, aber es ist wichtig, dass du weißt, dass du von Liebe und Sorge umgeben bist.«

Mutter ergriff das Wort und sagte leise aber bestimmt, wobei sie das Schulmeisterehepaar und William anschaute: »Vor 23 Jahren geschah etwas Schreckliches. Mein neugeborener Sohn Cyrus wurde vertauscht und vor dem Pfarrhaus in Nailsea ausgesetzt. Es war eine schreckliche Sünde unserer Hausdame Anne. Ich wusste davon nichts, bis vor zwei Wochen. Und jetzt …« sie machte einen Schritt auf William zu. »Darf ich Ihre linke Hand einmal sehen, Mr. Brown?

«William hielt ihr erstaunt seine Hand hin. »Gern, warum?«

Mutter nahm sie hoch, drehte sie und besah sich den kleinen Finger. »Kein Nagel«, stöhnte sie. »Mir wird übel. Ich muss mich setzen.«

William stützte sie.

»Was ist, Mylady?«

Mutter sagte nichts, zog ihren linken Handschuh aus und nickte mir zu. Ich tat es ihr nach. Wir hielten unsere Hände nebeneinander, sie zog Williams heran. Drei linke Hände, an jedem der kleinen Finger fehlte der Nagel. »Allen meinen Kindern fehlt dieser Nagel von Geburt an. Du bist mein Sohn, William. Mein leiblicher Sohn. Ich bin deine Mutter. Florence ist deine Schwester.«

Ist er nun Cyrus oder William? War er schon getauft, als Anne ihn entführt hat …?

»Wir … wir wollten es dir schon lange sagen, William, Junge«, stotterte Mrs. Brown, die in einem der Sessel zusammensank.

William rang nach Worten: »Ich … ich verstehe nicht. Was meint Ihr? Ich … ich … Ihr … Sie … du … meine

Mutter? Ich bin ein Findelkind?« Er sah zu den Browns.
»Ich bin … ihr seid nicht meine Eltern?«
»Es tut uns so leid, William.«, flüsterte Mr. Brown mit
brechender Stimme. »Wir haben es auch erst jetzt erfahren.
Wir wollten dir nie wehtun. Du bist unser Sohn, aber du
bist auch Lady Miriams Sohn. Wir wussten das aber
nicht.«
»Und das ist wirklich wahr? Es ist kein Zweifel möglich?«,
fragte William bleich und mit zitternder Stimme.
»Ich hatte noch eine zweite Tochter, sie ist früh
gestorben. Bei ihr fehlte der Nagel auch. Weil Cyrus einen
hat, dachten wir, ich würde es nur an Mädchen vererben.
Du bist der Gegenbeweis, William. Du bist mein Fleisch
und Blut bist, William. Du bist mein Sohn. Die Hausdame
hat dich gegen ihren Enkel vertauscht.«
William, sichtlich geschockt: »Wie konnte das passieren?
Ich bin bei den Browns aufgewachsen. Sie sind meine
Familie.«
Der Pfarrer legte eine Hand beruhigend auf seine Schulter.
»Es ist eine ungewöhnliche und schmerzhafte Wahrheit,
William. Aber es ändert nichts an der Liebe, die Mr. Und
Mrs. Brown für dich empfinden.«
Mutter brach bei den Worten in Tränen aus und sagte: »Ich
verstehe, dass dich das überwältigt. Ich möchte nur, dass
du weißt, dass ich schon früher nach dir gesucht hätte,
wenn ich es gewusst hätte. Und jetzt, da du hier bist,
möchte ich deine Mutter sein, wenn du es zulässt.«
William kämpfte sichtlich mit seinen Gefühlen. »Das ist
alles so… viel. Ich weiß nicht, was ich fühlen oder denken
soll.«

Mr. Brown machte einen Schritt auf ihn zu, legte ihm die Hand auf die Schulter: »Wir sind hier für dich, Junge. Egal was passiert, du wirst immer unser Sohn bleiben. Aber vielleicht kannst du auch herausfinden, was es bedeutet, Lady Miriams Sohn zu sein.«

William schaut von einem zum anderen, schließlich zu Lady Miriam. »Ich … ich brauche Zeit, um das alles zu verarbeiten. Aber ich muss überlegen. Ich von einem Moment zum andern ein Aristokrat? Einer von denen, die auf einen wie mich runterblicken? Ich weiß nicht, ob ich das will und kann. Ich muss nachdenken. Vielleicht … lasst mich ….«

Erleichtert und mit einem schwachen Lächeln sagte Mutter: »Das ist alles, worum ich bitte, William. Danke.«

Du bist stark Mutter: Stärker als ich erwartet habe ...

Pfarrer Higgins faltete die Hände und sagte: »Lasst uns zusammen beten, damit wir die Kraft finden, diese neue Wahrheit gemeinsam zu tragen.«

Alle verneigten ihre Köpfe, während Pfarrer McKinsey ein leises, beruhigendes Gebet spricht. Mr. Und Mrs. Brown umarmten sich und weinten leise. William sprach das Gebet nicht mit, ballte plötzlich die Fäuste, sagte: »Ich muss jetzt allein sein«, und verließ hastig das Wohnzimmer.

***

Auf dem Rückweg von den Browns schäumte Mutter, aber still. Ich merkte nur, wie sie immer wieder tief durchatmete und sah, wie sie ihre Hände knetete. Aber sie schwieg, was nicht so ihre Natur war.

Das kann ja heiter werden ...

Zwei Tage später – Mutter hatte nicht mehr mit mir gesprochen, Cyrus war irgendwo unterwegs – kam Vater von der Reise zurück. Bei der Rückkehr des Hausherrn pflegten wir üblicherweise ein üppiges Essen mit einem Willkommenstrunk und ließen den Reisenden von seiner Unternehmung berichten. Vater war bester Laune, die geschäftlichen Dinge schienen gut gelaufen zu sein. Vater erzählte es nur Cyrus und mir, weil Mutter noch nicht da war. Als sie dann nach einer halben Stunde kam, wir hatten schon angefangen mit einem oder zwei Sherry, stand Vater auf, um sie wie normalerweise mit einem Kuss zu begrüßen. Sie wehrte ihn ab.

»Lass das. Wir haben etwas zu besprechen, Arthur.«

Verdutzt sah Vater sie an. »Was ist los? Was hast du denn, Liebling?«

»Spar dir das ›Liebling‹. Lies.«

Sie reichte ihm den Brief von Anne und setzte sich. Vater stand, begann zu lesen, dann nahm er wieder Platz auf seinem Stuhl und las fertig. Das Blut war ihm in den Kopf gestiegen, er schwitzte und schnaufte schwer.«

Mutter schickte das Personal aus dem Salon und fragte: »Nun, Arthur, was sagst du?«

Vater fehlten selten die Worte, doch in diesem Moment rang er sichtbar nach Fassung und suchte seine Stimme.

»Du sagst nichts?«, fragte Mutter scharf. »Ich kann dir auch sagen, warum. Nicht nur, dass du ein Mädchen geschwängert hast, während ich schwanger mit meinem

Kind war. Du hast mich auch offen angelogen. Du hast verschwiegen, was du getan hast und mich das arme Mädchen sang und klanglos aus dem Haus werfen lassen. Das ist stark, Arthur. Das ist nahe daran, zu stark zu sein. Es … es ist abscheulich!«

»Aber … aber der Brief beweist doch nichts, Miriam«, stotterte Vater.

»Im Kirchenbuch steht nichts davon, dass es ein Findelkind gab. Der Brief beweist auch nichts«, warf Cyrus ein.

»Halt den Mund und schau her«, blaffte Mutter ihn an. Ihre Augen sprühten vor Zorn. Er hat links an der Hand am kleinen Finger keinen Nagel. So wie ich, so wie Florence und unsere gestorbene Tochter. Ich vererbe diesen Makel nicht nur an Mädchen, sondern an alle meine Kinder.«

Cyrus hob seine linke Hand und drehte sie zu uns. Vater starrte wie vom Donner gerührt auf die Hand. Mutter und ich hielten unsere Hände nebeneinander.

Wir hatten über diesen fehlenden Fingernagel bei den Mädchen und Frauen der Skinnerpicks mit Cyrus vor gesprochen. Cyrus hatte auf seinen kompletten Finger gezeigt, gelacht und gesagt – ich erinnerte mich: »Mädchen sind eben nicht perfekt.«

Mutter zeigte auf den Finger von Cyrus. »Er hat einen Nagel, siehst du? Wir haben keinen. Die Hand von William Brown sieht genauso aus wie unsere. Du kannst dich gern selbst davon überzeugen. Florence und ich haben es gesehen. Es besteht kein Zweifel, William Brown ist mein Sohn, unser Sohn, Arthur.« Sie betonte das ›unser‹.

»Cyrus, es tut mir leid, ist nur dein Sohn.« Sie betonte das ›dein‹ wie vorher das ›unser‹. »Das bedeutet …«

Cyrus und Vater starrten sie mit offenem Mund an.

Cyrus stammelte: »Zufall, Zufall …«

»Das glaubst du doch selber nicht, oder?«, herrschte Mutter ihn an. »Annes Beichte, das Findelkind, die frappierende Ähnlichkeit und der Fingernagel. Das zusammengenommen, das spricht alles für sich!«

Cyrus blieb stumm und knirschte mit den Zähnen.

Mutter fuhr fort: »… das bedeutet, dass etwas geschehen muss, um die Irrtümer zu entwirren. Ich will meinen Sohn hier haben. Er ist der wahre Erbe der Skinnerpicks«, sagte Mutter kalt und mit Härte in der Stimme, die ich von ihr nicht kannte. Nicht die arrogante Lady, sondern da sprach eine zutiefst verletzte Mutter. Doch sofort danach schlug ihre Stimme um, ihr Gesicht wurde weich, sie tätschelte Cyrus über den Kopf und sagte: »Cyrus, ich liebe dich, ich habe dich großgezogen als mein Kind, und du wirst immer mein Kind sein. Aber du bist nicht mein Fleisch und Blut … das kann man drehen und wenden, wie man will. Und Recht muss Recht bleiben. Das seht ihr hoffentlich genauso, oder?«

Vater saß stumm mit rot-bleichem Gesicht zusammengesunken in seinem Stuhl und sah hilflos seine Frau an, die sich jetzt ebenfalls hinsetzte. Cyrus schluckte, sprang auf und stürzte – zornrot im Gesicht – aus dem Zimmer. »Dann habe ich ja hier nichts mehr zu suchen!«

Ich wollte hinterher, doch Mutter hielt mich am Arm fest. »Lass ihn, Florence, er wird sich beruhigen.«

Sie nahm ihre Serviette hoch, rief nach den Dienern und sagte: »Wir können essen, falls jemand noch Hunger hat.«

***

Cyrus war planlos aus dem Zimmer gerannt, hatte sich eine Jacke übergeworfen, war in seine Reitstiefel gestiegen und dann in den Stall gestürzt, wo er die Pferdeburschen anraunzte, ihm Glorious sofort zu satteln. Während dies geschah, hatte er an einer Stallwand gestanden und sich dauernd die Reitgerte gegen den Stiefel geschlagen.

Sein Kopf tobte. Die Vorstellung, er würde von heute auf morgen Bastard der Familie Skinnerpick, auf Anerkennung durch seinen Erzeuger hoffend, machte ihn rasend. Er würdigte Charles – oder wie er auch immer heißen mochte – keines Blickes, als er ihm den Rappen vorführte. Er schwang sich in einem Zug in den Sattel und galoppierte los.

Einfach nur weg!, dachte er. *Frei atmen und der Wut ihren Lauf lassen.* Er lockerte die Zügel und trieb Glorious immer weiter an. Nahm sogar die Gerte, was er selten tat. Das Pferd schien jedoch Gefallen daran zu finden. Es flog nur so dahin. Cyrus lenkte kaum. Sie überholten zwei Kutschen so knapp, dass einer der Kutscher ihnen wütend hinterher brüllte. Cyrus verstand nicht, was.

Sollen sie quäken! Es ist mir egal.

Das ging so etwa 20 Minuten, dann tauchte der Küstenrand von Portishead auf, und Cyrus zügelte den Rappen, bis er schwer atmend zum Stehen kam. Die Wut ließ nach, er klopfte Glorious entschuldigend auf den Hals und ließ die Zügel hängen. Dann stieg er ab und setzte sich an den Rand der Klippe.

Wenn ich mich nach unten fallen lasse, ist jedes Problem gelöst ...

So saß er eine Weile, vielleicht eine halbe Stunde, und fand keine Ordnung in seinen Gedanken. Sie schwankten von sinnlosem Hass auf Anne über verspätete Wut auf Vater, dass er sich nicht hatte beherrschen können. Von Wut auf Florence, dass sie Annes Brief nicht verbrannt hatte bis zu Hass auf William, der aus dem Nichts als Konkurrent für das unbeschwerte Leben des Erben von Skinnerpick aufgetaucht war. Gleichzeitig hatte er fürchterliche Angst, dass ihn seine Mutter nicht mehr lieben würde, den richtigen Sohn ihm vorziehen könnte. Würde sie ihn nicht verstoßen, wenn er seinem Hass auf William freien Lauf ließe? *Vater, Vater ist die Rettung,* wurde ihm plötzlich klar. *Er ist der Einzige, der dafür sorgen kann, dass alles so bleibt, wie es ist. Ich muss mit ihm sprechen.*

So schnell, wie er an die Küste geprescht war, ritt er zurück. Er sprang vom Pferd, da stand es noch nicht, warf Charles die Zügel zu und stürzte an dem Lakaien am Eingang vorbei ins Haus. Lange musste er nicht suchen, Vater saß mit leerem Gesicht in der Bibliothek, ein halbvolles Glas in der Hand. Es war früh am Nachmittag.

»Vater, ich muss mit dir sprechen«, sagte er und setzte sich Lord Arthur gegenüber.

»Nur zu«, sagte er leise. »Mutter ist weg oder bricht gerade auf.«

»Wo will sie hin?«

»Ins Stadthaus in Bristol. Sie gibt mir Zeit, die Dinge in ihrem Sinne zu regeln.«

»In ihrem Sinne?«

»Sie will, dass ich … William Brown … als ihren … unseren Sohn akzeptiere, damit er mein Erbe werden kann.«

»Das … das wirst du doch nicht tun, Vater, oder?«

»Bevor ich es nicht getan habe, kommt sie nicht zurück, Cyrus.«

»Du darfst das nicht tun. Sie beruhigt sich schon wieder. Wie soll denn ein Mann aus der Unterschicht Erbe werden? Das kann er doch überhaupt nicht … wird er nie können.«

»Du magst Recht haben, aber …«

Cyrus ereiferte sich, griff den Arm seines Vaters. »Lass diesen verdammten Brief verschwinden, und es gibt keinen Beweis, dass dieses Kind überhaupt existiert.«

Lord Arthur winkte ab. »Sie hat ihn mitgenommen, Cyrus. Außerdem ist die Seite aus dem Kirchenbuch mit deiner und seiner Geburtseintragung verschwunden, hat sie mir erzählt. Deshalb …«

»Ist sie nicht!«, unterbrach Cyrus. »Ich habe sie rausgerissen, aber nicht verbrannt. Sie ist in meinem Besitz.«

»Ach, das nützt gar nichts«, sagte Vater. »Sie beweist deine Existenz ebenso wie seine.«

»Sei's drum. Es gibt mich und es gibt ein Findelkind und viele Zeugen von meiner Geburt, meiner Taufe. Sie hat es außerdem im Kopf, und da geht es nicht mehr weg.«

Vater wiegelte ab. »Dieser fehlende Nagel, die Missbildung, die deine Mutter ihren Kindern vererbt, ist der Beweis. Ich habe mit Dr. Myers gesprochen. So einen Zufall mag es geben, aber nicht zusammen mit Annes Beichte und dem Findelkind. Er ist mein Sohn, so wie du.«

»Der Pfarrer ist ein alter Mann. Die Kirche ist aus Holz.«

»Cyrus, denk nicht eine Sekunde daran.«

Cyrus sprang auf. »Also bin ich ab sofort nur noch dein Bastard, Vater?«

»Auf keinen Fall nur noch . Aber – ja, ich habe dem Mädchen Gewalt angetan. Ich bereue es, ich … ich war betrunken und … und habe mich einfach vergessen. Du bist und bleibst mein Sohn, Cyrus. Daran ändert sich nichts.«

»Pah! Alles ändert sich, alles! Das Beste ist, ich ziehe aus und gleich in die Garnison!«

»Überstürze nichts. Ich werde eine Lösung finden …«

»Lösung? Lösung? Dass ich nicht lache. Der Herr von Skinnerpick lässt seinen Sohn einfach fallen, wie eine heißes Stück Kohle.« Cyrus wandte sich zum Gehen.

»Bleib. Wohin willst du?«

»Ich gehe auf mein Zimmer und betrinke mich. Ich muss all dies Zeugs aus meinem Kopf bekommen. Wenn

Florence bloß diesen verdammten Brief von Anne verbrannt hätte …«

»Wenn sie hätte … richtig … wenn sie das getan hätte«, seufzte der Lord seinem Sohn hinterher.

***

Aufgewühlt von dem Streit meiner Eltern hatte ich mich in meinem Zimmer frisch gemacht und suchte im Haus, wo sich Vater aufhielt. Ich musste ihn sprechen. Zuerst wollte ich in der Bibliothek schauen. Ich hatte die Tür in der Hand, da stürzte Cyrus mit zornesrotem Gesicht aus dem Raum und rannte mich fast um.

»Was ist los?«, fragte ich erschrocken.

»Lass mich … du, du bist an allem schuld«, herrschte er mich an und verschwand, ohne sich umzusehen.

»Cyrus, lass uns reden, bitte«, rief ich ihm hinterher, aber er reagierte nicht. Im ersten Impuls wollte ich ihm nach, aber besann mich. Vater war wichtiger.

Er saß zusammengesunken in seinem Lieblingssessel, ein Glas – vermutlich Port – in der Hand. Kein Diener war in der Nähe.

»Vater, kann ich dich sprechen?«, fragte ich.

»Natürlich, Florence, es … es tut mir leid …«, begann er unsicher.

Ich merkte, wie Wut in mir hochstieg. Mühsam hielt ich sie im Zaum und setzte mich.

»Wie konntest du das tun? Mein Vater, ein Vergewaltiger eines Kindes? Wie alt war sie? 14? 15?«

»Ich weiß, dass ich Böses getan habe. Es tut mir leid. Es … es war verwerflich.«

»Darf man seinen Vater verachten?«, fragte ich mit bebender Stimme.

»Ich, ich könnte es dir nicht vorwerfen, Florence. Das könnte ich nicht.«

Ich rückte näher an ihn heran. »Erkläre mir, wie konnte das geschehen? Du warst doch noch nicht lange mit Mutter verheiratet. Sie kann doch erst kurz schwanger gewesen sein, als du … Hast du sie nicht geliebt?«

»Was soll ich da erklären«, antwortete Vater tonlos und schaute an mir vorbei. »Ich verstehe es selbst nicht …«

»Was hattest du denn im Waschraum des Personals verloren? Da gehst du doch normalerweise nie hin?«

»Deine Mutter und ich, wir hatten uns gestritten. Ich weiß nicht einmal mehr, worüber. Dann habe ich wohl einen Port zu viel getrunken … sie war schon zu Bett … ich bin herumgeirrt … und da war dann auf einmal dieses Mädchen, und ich …« Seine Stimme versagte. Er brach in Tränen aus.

»Hat sie dich später angefleht, bleiben zu können, oder hat sie nicht?«, hakte ich mit aller Schärfe nach.

Vater nickte und verbarg seinen Kopf in den Händen.

»Ich wünschte, ich könnte es wieder gut machen, Florence, glaub mir.«

Trotz aller Wut in mir begann er, mir leid zu tun. Da saß nicht der vornehme Aristokrat, Minen- und Hüttenbesitzer, Herr über 1500 Menschen, Das saß ein bis zum Zerbrechen angespannter Mann … Ich nahm seine

Hand. »Vater, ich hab geträumt, dass du ein … geiler Teufel warst, mit dem ich kein Wort mehr sprechen kann. So habe ich noch nie im Leben von dir gedacht. Ich habe mich schrecklich gefühlt, als ich aufgewacht bin.«

»Oh, Florence, ich …«

»Aber ich glaube, es hat keinen Sinn, über die Vergangenheit zu richten. Was geschehen ist, lässt sich eben nicht mehr ändern. Annes Tochter – weißt du überhaupt, wie sie hieß?« Vater schüttelte den Kopf mit Tränen in den Augen. »Kate war ihr Name. Kate ist tot. Anne ist tot. Aber Cyrus lebt und sein Bruder auch. Das Mindeste, was du tun kannst, ist, dafür zu sorgen, dass sie glücklich werden, dass wir alle zusammen glücklich werden und bleiben. Sie können nichts für das, was du getan hast und auch nicht für das, was Anne getan hat.«

Vater nickte und flüsterte: »Du hast so Recht, Florence.«

»Ich bin noch nicht fertig. Mutter ist am schlimmsten getroffen. Du, ihr Mann, der ihr ewige Treue geschworen hat, hast sie betrogen und belogen, und ihr Kind ist ihr gestohlen worden. Dass sie Kate aus dem Haus geworfen hat, ist schrecklich, aber ja wohl üblich bei solch ungeklärten Vorfällen im Haushalt. Du hast ja nichts getan, um die angebliche Hurerei in der Dienerschaft aufzuklären. Du hast feige geschwiegen und weiter gelogen.«

»Oh, Florence, ich …«

»Ich will, dass unsere Familie nicht durch das Geschehene zerstört wird. Und dazu musst du jetzt handeln. Erkenne William als deinen Sohn und Erben an, erkenne Cyrus als deinen Sohn und meinen Halbbruder an und versöhne dich mit Mutter, wenn das noch geht, so schnell du kannst.«

Vater fasste meine Hand. »Ich verspreche es dir, Florence, das werde ich tun.«

»Und geh` beichten und schließ deinen Frieden mit Gott, Vater. Das solltest du auch noch tun. Und ich versuche, zu vergessen, dass ich dich eigentlich verachten müsste.«

Ich stand auf.

»Sorge dafür, dass Mutter bald zurückkommt und wieder lachen kann. Ich würde dir nie verzeihen, wenn du das nicht schaffst.«

Er nickte nur stumm, und ich ging aus der Bibliothek in mein Zimmer. Ich war froh, das Gespräch hinter mir zu haben und ein bisschen stolz, wie ich es getan hatte.

***

William war aus dem Haus seiner Eltern geflüchtet, ziellos, nur raus. Nicht mehr daran denken müssen, dass es nicht seine Eltern waren. Noch nie gewesen waren. Und diese feine Lady soll seine Mutter sein. Alles spricht dafür, dass es so ist. Er lief am Pub des Orts vorbei, wollte schon hineingehen. Aber er machte sich nichts aus Bier oder Gin oder Absinth, und die Gesellschaft bezechter Dorfbewohner zog ihn auch nicht an. Er ging ohne Ziel weiter. Wenn Gertie doch nur da wäre. Gertie, die er liebte und die ihn liebte, die er hoffentlich bald heiraten würde. Sie war irgendwo im Süden Frankreichs mit ihrer

Herrschaft unterwegs. Seit zwei Monaten, und es würden zwei weitere werden. Gut bezahlte Monate. Das Geld brächte sie der Heirat ein gutes Stück näher. Was gäbe er dafür, sie in den Arm nehmen zu können, den Duft ihres Haars zu riechen, ihre Lippen zu spüren, ihre Hände zu streicheln und sich von ihnen streicheln lassen. Er erinnerte sich genau, wie er sie kennenlernte, wie er sich in sie verliebt hatte:

Er war gerade mit der Lehre fertig. Die harten sieben Jahre bei seinem Meister waren vorbei und er feierte mit den anderen, die wie er ab sofort keine Lehrlinge mehr waren. Bei einem Kirchenfest in Portishead sah er sie das erste Mal und sie hatte ihn beim ersten Blick, der ihren traf, verzaubert. Das Fest lockerte die übliche Züchtigkeit des Umgangs miteinander. In den Pubs saßen nur Frauen der Sorte, die er auf Anraten seines Vaters mied. Zwar zog es mitunter im Unterleib, aber er arbeitete diese Gefühle weg. Seine Sägen, Hobel, Feilen und das Holz befriedigten ihn genug. Sie stand hinter einem Tisch und verkaufte Küchlein. So konnte er mit ihr plaudern. Sie lächelte ihn an. Er traute sich und fragte nach einem Kuchen und ihrem Namen. Sie hauchte ihm »Gertie« entgegen und fragte nach seinem. Er stotterte ein ›William‹, während ›Gertie‹ in seinem Kopf nachhallte. Sie lächelte ihn weiter an und fragte, ob er den Kuchen auch nehmen wolle, den sie ihm hinhielt. Er erinnerte sich genau, wie es ihm heiß wurde, als ihre Hand seine zufällig berührte. Dass er sie nicht gefragt hatte, ob er sie bei Kirchgang sehen könne, erzählte Gertie ihm später grinsend. Sie hatte das vorgeschlagen, nachdem er wie an den Boden gewurzelt mit dem Kuchen in der Hand stehen geblieben war und sie angestarrt hatte. Denn hinter ihm wollten noch andere Kuchen kaufen. Bezahlen hatte er vergessen, aber bei Kirchenfesten gab es keine Preise nur Spenden. Und so trafen sie sich erst einige Sonntage züchtig beim Kirchgang. Dann verabredeten sie sich abends und zur Nachtzeit an einem Brunnen in Portishead, den alle den ›Liebesbrunnen‹ nannten, weil sich dort Paare trafen, die noch keine Paare waren, die sich in der Öffentlichkeit zeigen durften. Gertie hatte keine Eltern mehr. Williams Vater und Mutter zeigten Verständnis. Der Vater bat seinen Sohn nur, das Mädchen nicht ins Unglück zu stürzen. William folgte dem Rat, auch wenn es Gertie und ihm schwerfiel. Als sie sich dann verlobten, wurde vieles leichter und es fanden sich Gelegenheiten, ihre Liebe zu vertiefen. Gertie ließ sich von einer Freundin beraten, und so war ihre Liebe bis heute folgenlos geblieben …

Plötzlich wusste er, was er tun sollte. Er kehrte um nachhause, zog sich mit den Worten »ich möchte allein sein« auf sein Zimmer zurück und holte Papier und Feder hervor. Er setzte sich und begann einen Brief an seine von Herzen geliebte Gertie. Die Wörter flossen ihm nur so aus der Feder, bis er sich sein ganzes Leid von der Seele geschrieben hatte. Am wichtigsten war ihm die Frage, was er tun solle, was Gertie ihm riete. Anschließend war ihm wohler. Am nächsten Tag, in Bristol auf der Baustelle, würde er zur Hausdame der Herrschaft von Gertie gehen und sie bitten, seinen Brief unter die Post nach

Südfrankreich zu mischen. So würden seine Zeilen in etwa drei Wochen bei der Geliebten sein. Den normalen Postweg könnte er nicht bezahlen, und es würde doppelt so lange dauern. Gertie machte es mit ihren Brief genauso. Wenn ein Brief an ihn in Bristol angekommen war, stellte die Hausdame eine bestimmte Blume in ein Fenster, und William konnte im Vorbeigehen sehen, ob es sich lohnte zu klopfen.

Anschließend legte er sich schlafen. Es dauerte Stunden, in denen er sich wälzte, bis er endlich einschlief.

**

Das Gespräch mit Vater hatte mich auf eine gewisse Weise von einem Teil der Last befreit, die Anne mir aufgeladen hatte. Die Familie Skinnerpick würde nicht komplett zusammenfallen, wenn er sich mit Mutter versöhnte und die Söhne auf die von mir vorgeschlagene Weise anerkennen würde. Anne hatte mir den Brief an Mutter gegeben, weil sie mich für die Vernünftigste hielt.

Den Teil, der sich mit Vernunft angehen ließ, habe ich bewältigt. Was ist mit dem Rest? Mit Cyrus, William und Mutter? Gelingt mir das bei dem, was übrig ist, mit Liebe? Ich liebe meinen Bruder – gut – Halbbruder Cyrus und meine Mutter. Natürlich liebe ich meinen Vater auch. William? Er ist mir sympathisch. Vielleicht werde ich ihn auch lieben, wie man einen Bruder liebt. Aber ich kenne ihn nicht. Ich denke, es hängt viel davon, wie viel Zeit wir uns für das Kennenlernen geben werden. Mutter geht es sicher auch so. Sie liebt Cyrus als ihren Sohn, der er bisher war, und das wird sich nicht sehr ändern. Ich bin keine Mutter, noch nicht, aber ich habe gelesen, dass die Bindung zwischen Mutter und Kind eine besondere ist. Spürt Mutter das, wenn sie mit William zusammen ist? Und wie geht es ihm? Diese fremde Frau, die behauptet, beweisen kann, dass sie seine wahre Mutter ist, wird er sie lieben können? Wird er sie lieben wollen? So wie dieser andere Lebensweg, der sich aus dem Nichts für ihn auftut? Bleib vernünftig, Florence, das sind Fragen, die nur William und Mutter beantworten können.

Was mir natürlich blieb, meinen Teil für eine Entwicklung zum Guten beizutragen. Mir schien es so, als hätte ich die Verpflichtung, die Lösung voranzutreiben, die ich von Vater verlangt hatte. Deshalb bat ich Cyrus und Vater ins Musikzimmer. Der Kammerdiener von Cyrus, den ich zufällig traf, übernahm die Aufgabe, den beiden Bescheid zu sagen.

Ich wartete in einem bequemen Sessel auf die beiden und schickte alle Diener und Dienerinnen weg, nachdem sie uns Tee serviert hatten. Ein »Ich schenke selbst ein und nach« reichte, sie verstanden den Wink.

Es war elf Uhr vormittags, aber Cyrus wirkte angeschlagen, als habe er die Nacht durchgetrunken und kaum geschlafen. Beim Frühstück hatte ich ihn nicht gesehen. Vater konnte auch die Augen kaum offenhalten.

»Was willst du?«, herrschte Cyrus mich mit rauer Stimme an.

»Bleib ruhig, Brüderchen, wir müssen etwas bereden. Setz dich und nimm einen Tee.«

»Was denn noch bereden? Vater lässt mich fallen. Das hat er mir schon klar gemacht.«

»Red nicht solchen Unsinn, Cyrus«, sagte Vater. »Niemand lässt dich fallen. Wir sind doch nicht in einem Schmierentheater ...«

»Nein. Wir sind die Familie Skinnerpick, ein 300 Jahre altes Adelsgeschlecht, das mit einer veränderten Situation als vor wenigen Tagen fertig werden will«, sagte ich. »Setz dich bitte auch hin, Vater.«

»Führst du jetzt das Wort hier?«, murmelte Cyrus und setzte seine Teetasse wieder ab. Seine Hand zitterte zu sehr.

»Zu viel Brandy gestern?«, bemerkte Vater.

»Hatte ich doch gesagt, dass ich mich betrinken würde«, krächzte Cyrus zurück.

»Vater, Cyrus, bleibt bitte ruhig. Dieser Familienrat, den man nicht so nennen kann, weil Mutter fehlt, soll uns allen helfen.«

»Und du weißt, was uns hilft?«, unkte Cyrus.

»Lass sie, sie hat einen klaren Kopf im Gegensatz zu dir«, wies Vater seinen Sohn zurecht.

»Wo wollen wir hin?«, fragte ich in die Runde. Als die beiden schwiegen, wiederholte ich laut, was mir vorhin durch den Kopf gegangen war und ließ ihnen ein paar Minuten Zeit, darüber nachzudenken. Dann frage ich: »Was ist? Was denkt ihr?«

»Miriam muss wieder nachhause kommen«, stellte Vater lakonisch fest. »Und ...«, er zögerte einen Augenblick, holte tief Luft und sagte: »... William muss in die Familie, weil eure Mutter das will. Sonst wäre sie nicht im Streit weg.«

»Das ist richtig«, sagte ich und schaute Cyrus an. »Und du? Du sagst nichts?«

»Was soll ich sagen, außer dass ich fallen gelassen werde? Dass ich nur noch ein unwichtiger Teil, ein Anhängsel sein werde.«

»Du bist mein Sohn und wirst es bleiben. Red keinen Unsinn.«

»Aber nicht mehr dein Erbe. Der Erhalter der Skinnerpick-Linie. Das wird jetzt ein …«, er lachte grimmig, »… ein Möbeltischler. Willst du das, Vater?«

Ich griff ein, bevor Vater antworten konnte und sagte: »Ich habe anfangs gesagt, dass wir mit einer veränderten Situation fertig werden müssen. Es geht nicht darum, was wir wollen. Außer – und ich hoffe, Ihr seid meiner Meinung – dass wir eine glückliche Familie bleiben wollen.«

»Wie soll das gehen?«, fragte Cyrus und schaffte es, die Teetasse ruhig zum Mund zu führen.

»Indem wir alle vom hohen Ross steigen, auf das Vater und Anne uns gesetzt haben«, sagte ich. »Vater hat etwas Schreckliches getan, Anne auch und die Folgen baden wir gerade aus.«

»Ich gehe so bald wie möglich zum Friedensrichter und erkenne Cyrus als mein Kind an und … William auch«, sagte Vater tonlos. »Und dann fahre ich eure Mutter holen«, ergänzte er.

Cyrus sprang auf und brüllte:»Ist das die Lösung, die du versprochen hast, Vater? Ich wiederhole mich. Du lässt mich fallen, wie ein Stück heiße Kohle.«

»Eine andere Lösung gibt es nicht, Cyrus. Als mein unehelicher Sohn kannst du meinen Titel nicht erben. Das sagt das englische Recht. Das weißt du doch auch.«

»Eben. Und das ist das Problem. Ich denke, ich bin hier nicht mehr gewünscht«, zischte Cyrus.

»Bleib hier, Cyrus. Du bist als mein Sohn immer noch Angehöriger des Adels. Du bist Offizier. Machst dann eben dort eine Karriere. Du kannst doch gut mit deinem Oberst. Vielleicht bis du bald Major oder irgendwann General? Kannst Großartiges für dein Land tun ...«

»Ja, das sind wunderbare Aussichten. Ich freue mich«, meinte Cyrus.»Ihr braucht mich nicht mehr in diesem Familienrat, nehme ich an.« Er deutet eine Verbeugung an und verließ das Musikzimmer schnellen Schrittes.

Vater schaute ihm verblüfft hinterher. Ich sagte: Für ihn ist das schwer, ich verstehe ihn, Vater.«

»Er wird sich anpassen müssen. Das Laissez-faire ist vorbei. Er muss sein Leben in die Hand nehmen. Das wollte ich ihm schon lange beibringen. Ist mir bisher nicht gelungen. Vielleicht schafft es das Schicksal.«

Ich nahm Vaters Hand und sagte, dabei blickte ich ihm tief in die Augen:»Es ist nicht das Schicksal. Es warst du. Ohne dich säßen wir hier nicht allein. Kümmere dich um deine Frau. Ich will meine Mutter nicht verlieren.«

Vater erwiderte den Blick, traurig aber entschlossen. »Ich auch nicht, Florence. Ich danke dir.«

»Mutter wird sich sicher um William kümmern. Aber ich werde das auch tun. Und, vergiss nicht, du auch. Er ist dein Sohn, dein Erbe.«

Vater seufzte und sagte:»Ich weiß, ich weiß.«

***

Am Abgrund

Der Familienrat ohne Mutter, den Florence geleitet hatte,
hatte Cyrus überzeugt, dass seine Felle dabei waren,
wegzuschwimmen. Er musste etwas tun. Zuerst nahm er
einen Schluck Brandy auf seinem Zimmer. Der Kater war
danach gleich weniger unangenehm. Er setzte sich vor
seinen Schreibtisch, um gleich wieder aufzuspringen und
sein Ohrläppchen zwirbelnd im Kreis zu gehen.
Soll ich es tun?
Er wusste es nicht, bis das Ohr weh tat, und der
Schmerz ihn in die Wirklichkeit drängte. Er blieb stehen,
ging ins Bad und kühlte das Ohr mit Wasser. Der Spiegel
zeigte ihm einen Cyrus mit entschlossenem Blick,
schmalen Lippen und einem geröteten Ohrläppchen. Er
ballte die Fäuste.
Ich muss es tun!
Er rief seinen Kammerdiener und ließ sich einfache
Kleidung bringen. Er wollte nicht zu vornehm in der
Telegraphenstation in Portishead auftauchen. »Gib dich als
Eisenbahner aus«, hatte Hendrik vorgeschlagen. Das
wollte er tun und als Ingenieur auftreten. Er wählte einen
sandfarbenen Tweedanzug mit Weste, weißem Hemd, dazu
eine Fliege, robuste Lederstiefel. Darüber ein

Arbeitsmantel und zu guter Letzt einen Bowlerhut. Der Kammerdiener fragte nicht, was das sollte, er legte schweigend aufs Bett, was Cyrus wünschte, tat noch eine Schutzbrille dazu.

Keine schlechte Idee, dachte Cyrus, *das wirkt echt.*

So angezogen ließ er sich nicht seinen Rappen Glorious vor den Einspänner mit Kutscher spannen, sondern einen Braunen, der war am unauffälligsten. Glorious, vor allem sein Zaumzeug mit dem goldenen ›S‹ war unübersehbar und man würde sich erinnern.

Cyrus war endgültig klar, dass er jetzt einen gefährlichen Weg einschlug. Doch das war ihm egal. Dieser William musste weg.

Vater hatte es unmissverständlich ausgesprochen, ein ehelicher Sohn war der Erbe, nicht er. Wäre der aus dem Weg ließe sich die eigene Herkunft vielleicht unter den Tisch kehren …

Cyrus hatte sich unauffällig erkundigt, wo sich das Büro des Hafenmeisters befand, und ließ die Kutsche in weitem Abstand vorher anhalten. Er schickte den Kutscher zum örtlichen Pub, er solle dort warten. Bevor er in das Gebäude trat, machte er in einem nicht einsehbaren Eckchen 30 Kniebeugen, setzte die Schutzbrille auf und tat gehetzt, als käme er von einer Baustelle, auf der es Schwierigkeiten gäbe.

»Ingenieur Hilpert, vom Eisenbahnprojekt!«, schnarrte er, als er ins Gebäude stürmte. »Ich muss etwas nach Bristol telegraphieren, schnell!« Ein Angestellter dienerte und zeigte ihm den Weg zum Telegraphenbüro.

Er wiederholte sein Ansinnen, ohne sich vorzustellen, und diktierte den Text, den Hendrik ihm vorgeschlagen hatte. »Problem B. steht an.« Er setzte noch ein »Dringend!« dazu. Cyrus wartete, bis der Telegraphist die Botschaft abgesendet hatte, und verschwand, ohne sich weiter zu bedanken. Die Schutzbrille hatte er nicht abgenommen.

Jetzt nimmt die Angelegenheit ihren Lauf ... endlich. Er fühlte sich sofort besser. Nichts tun zu können und nur passiv zu erleiden, was andere mit ihm vorhatten, war ihm zutiefst zuwider. Er holte den Kutscher aus dem Pub und wies ihn an zurückfahren, den Braunen ordentlich ausgreifen zu lassen. Er lehnte sich zurück und pfiff eine Melodie, von der er gar nicht wusste, woher sie war.

***

William hatte sicherheitshalber noch einmal mit Pfarrer Higgins gesprochen. Er wollte ganz sichergehen, alles richtig verstanden und mitgenommen zu haben, womit die Skinnerpicks seine Familie, seine bisherige, wie er sie gekannt hatte, schockiert hatten. Ein Wunder, dass der Pfarrer damals in der Nacht das dünne Babystimmchen überhaupt gehört hatte. Oder hatte diese Anne doch angeklopft und war weggelaufen? Er wusste es nicht mehr. Der Pfarrer bestätigte auch den Eintrag ins Kirchenbuch, ohne ihn zeigen zu können. Diese Seite war auf geheimnisvolle Weise verschwunden, wann und durch wen, konnte oder wollte der Pfarrer nicht sagen. Den Fingernagel, wer achtet schon bei einem Baby auf einen fehlenden Fingernagel, dessen Bedeutung niemand außerhalb der Skinnerpickfamilie kennt? William dürfte sich sicher sein, dass er von den Skinnerpicks abstamme. Es tue ihm sehr leid, dass er es auf diese harte Weise erfahren musste, fügte Pfarrer Higgins noch hinzu. Er erzählte auch, dass oft die Zieheltern ihren Kindern erst spät oder gar nicht sagten, dass sie nicht die wahren Eltern seien. Aufgabe der Kirche sei es nicht, dabei mitzureden. Er solle mit den Browns nicht so hart ins Gericht gehen. Und er wünsche ihm die Unterstützung des Herrn bei der Entscheidung über seinen weiteren Lebensweg.

William bedankte sich einsilbig und machte sich auf den Weg nachhause. Er hätte lieber die Unterstützung von Gertie gehabt als von Gott. Aber der Brief würde die üblichen drei Wochen brauchen, wenn er denn so schnell abgeschickt würde, wie ihm versprochen worden war. Die Warterei war furchtbar. Ihm wurde warm ums Herz, wenn er an Gertie, ihre warme Haut, ihre süße weiche Stimme und diesen Blick voller Liebe dachte, bei dem er einfach nur dahinschmolz. Von ihren zarten Lippen ganz zu schweigen ... Er seufzte und hing seinen wirren Gedanken nach, bis er vor dem Schulmeisterhaus angekommen war. Die Tür war nicht abgeschlossen, er brauchte seinen Schlüssel nicht. Mrs. Brown kam ihm mit Tränen in den Augen entgegen und umarmte ihn.

»Ich bin so froh, das du wieder da bist mein Lieber. Wir haben uns schon Sorgen gemacht.«

Ihr Mann kam hinzu, stützte sich schwer auf seinen Stock und sagte ernst:»Wir haben befürchtet, dass du uns böse bist und vielleicht gar nicht mehr zurückkommst.«

»So ein Unsinn«, widersprach William. »Natürlich komme ich zurück. Hier ist immer noch mein Zuhause. Ob es das bleibt, werden wir noch sehen. Ich bin erschüttert, aber ich bin euch nicht böse, dass ihr mir nie etwas gesagt habt. Also, dass ich ein Findelkind bin und ihr nicht meine Eltern seid.«

Mrs. Brown umarmte William. »Oh, das ist schön, dass du das sagst.« Er drückte sie an sich.

»Aber wir machen uns jetzt Vorwürfe, dich im Unklaren gelassen zu haben. Du bist schließlich schon eine Weile erwachsen«, ergänzte sein Ziehvater und umarmte beide mit Tränen in den Augen.

»Hört auf zu weinen, bitte«, sagte William leise, »Ich kann euch nicht böse sein, weil ihr ja nicht absehen konntet, was passiert. Hätte diese Anne ihre Tat nicht bereut und hätte Lady Florence, meine Schw…«, er brach ab und fuhr fort: »Ich muss mich daran gewöhnen. Meine Schwester … also eine Schwester zu haben. Ein eigenartiges Gefühl.«

»Und eine Mutter, eine richtige Mutter, nicht so eine alte Frau wie mich, Junge«, sagte Mrs. Brown schluchzend.

»Hör auf, sag das nicht, Mutter«, widersprach William, drückte sie fester und küsste ihr auf die Stirn. »Du hast mich großgezogen, mit Vater. Ihr werdet immer Vater und Mutter für mich sein, auch wenn da jetzt andere sich so nennen dürfen. Ich habe mich auch noch nicht entschieden, ob ich bei dem Ganzen überhaupt mitmache.« William lachte gequält. »Gegen seinen Willen wird man, glaube ich, nie und nimmer Lord.«

»Sag so etwas nicht, William«, warf Mr. Brown entsetzt ein.

»Sag nicht vorschnell Nein, Sohn«, ergänzte Mrs. Brown. »Wir wollen, dass du glücklich wirst. Das ist wichtiger als alles andere. Und wenn der Herrgott das für dich vorgesehen hat …«

»Lass mich mit Gott in Ruhe«, sagte William mürrisch. »Das kann doch kein Wille Gottes sein, einen Menschen aus heiterem Himmel vor so eine Entscheidung zu stellen, oder?«

»Die Wege des Herrn sind …«, sagte Mr. Brown.

»… nicht immer zu begreifen, ich weiß, Vater. Doch es ist sehr viel auf einmal, was auf mich einstürzt. Ich ein Adeliger? In feinen Kleidern, auf einem Schloss mit Dienern statt schwitzend in Sägespänen an der Drehbank? Ich weiß nicht, ich kann, nein … ich will mir das noch nicht vorstellen. Bevor ich nicht mit Gertie darüber gesprochen habe, werde ich mich nicht entscheiden.«

Mrs. Brown löste sich aus der Dreierumarmung. »Komm, setzen wir uns. Zieh deinen Mantel aus. Wir müssen nicht im Gang stehen. Ein Tee?«

Mr. Brown tat es seiner Frau nach und schlurfte in Richtung Wohnzimmer.

William sagte: »Ja, gern. Hast du noch ein paar Scones gebacken?«

»Aber natürlich. Setzt euch ins Wohnzimmer. Ich bringe alles.«

»Wann kommt Gertie denn zurück?«, fragte Mr. Brown, nachdem William seinen Mantel weggehängt hatte und sie sich hingesetzt hatte.

»Es müssen noch knapp sechs Wochen sein, wenn die Planung stimmt. Einen Brief an sie habe ich gerade auf den Weg gebracht. Sie wird mir hoffentlich noch darauf antworten können, bevor ich sie endlich wieder in die Arme schließen kann.«

»Du Armer«, rief Mrs. Brown aus der Küche, »so viele Wochen allein …«

»Ich lenke mich mit der Arbeit ab, Mutter. Bis jetzt hat das gut geklappt.«

»Übernimmst du denn den Auftrag für die junge Lady? Du warst doch ganz begeistert?«, fragte Mr. Brown.

»Sie will bald deswegen vorbeikommen, hat sie uns ausrichten lassen«, rief Mrs. Brown wieder aus der Küche.«

Williams Gesicht verdüsterte sich. »Ich bin ganz und gar nicht mehr sicher, ob das schon eine gute Idee ist. Wie ich schon sagte, will ich erst mit mir und Gertie im Reinen sein. Ohne Gertie werde ich nichts tun, was mich festlegt. Ich sage den Auftrag ab.«

***

Dass William mit geballten Fäusten das Haus verlassen hatte, nachdem Mutter ihn mit den neuen Wahrheiten über sich konfrontiert hatte, war mir noch gut in Erinnerung. Aber es hatte mich positiv gestimmt, dass seine Zieheltern mir offen gegenübergetreten waren und keine grundsätzlichen Schwierigkeiten gesehen hatten, ihn abzuholen. Ich wollte das weitere Vorgehen beim Schulprojekt bei uns auf Backlynn-Castle mit ihm besprechen. Ich hatte eine Kutsche nach Nailsea geschickt und erwartete sie ungeduldig vor dem Eingang stehend. Es wehte heute ein kräftigerer Wind als die Tage vorher. Das Wetter schien umzuschlagen.

Da bog die Kutsche ein und ich machte noch einen weiteren Schritt nach vorn zum Ende der Treppe. Ich freute mich ehrlich, meinen neuen Bruder zu sehen. Was hatte ich nicht für Unmengen an Erlebnissen mit Cyrus in den letzten 20 Jahren gehabt. Freudige und weniger schöne. Er war mir immer der große Bruder. Lange Zeit der kräftige Alleskönner. Heute sah ich auf ihn nüchterner, er lebte in meiner Sicht ein wenig ein Luftikusleben. Dass Vater ihn zum Militär geschickt hatte, ließ es nach außen etwas besser aussehen. Aber so oft ich ihn sah, wirkte er doch, als lebe er ein anstrengendes Leben. Weniger in der Garnison als auf der Pferderennbahn und in Gasthäusern oder sonstigen Vergnügungsstätten. Vater ließ ihm das alles durchgehen. Das hätte ich mal versuchen sollen. Aber ich war ja eine Frau, die durfte unter Queen Victoria nur das, was die Männer zulassen wollten oder mussten, weil das Parlament sie dazu zwang. Meine Freundin Mary berichtete viel von dem, was Frauen in London zu erkämpfen versuchten. Dass Mutter mich nicht bremste, fand ich gut, aber ich hätte es mir auch nicht gefallen lassen. Mary und ich phantasierten oft, wie man sich als Frau in einer großen Stadt Englands durchschlagen könnte, ohne – wie sie sagte – nur die Beine breitzumachen.

Und mit William verband mich bisher nichts. Nur, dass wir beide die gleichen Eltern hatten. Ich war wild entschlossen, ihn kennenzulernen, das nachzuholen, was das Schicksal und Anne nicht zugelassen hatten. Wie es ihm wohl ginge? Ähnlich wie mir. Ich musste es herausfinden. Mein Schulprojekt schien mir ein guter Ansatz zu sein. Er würde sich oft auf Backlynn-Castle aufhalten müssen, und Mutter könnte ihn auch sehen. Die Dienerschaft würde ihn kennenlernen und er die Dienerschaft. Irgendwie war ich aufgeregt.

William war ähnlich angezogen wie bei unserer ersten Begegnung. Sein Gehrock war von einfacherem Schnitt, sein steingraues Hemd hatte keinen Kragen. Er trug keine Weste und kein Halstuch. Die Leinenhose war ungebügelt, die Lederschuhe hatten Schlammspritzer. Die Frisur war makellos. Das sah ich, nachdem er sofort seine wollene Kappe abgenommen hatte, als er mich erkannte. Genauso wie beim ersten Treffen gefiel mir sein offenes freundliches Lächeln und sein hübscher Mund mit blendend weißen Zähnen. Er hielt eine große lederne Tasche in der Hand, aus der ein Lineal und Papierrollen ragten. Ich ging ihm mit offenen Armen entgegen.

»William, ich freue mich so, dich zu sehen.«

Er verhielt ganz kurz, dann wurde sein Lächeln noch eine Spur breiter und er nahm mich in die Arme. »Mich auch, Myl... äh ... Florence: Ich darf doch Florence sagen?«

»Was denn sonst?«, antwortete ich lachend. »Du bist doch mein Bruder.«

Er riecht wieder gut, dachte ich.

»Und du meine Schwester. Entschuldige, ich muss mich daran noch gewöhnen.«

Wir lösten uns voneinander.

»Komm ins Haus. Vater ist da und würde sich auch freuen, dich zu sehen.«

»Aber du wolltest doch mit mir über das Schulprojekt sprechen? Können wir das nicht zuerst machen?«

»Wenn du willst, gern. Möchtest du etwas trinken. Ich lasse dir etwas holen.«

»Danke, nicht nötig. Gehen wir?«

Warum drängt er so?

»Wenn du es willst, natürlich.«

Er fasste seine Tasche fester und wir gingen zum Nebenflügel, in dem ich mein Schulzimmer plante.

»Bist du mit meinen Zeichnungen zurechtgekommen?«

»Sehr gut, Myl… Florence. Du hast gute Vorarbeit geleistet.«

Das künftige Klassenzimmer, momentan noch ein großer Abstellraum samt Nebenraum in einem ungenutzten Nebenflügel von Backlynn-Castle, hatte ich leerräumen lassen. Nur ein Tisch und zwei Stühle standen in der Mitte.

»Oh, das ist gut so. Da bekommt man ein viel besseres Verhältnis zu der Größenordnung im Raum für 20 Schulbänke und 40 Stühle.«

»Die Tafel und die Regale nicht zu vergessen.«

»Klar«, sagte William und breitete seine Pläne auf dem Tisch aus. »Ich habe das alles berücksichtigt, wie du sehen wirst.«

In diesem Augenblick betrat ein Diener mit einem Tablett den Raum. »Eine Nachricht für Mr. Brown.«

Die Anrede störte mich. William war mein Bruder. Aber Vater hatte gesagt, auch wenn der Titel von Geburt an zum Menschen gehört, in diesem Fall würde der

Friedensrichter ein Dokument ausstellen. Also sagte ich nichts. William war ja sowieso noch nichts anderes gewöhnt.

»Eine Nachricht. Wie?«, fragte er.

»Ein Bote von einem Mr. Hyatt, Sir.«

Hyatt? Kenne ich nicht.

William stieg Röte ins Gesicht. »Danke, geben Sie her.«

»Der Bote hat den Brief zu Ihren Eltern gebracht, da war die Kutsche nach Backlynn gerade abgefahren. Er ist dann hinterher.«

»Aha. Noch mal Danke.«. Er nahm den Brief und steckte ihn in seine Tasche.

»Willst du ihn nicht lesen? Vielleicht ist es wichtig«, sagte ich.

»Ach, das tue ich später. Machen wir erst mal unsere Arbeit.«

Seltsam ...

»Gut. Wie du willst. Arbeit ist ein gutes Stichwort. Wo willst du denn die Möbel für meine Schule bauen?«

»Natürlich in Nailsea, in der Werkstatt, die ich mit meinem alten Meister zusammen benutze.«

»Ich habe da eine bessere Idee«, sagte ich.

»Oh?«

Ich hatte mir wirklich etwas anderes überlegt, was die Anzahl der Aufenthalte meines Bruders auf Backlynn-Castle erhöhen würde. Vater hatte wegen der höheren Kosten zugestimmt. Mein Hintergedanke war auf die spätere Zukunft ausgerichtet.

»Ich möchte dir hier eine Werkstatt einrichten, lieber William. Mit allem, was du brauchst und eventuell noch brauchen wirst für diesen Auftrag.«

William sah mich mit großen Augen an und schwieg einen Moment. »Das freut mich, aber …«

»Aber?«

Er griff in die Tasche und holte die Nachricht heraus.

»Ich will doch erst die Nachricht von Mr. Hyatt lesen. Wenn es die ist, die ich erwarte, dann …«

»Ich verstehe nicht …«

»Moment …«

William las und dann reichte er mir den Brief.

Da stand:

»Lieber Mr. Brown,

Sie sind mir von einem Freund aufs Wärmste empfohlen worden und ich würde Sie gern mit der Ausstattung meines neu renovierten Herrenhauses in der 34, Elton-Road in Portishead beauftragen. Bitte geben sie mir baldmöglichst Bescheid.

Mit vorzüglicher Hochachtung
Robert Hyatt, MP«

»Du sollst das Haus eines Parlamentsmitglieds ausstatten? Glückwunsch. Aber was hat das mit hier zu tun?«

»Ich … ich werde diesen Auftrag ausführen, weil er mir die Zeit zu überbrücken hilft, bis meine Verlobte Gertie zurückkommt. Ohne sie werde ich mich nicht entscheiden in … in der Angelegenheit … dieser … Familie. Und wenn ich jeden Tag hier bin, dann verliere ich vielleicht meine Unvoreingenommenheit. So leid es mir tut, Florence.«

Es traf mich hart. *Er will nicht so viel mit mir, mit uns zusammensein, damit er sich leichter gegen uns entscheiden kann, wenn seine Verlobte nicht mitmacht ...* Einen Augenblick fehlten mir tatsächlich die Worte. Dann fing ich mich und sagte so beiläufig wie möglich.

»Dann interessiert dich auch nicht, dass wir hier auf Backlynn eine Wohnung für deine Zieheltern einrichten wollen? Sie können hier nah bei dir leben und ... bei deiner Frau, wenn du verheiratet bist.«

»Das ... das ist ... wäre wirklich sehr großzügig ... aber ...«

Ich sah, wie es in ihm arbeitete. Dann schüttelte er den Kopf.»... aber ich bleibe bei meinem Entschluss. Die nächsten sechs bis acht Wochen arbeite ich für den MP in Portishead. Dann werde ich mit Gertie reden und wir entscheiden uns. Vielleicht ...«

»Oh, welcher Entschluss? Welche Entscheidung?«, fragte Cyrus, der unbemerkt zu uns getreten war. »Ich hoffe, ich bin nicht unhöflich und ich störe nicht«, fügte er hinzu.

»Du störst überhaupt nicht, Bruder«, sagte ich. »William hat mir nur gerade gesagt, dass er vorerst nicht hier arbeiten will. Er will sich erst in sechs, acht Wochen mit seiner Verlobten besprechen, ob er überhaupt zu uns in die Familie kommt. Stimmt's, William?«

William nickte ernst. »Ja, Florence, darauf läuft es hinaus.«

»Er befürchtet, er gewöhnt sich zu sehr an uns, wenn er bis dahin schon jeden Tag hier für meine Schule arbeitet«, sagte ich und fühlte eine tiefe Bitterkeit in mir aufsteigen.

»Oh!«, bemerkte Cyrus erstaunt.

»Bevor ich gehe, Florence, kannst du mir noch zeigen, wo du die Werkstatt einrichten würdest. Das interessiert mich jetzt schon, muss ich zugeben«, sagte William und schenkte mir wieder dieses Lächeln, dass meine Bitterkeit sofort beiseite schob.

»Natürlich, gern«, sagte ich und schöpfte wieder ein bisschen Hoffnung. *Ich will diesen Bruder!*

***

Cyrus traute seinen Ohren nicht. *Er will sich erst noch entscheiden, ob er überhaupt in die Familie kommt. Will er den Titel nicht? Macht er mir mein Erbe doch nicht streitig?*

Siedendheiß fiel ihm ein, dass Hendrik in seinem Auftrag einen Mörder losschickt oder schon losgeschickt hat, der einen Unfall inszenieren soll, bei dem William zu Tode käme.

Nachdem er die ominöse Botschaft telegraphiert hatte, war ihm schon eine Weile durch den Kopf gegangen, dass er ein Mörder wäre, wenn sein Halbbruder so ums Leben käme. *Auch der Auftraggeber eines Mordes ist ein Mörder nach englischem Recht.* Mutter, Florence und vermutlich Vater auch würden ihm das nie verzeihen. Ihm war der Gedanke gekommen, dass es vielleicht Gewissensbisse waren, wie man sie gemeinhin nannte. Er wollte nicht soweit sich selbst gegenüber gehen, dass ihn Zweifel quälten, ob er das Richtige tat. Außerdem hatte er sich in die Hand von Hendrik begeben.

Urplötzlich stand sein Entschluss fest.

Ich muss den Mann mit dem gelben Band am Hut aufhalten, wenn es noch geht. Im größten Pub von Portishead, nachmittags, hatte Hendrik gesagt. Das könnte klappen ...

So wie er angezogen war stürzte er aus dem Haus zum Stall. Wieder kein Stallbursche zu sehen. Egal. Er griff sich seinen Sattel und das Zaumzeug für Glorious von der Wand und wollte seinen Rappen satteln. Doch er fand ihn nicht. Dann sah er zwei Stallburschen hinter einer Ecke sitzen und fuhr sie an: »Wo ist mein Pferd?«

»Mit John beim Schmied, Mylord. Es war an der Zeit. Ihr habt es selbst nach dem letzten Ausritt angeordnet.«

Stimmt. Total vergessen.

»Ja, ja dann gebt mir den Braunen. Na los, was steht ihr noch herum?«

Der eine Stallbursche sagte: »Verzeiht, Mylord. Ihr habt Sattel und Zaumzeug in der Hand.«

Wortlos warf er ihnen das Gewünschte zu. »Macht schnell, ich hab es eilig.«

Der Braune war ein Pferd, eine Stute, die er nur gelegentlich ritt. Im Vergleich zu Glorious schien sie ihm lahm, zumindest weniger kraftvoll im Galopp. Cyrus musste nur kurze Zeit warten, dann konnte er losreiten. Er beschloss, den kürzesten Weg nach Portishead zum Hafenbüro zu nehmen. Keine befestigten Wege, sondern querfeldein über die Wiesen und Äcker. Vater hatte das verboten, weil es das Land war, von dem die Bauern der Skinnerpicks lebten und mit dem sie ihre Abgaben erwirtschafteten. Doch das war im Moment nebensächlich. Es ging um Höheres. Er musste den Mann mit dem speziellen Hut finden oder Hendrik telegraphieren, das Problem B. vorerst abzublasen.

Sally, so hieß die Stute, tat ihr Bestes und galoppierte so zügig, dass Cyrus durchaus zufrieden war. Sie nahm die schwere Erde der Äcker mit Leichtigkeit, flog über Gräben und Furchen beinahe elegant, so dass der Reiter sein Lieblingspferd nicht so sehr vermisste, wie er befürchtet hatte. In Jockeyhaltung an den Pferdehals gepresst, stierte er dabei verbissen gerade aus, als könne er die Strecke nach Portishead dadurch verkürzen. Sein Pferd, das die Arbeit machte, vergaß er aber dabei nicht. »Gut gemacht«, sagte Cyrus und klopfte Sally anerkennend auf den Hals, als sie mit einem großen Sprung einen breiten Graben geschafft hatte. Doch dann tauchte plötzlich hinter einem Wäldchen wie aus dem Nichts eine Kutsche in voller Geschwindigkeit quer zu Sally auf. Sally scheute in vollem Galopp und stürzte. Cyrus merkte noch, wie er durch die Luft flog, ein Bein hing im Sattel. Dann krachte es und wurde dunkel um ihn.

***

Ich hatte vom Nordturm aus, auf den ich gestiegen war, um frische Luft zu schnappen, zufällig Cyrus auf Sally wegreiten sehen und mich gewundert, dass er nicht seinen Rappen ritt. *Mit Sally. Hoffentlich reitet er sie nicht zu hart. Sie ist das nicht gewöhnt ...* Er hatte es augenscheinlich sehr eilig, nachdem William sich verabschiedet hatte. Wohin wollte William so eilig? Seine Verhaltensweise machte mich traurig. Aber weit hinten im Kopf kauerte ein Gefühl von Verständnis für ihn. Ich versuchte, mir vorzustellen, was es bedeutet, so eine Information wie das Vertauschen kurz nach der Geburt zu erhalten. Im Alter von 23 Jahren, als Erwachsener, der sein Leben schon begonnen hat. Manche haben in dem Alter Familien, Frauen haben Kinder geboren. Die Erziehung ist abgeschlossen, und dann sind die Eltern nicht die richtigen Eltern, die Geschwister nur Halbgeschwister. Und die Zugehörigkeit zur Klasse könnte wechseln. Das konnte ich mir nun überhaupt nicht vorstellen. Wobei, wenn ich plötzlich Tochter von armen Handwerkern wäre und müsste mein Leben dort fortführen? Unvorstellbar schrecklich. William müsste doch aufs Höchste erfreut und glücklich sein. Er wird vom Handwerker, vom Angehörigen der Unterschicht, vielleicht später einmal der Mittelschicht, zum Angehörigen eines der ältesten englischen Adelsgeschlechter. Er müsste doch denken, er steigt zu Lebzeiten ins Paradies auf. Und er zögert? *Es muss ein Schock sein!*, schoss mir durch den Kopf. *Er hat Angst vor dem neuen Leben. Vor der neuen Mutter. Der neuen Schwester, dem Bruder, der ein Halbbruder ist, der ihn vielleicht als Konkurrent sieht ... Er tut mir leid.*

Cyrus und ich waren durch Anne, andere Dienstboten, unseren Hauslehrer, die Gouvernante und die Eltern bestens auf das Leben als Lady und Gentleman vorbereitet worden. William hatte das Glück, dass sein Ziehvater Schulmeister war und ihm Lesen, Schreiben, Rechnen und eine gute Sprache beigebracht hatte. Seine Manieren waren mir bisher nur untadelig vorgekommen. Den Rest an Bildung müssten wir ihm, und möglicherweise auch seiner Frau, beibringen. Tischmanieren, Kleidung, Kunst, Umgang mit Dienerschaft, die uns in Fleisch und Blut übergegangen waren, käme hinzu. Ich nahm mir vor, die beiden dabei zu unterstützen. Im Augenblick vergaß ich zusehends, dass ich eigentlich mit Walter meine Hochzeit planen sollte. Ich wusste aber, dass Walter Verständnis haben würde. Vielleicht könnte William auch bei Walter und mir leben?

Ich hatte genug frische Luft geschöpft und stieg zurück und ging in mein Zimmer zurück. Da lag ein Brief von Mary.

»Liebe Florence,

ich bin jetzt die fünfte Woche in London bei einer Tante. Dort habe ich eine junge Frau kennengelernt, Lady Amely, eine von den ›London Nine‹. Diese neun haben als erste Studentinnen an der University of London ein Studium aufgenommen, wie du ja weißt. Wie die meisten studiert Amely Literatur und ist begeistert, auch wenn die Männer manchmal Probleme machen. Aber du solltest Amely mal erleben, ein Energie- und Kraftbündel. Sie würde dir gefallen. Und ich sage es offen, sie ist ein bisschen wie du. Leider dürfen sie keine Abschlüsse machen, sie kriegen nur ein Befähigungszeugnis. Amely kämpft mit den anderen um Zulassung zur ›General Examination‹ und sie sind bester Hoffnung eine Prüfung für Frauen zu erreichen, die ›General Examination for Women‹ Es ist so anregend, mit Amely zu diskutieren. Ich möchte gar nicht mehr weg. Und es wäre wunderbar, wenn du bei unseren Wortgefechten dabei sein könntest. Du weißt so viel, liest so viel, du wärst sicher auch eine großartige Studentin.

Was ich eigentlich sagen will. Es gefällt mir hier so sehr, dass ich ein Weilchen länger bleibe. Mein Literaturzirkel muss warten. Auch wenn ich an Walters Roman hochinteressiert bin. Gibt es schon ein Datum vom Verlag?

Was gibt es Neues bei euch? Steht das Heiratsdatum fest? Was macht der Rest der Familie?

Allerliebste Grüße auch an Cyrus und deine Eltern.

Mary«

Ich ließ den Brief sinken und stellte mir einen kurzen Moment vor, in London zu studieren. *Zu spät*, dachte ich, *du willst heiraten und Kinder haben.* Doch ich war mir sicher, auch als Mutter genügend Zeit für mich und meine Bildung übrig zu haben, mir freizuschaufeln, wie Walter immer sagte. Ich hatte keine Ahnung, wo er diesen Begriff her hatte. Aber als Journalist und Schriftsteller liest und hört man mehr, als ich es tat. *Ich muss ihr schreiben, was sich hier geändert hat.* Flugs nahm ich Papier und Feder und begann aufzuschreiben, was sich in den letzten Wochen getan hatte. Da ich ihr vertraute, ließ ich nichts aus. Dann verschloss ich den Brief und wollte ihn Mr.

Summer bringen, der kümmerte sich um unsere Post, da klopfte es. »Herein«, rief ich, und meine Zofe stürzte in mein Zimmer, vergaß den üblichen Knicks. »Lord Cyrus ist vom Pferd gestürzt, Mylady. Kurz vor Portishead. Er hat ein Bein gebrochen. Dr. Myers kümmert sich um ihn.«

Vater ist noch unterwegs. Mutter in Bristol. Ich muss sie informieren, und ich muss zu Cyrus und sehen, wie es ihm geht.

»Danke, Nora«, sagte ich und sprang auf, »Lass mir den Einspänner fertigmachen und sage Mr. Summer, er soll einen Boten zu Lady Miriam schicken. Und er soll ein Krankenzimmer herrichten. Ich fahre zu meinem Bruder und hole ihn nach Backlynn-Castle. Und hier der Brief, er muss nach London.«

Dann zog ich mich in Reisekleidung um und rannte zum Eingang, wo die Kutsche schon auf mich wartete.

***

»Ihr Bruder hat einen glatten Bruch des Unterschenkels und mehrere geprellte Rippen, Mylady«, empfing mich Dr. Myers in seiner Praxis in Portishead.

Dorthin hatte man Cyrus nach seinem Sturz gebracht. Das nächste Hospital in Bristol war zu weit weg. Der Arzt hatte Erfahrung mit Unfällen, untersuchte den anfangs bewusstlosen Cyrus und entschied, ihn bei sich zu behandeln.

»Machen Sie sich keine Sorgen, er wird wieder«, sagte Dr. Myers und führte mich in einen schlichten Nebenraum, der als Krankenzimmer genutzt wurde. Cyrus lag dort in einem weißen Leinenhemd wie ein Baby. »Er schläft. Wir haben ihm Laudanum gegen die Schmerzen gegeben und seine Kleidung ausgezogen. Sein Bein ist eingegipst. Der Gips muss vier Wochen bleiben. Danach muss er das Bein wieder kräftigen, langsam, nicht übertreiben. Nach meiner Erfahrung wird er den Sturz ohne Folgen überstehen. Am meisten Schmerzen machen ihm vermutlich die Rippen.«

»Ich möchte ihn nachhause mitnehmen, Doktor. Geht das?«

»Natürlich Mylady. Sie müssen nur für einen sanften Transport sorgen. Bein und Rippen sollten so wenig Stößen wie möglich ausgesetzt sein. Aber ich gebe Ihnen genug Laudanum mit.«

»Und Sie kommen regelmäßig nach ihm sehen, oder?«

»Ganz wie Mylady befehlen. Aber das ist sowieso meine Absicht.«

»Wie lange wird er noch schlafen?«

»Er müsste bald wach werden. Trinken wir einen Tee nebenan?«

Das taten wir. Wir setzten uns in den Nebenraum und warteten. Cyrus hatte nicht viel von seinem Sturz und dem Transport nach Portishead mitbekommen.

»Wer hat ihn denn hierhergebracht?«

»Der Kutscher der Kutsche, vor der das Pferd Ihres Bruders gescheut hat.«

»Wie geht es dem Pferd?«

»Es hat sich auch ein Bein gebrochen. Wir mussten es töten, leider.«

»Das ist schlimm. Wir alle auf Backlynn lieben unsere Pferde ...«

»Wir auch, Mylady. Sie sind so wichtig für unsere Bauern.«

»Natürlich. Und wo ist …?«

»Beim Pferdemetzger, Mylady.«

Mich schüttelte es. Aber es war der normale Weg für tote Pferde.

Aus dem Nebenraum hörte ich ein Geräusch.

»Ich glaube, er wird wach.« Wir gingen zu Cyrus ans Bett.

»Cyrus, Bruder, was machst du für Sachen?«

Er schaute mich aus geröteten Augen an.

»Florence, ich weiß es nicht. Auf einmal war da die Kutsche. Der Braune scheute und dann weiß ich nichts mehr, bis ich hier mit Gips ums Bein und schmerzenden Rippen aufgewacht bin.«

»Aber Sie haben ihm doch Laudanum gegeben, Doktor?«

»Man beginnt mit einer kleinen Dosis, Mylady, bis man die richtige hat. Zu viel davon ist nicht gut.«

»Hast du jetzt Schmerzen, Cyrus?«

Cyrus schüttelte den Kopf.

»Und alles, weil du so schnell unterwegs warst und diese Kutsche … Weshalb hattest du es denn so eilig, Bruder?«

Cyrus wurde rot und kam ins Stottern. »Weil … weil ich etwas Wichtiges zu erledigen hatte.«

»Ich habe gesehen, wie du weg bist. Als säße dir der Teufel im Nacken.«

»Es war wichtig, Florence. Wie geht es dem Braunen?«

»Tot. Er hatte sich ein Bein gebrochen.«

»Oh, das ist schlimm. Fürchterlich …«

Er will mir nicht sagen, wohin er wollte.

»Du konntest ja nicht erledigen, was du wolltest. Kann ich es noch für dich machen?«

»Ich denke nicht. Wann kann ich nach Hause, Doktor?«

»Sofort, wenn Ihr es wollt, Mylord.«

»Dann will ich, Doktor.«

»Ich bin mit der großen Kutsche hier, mit vielen Decken, um dich und vor allem dein Bein sicher zu lagern, damit du es aushältst.«

»Danke, Schwester. Ich danke dir.«

»Mutter ist auch benachrichtigt. Vater dürfte ebenso bald wieder da sein.«

»Ich kümmere mich um eine Trage für Mylord«, sagte Dr. Myers und entfernte sich.

»Ich sag es noch einmal, Cyrus, wenn ich etwas für dich erledigen soll, jemanden benachrichtigen oder so. Ich mach es gern.«

»Ich … ich glaube nicht, dass du das kannst, Florence. Ganz sicher nicht.«

»Na, wenn du meinst …«

***

William war froh, dass er die Arbeiten für Lord Hyatt, MP, dem Parlamentsmitglied, übernommen hatte. Mit dem Hausherrn zusammen hatte er das Gebäude besichtigt, seine Wünsche aufgenommen und daraufhin Skizzen von möglichen Schränken, Regalen, Tischen, Kommoden, Stühlen, Betten, Truhen und Wandschränken übergeben. Mit ganz wenigen Änderungen hatte der MP zugestimmt und ihn, den Fachmann, arbeiten lassen. Er hatte zuerst das nötige Material, vor allem die Hölzer, die Mr. Hyatt verarbeitet haben wollte, in Bristol bestellt. Der Lord wollte alles vom Feinsten. Aus der Werkstatt seines alten Meisters beauftragte William zwei Gesellen, die ihm helfen sollten. Der eine davon war Polsterer, was besonders wichtig war, weil Lord Hyatt spezielle italienische Polster für seine Sitzgelegenheiten wünschte. Die nötige Werkstatt richtet William quasi im Herrenhaus ein. Der Bauherr war bisher erst einmal vorbeigekommen und zeigte sich zufrieden.

Diese Vorbereitungen ließen William kaum Zeit, über seine sonstigen Probleme nachzudenken, und abends war er so erschöpft, dass auch da außer Essen mit seinen Zieheltern wenig Raum für das hinten im Kopf schwelende Problem seiner Zukunft blieb. Jeden Abend lief er am Haus der Herrschaft von Gertie vorbei, um zu prüfen, ob die vereinbarte Blume im Fenster stand, die anzeigte, dass Post für ihn da sei. Nach einigen Tagen erreichte ihn der heiß ersehnte Brief von Gertie, ihre Antwort auf seine Schilderung dessen, was ihn so bedrückte. Die Hausdame händigte ihm das Schreiben mit den Worten aus, dass es wohl der letzte Brief sein würde. In drei bis vier Wochen wollten die Herrschaften aus Frankreich zurück sein. William hörte nicht hin, vergaß beinahe, sich zu bedanken, presste das Papier an seine Brust und schwebte vor Vorfreude. Beim Essen ließ er den Brief geschlossen auf dem Tisch liegen und zelebrierte erst danach das Öffnen und Lesen. Die Zieheltern spürten seine angespannte Vorfreude und ließen ihn in Ruhe. In seinem Zimmer setzte er sich aufs Bett, roch am Umschlag. Ein wunderbarer leichter Geruch nach Parfüm. Für William roch es nach Gertie, seiner Gertie, die beim Scheiben in Gedanken ganz nah bei ihm gewesen war, wie er es umgekehrt auch tat. Sie spannte ihn auf die Folter, schrieb von den Ereignissen im Ferienort an der Mittelmeerküste, den Ausflügen mit ihren Herrschaften, lustigen sprachlichen Missverständnissen und den eigenartigen Essgewohnheiten der Franzosen. Erst gegen Ende kam sie zum Wesentlichen.

»… Liebster William, du weißt dass ich dich über alles liebe. Das bleibt so, egal, wie du dich entscheidest. Ich erlebe das Leben der Adeligen so hautnah, wie man es sich kaum vorstellen kann. Schließlich lebe ich mit ihnen tagtäglich aufs Engste verbunden. Wir essen zusammen, reisen zusammen, plaudern den ganzen Tag miteinander, kaum eine Stunde bin ich ohne Mylady. Sie betrachtet mich – wie mir scheint – schon mehr als Freundin, denn als Bedienstete. Doch, wenn dann einmal adelige Freunde oder Freundinnen zu Besuch kommen, werde ich mit einem Schlag zum Nichts, zur Unperson. Ich werde erst wieder hervorgerufen, wenn wir wieder unter uns sind. Liebster, so möchte ich nicht werden. In letzter Konsequenz kann ich mir nicht vorstellen, eine Adelige zu werden. Du hattest mich gefragt, was ich dir rate zu tun. Meine Antwort ist ganz einfach. Entscheide du, ob du den Weg in dieses Leben gehen willst. Ich gehe mit und nehme alles auf mich. Aber wenn ich allein entscheiden könnte, würde ich mich dagegen entscheiden.

Du schriebst, dass du deinen Titel gleich wieder verlieren würdest, wenn du mich, eine Nicht-Adelige, zur Frau nähmst, und deswegen wohl verzichten wirst. Liebster, ich werde deinem neuen Leben nicht im Weg stehen, ich will nicht das Hindernis für eine schöne, neue Zukunft sein. Du musst meinetwegen nicht verzichten. Doch, ich sage es noch einmal, wenn du es willst, dann mache ich alles mit. Schließlich haben wir uns einander bei der Verlobung versprochen, und das gilt auch, wenn die Umstände sich ändern.

Ich verzehre mich nach dir. Die unerträgliche Zeit ohne dich wird bald zu Ende gehen. Wenn dieser Brief dich erreicht, werden es noch vier Wochen sein. Bis dahin halten wir es aus – irgendwie ...

Ich liebe dich und freue mich auf dich.

P.S. meine Herrschaft gibt mir 50 Pfund extra für meine Hochzeit. Ich denke, dann werden wir bald heiraten können.

Deine Gertie«

William ließ den Brief sinken. Dann las er den letzten Abschnitt noch einmal. Sein Herz klopfte wie wild. Gertie hatte eine klare Meinung, aber sie überließ ihm letztlich die Entscheidung. Die geschenkten 50 Pfd waren sicher mehr als ausreichend für die Hochzeit und einen Hausstand. Er war sich nicht sicher, ob das jetzt wirklich eine Hilfe für ihn war. Diese Nacht fand er kaum Schlaf. Am nächsten Morgen wachte er auf und hatte seine

Entscheidung tief im Innern getroffen. Seine Zieheltern freuten sich über seine gute Laune, fragten aber nicht weiter. Beschwingt machte er sich auf den Weg zu Lord Hyatts Haus, wo die Gesellen sicher schon auf ihren Chef warteten.

***

Mutter hatte sich im Stadthaus in Bristol vergraben und wartete vermutlich auf positive Nachricht von Vater zum Thema William. Vater hatte jedoch in London oder sonst wo zu tun, wir wussten nicht immer alle, wohin ihn seine Reisen führten. Cyrus erholte sich in schlechtester Stimmung ans Haus gefesselt in Backlynn-Castle, William hatte das Projekt für den MP begonnen, wie mir Kutscher, die dort Besorgungen machten, berichteten. Meine Schulhausplanung stockte. Wenigstens Walter ließ sich endlich wieder sehen. Ich holte ihn am Bahnhof in Portishead ab. Dann nutzte ich schamlos den momentanen Status der unbeaufsichtigten Freiheit aus und stieg mit ihm im Haus einer verreisten verwitweten Tante nahe Portishead ab. Die Tante hatte ihr Personal in Ferien geschickt. Nur eine betagte Dienerin bewachte es, die nicht mehr sehr mobil war, aber ausgezeichnet kochen konnte. Jane kannte Walter seit der Kindheit und schloss Augen und Ohren, während wir dort waren. Wir genossen das vorgezogene Eheleben nach allen Regeln der mir bekannten Kunst. Ich musste feststellen, Walter hatte erheblich mehr Erfahrung als ich. Aber miteinander zu leben, heißt ja Erfahrungen zu teilen. Es war einfach wundervoll, und ich überlegte, ob ich der Heiratsplanung mehr Aufmerksamkeit schenken sollte. Außerdem wollte ich mich nicht mehr allzu lange auf die Tipps von Mary verlassen müssen, mit denen ich verhinderte, schwanger zu werden. Wir waren verlobt, ein Missgeschick ließe sich damit gut und schicklich verbergen.

Am Morgen stärkten wir uns mit einem Frühstück, das die Dienerin seiner Tante perfekt zubereitete. Neben den üblichen Eierspeisen, Obst und Säften, Brot, Toast und Marmeladen bot sie uns Spezialitäten aus Somerset an, wie spezielle Pfannkuchen, Honig aus der Region und Cheddar-Käse.

Walter fragte, wie es denn mit William aussähe. Ich erklärte die Lage, und mein Verlobter zeigte gewisses Verständnis für meinen neuen Bruder.

»Du musst einfach sehen, welch riesiger Schritt das wäre«, sagte er und biss in seinen Pfannkuchen. »Du musst einen der Oatcakes probieren, Liebling, die sind ausgezeichnet. Jane hat nicht übertrieben.«

»Danke, aber ich mach mir nicht so viel aus Haferflocken. Ich esse lieber Toast mit Butter und Cheddar und nachher mit diesem wunderbaren Honig aus Exmoor.«

»Siehst du das auch so, dass William an einer riesigen Wegscheide in seinem Leben steht?«

»Ja, das sage ich mir auch. Aber er weigert sich mit diesem Auftrag für den MP, den er eindeutig vorschiebt, sich mit uns, mit Mutter, Vater und mir näher zu beschäftigen ...«

»Und bald mit mir, deinem Ehemann«, warf Walter lachend ein.

Ich nahm einen Schluck Orangensaft und sagte: »Das ist Angst, pure Angst. Wir sollten etwas tun, um ihm diese Angst zu nehmen.«

»Was schwebt dir vor?« Walter köpfte ein Ei.

»Genau genommen habe ich keine Idee, aber ...«

»Aber?«

»Vielleicht können wir etwas gemeinsam machen?«

»Vielleicht wäre das ein Weg. Ich stelle mir ihn vor. Vergleiche doch mal sein Leben mit unserem ...«

»Ich verstehe ... er hat noch nie in seidener Bettwäsche geschlafen ...«

»... oder seidene Unterwäsche getragen.«

»Ist wahrscheinlich noch nie auf einem Pferd geritten ...«

»... hat an einer Fuchsjagd teilgenommen oder auf Tauben und Enten geschossen.«

»Ein Sonette von Shakespeare gehört ...«

»... oder so viele Bücher gelesen wie wir ...«

»... ein Musikinstrument lernen müssen ...«

»... Austern oder Schnecken gegessen. Oder an der Mittelmeerküste gebadet ...«

»... eine Oper gehört, ein Theaterstück gesehen ...«

»Oder eine Fremdsprache lernen müssen. Oder sich mit Latein oder Griechisch gequält.«

Ich sagte: »Man könnte es endlos fortsetzen, glaube ich.«

»Sicher. Was macht man nicht alles in – wie alt ist er?«

»23.«

»… in 23 Jahren?«

Ich nickte. »Wahnsinnig viel. Und dann muss man noch unterscheiden zwischen den Dingen, die ein Mann lernt und tut und die einer Frau. Ich denke an seine Verlobte.«

»Ist eine Mammutaufgabe. Schaffen wir die zusammen?«

»Ich denke schon.«

»Und womit fangen wir an?«

»Fahren wir doch bei seiner Baustelle vorbei und besuchen ihn dort?«

Ich ließ mir von Jane Tee nachschenken und fragte: »Zu welchem Zweck?«

»Um ihm zu zeigen, dass er euch, uns wichtig ist, zum Beispiel.«

»Das ist ein guter Vorschlag. Dann kann ich ihm auch sagen, dass ich einen noch besseren Raum für seine künftige Werkstatt auf Backlynn-Castle gefunden habe. Den möchte ich ihm zeigen, und ihn dazu einladen, ihn anzusehen.«

»Hast du denn?«

Ich schüttelte den Kopf. »Nein, noch nicht. Aber ich habe einen im Auge. Das wird klappen. Und du sagst ja, er muss das Gefühl haben, dass er uns wichtig ist.«

»Du bist raffiniert, Florence. Muss ich künftig aufpassen?«

Ich nahm seine Hand, hielt sie an meine Wange und küsste sie. »Nicht mehr als jetzt, Liebster. Fahren wir.«

»Wir dürfen nicht vergessen, uns ausgiebig bei Jane zu bedanken. Liebes. Ohne sie …«

»Ich habe sie vorhin gefragt, worüber sie sich freuen würde.«

»Geld ist ihr egal, ich weiß«, sagte Walter.

»Ein Kätzchen, ein Kätzchen würde ihr gefallen. Sie ist oft einsam. Ich werde eines besorgen und ihr bringen lassen.«

»Bei euch laufen genug herum, die haben viele Junge, denke ich. Eine wunderbare Idee.«

»Dann können wir vermutlich auch wiederkommen, oder?«, sagte ich und tätschelte ihm grinsend sein Hinterteil.

»Du bist mir eine Unersättliche. Ich werde mit Tantchen engen Kontakt pflegen, damit ich immer weiß, wann sie länger verreist.«

»Eine hervorragende Idee. Ich bin schon ganz wild darauf ...«

***

William war unruhig. Er hatte den Kutscher, der ihn nach Backlynn holen sollte, um sich einen möglichen Werkstattraum anzusehen, zweimal vertröstet. Jetzt war es Donnerstag, am nächsten Tag war ein hoher kirchlicher Feiertag und er konnte nicht mehr ausweichen. Er hatte sich so elegant wie möglich angezogen. Im Grund wie bei seinem ersten Besuch auf Backlynn-Castle. William setzte sich auf den Kutschbock, ohne zu fragen. Der Kutscher war überrascht und gesprächig, offensichtlich aber von irgendwoher über den besonderen Status seines Fahrgastes im Bilde. Er begrüßte ihn mit Mylord und sagte Sir zu ihm. Es war William unangenehm und er bat, das zu unterlassen. Der Kutscher ignorierte ihn. Sie unterhielten sich über das Essen im größten Pub von Nailsea, dort aß der Kutscher, wenn man ihn ins Dorf schickte und er warten musste. William staunte, dass ein Kutscher so viel verdiente, dass er im Pub essen gehen konnte. Der Kutscher verriet, dass es vor allem passierte, wenn Lady Florence Kutschen für irgendwelche Transporte schickte und ihnen Geld zusteckte. In der Dienerschaft war sie hochangesehen, weil sie weniger vornehm Abstand hielt als andere Skinnerpicks. Namen nannte der Kutscher nicht und William hakte nicht nach. Er dachte an das, was Gertie geschrieben hatte über Besucher ihrer Herrschaft, und wie sie dann beiseitegeschoben wurde, und atmete tief durch.

Ein lustiger Typ, dachte William, *mit so einem Menschen könnte man gut Freund sein.*

»Sind wir auf dem richtigen Weg?«, fragte er, als der Kutscher fröhlich pfeifend in Richtung Portishead fuhr.

»Ja, Sir«, wir fahren Richtung Bristol in das Herrenhaus der Skinnerpicks. Lady Miriam ist derzeit dort und Lady Florence hat mich gebeten, sie abzuholen. Sie und Lady Miriam zusammen in der Kutsche, das hielt Lady Florence für eine gute Idee. Ich sollte Sie damit überraschen, Sir.«

Na, das ist dir gelungen, Schwester ...

»Aha«, antwortete William; merkte wie ihm warm und der Kragen zu eng wurde.

Das sind beinahe eineinhalb Stunden mit meiner ...

Mutter in der engen Kutsche. Ich werde ja nicht vorn beim Kutscher sitzen bleiben können.

Aber viel Zeit zum Grübeln blieb ihm nicht, denn plötzlich tauchte wie aus dem Nichts eine zweite Kutsche neben ihnen auf. Auf dem Bock saß ein gut angezogener Mann mit einem hohen Zylinder auf, der wohl vorbei wollte. Er trug eine Maske, und William fiel ein etwa ¼ Inch breites gelbes Band im unteren Hutrand auf. Er bewunderte noch den Hut, da zog der Mann plötzlich einen Revolver und richtete ihn auf den Kutscher.

»Anhalten«, brüllte er.

Der Kutscher erschrak sichtlich, wie auch William, dann zügelte er die Pferde.

»Was wollen Sie? Wir haben kein Geld dabei«, rief William dem Fremdem zu.

»Sie sind William Brown, richtig?«, fragte der Fremde barsch.

»Das bin ich? Was wollen Sie von mir?«

»Mich mit Ihnen unterhalten, aber nicht hier.« Er lenkte seine Kutsche neben die andere und herrschte den Kutscher an:»Du fährst jetzt brav neben mir, immer gerade aus. Richtung Portishead.«

»Das sind knapp zweieinhalb Meilen«, flüsterte der Kutscher.»Halten sie sich fest!« Er peitschte plötzlich auf die Pferde ein und ließ die Zügel frei. In wenigen Augenblicken hatten wir zehn, fünfzehn Yard Abstand.

»Anhalten! Sofort Anhalten«, schrie der Fremde. Dann fiel ein Schuss. Der Kutscher aus Backlynn brachte die scheuenden Pferde mit größter Mühe zum Stehen. Der Fremde fuhr zu uns auf, richtete seine Waffe auf den

Kutscher und sagte leise, aber klar verständlich. »Noch einmal so etwas und du bist tot. Verstanden?«

»Ja, Ja, natürlich«, stammelte der Kutscher erschrocken.

»Ich habe noch fünf Kugeln in meinem Revolver. Ich treffe auf 20 Yards genau, wenn ich will.«

»Ist gut, Sir. Wir tun ja, was sie wollen.«, ergänzte William

»Dann jetzt in meine Richtung und immer neben mir bleiben.« Leider war der Weg breit genug, dass das auch möglich war. Der Kutscher und William sahen sich verstört an und schwiegen.

Was will er? Auf Geld ist er nicht aus und wie ein Räuber angezogen ... nein, das ist er auch nicht ...

»Ich kenne Sie nicht. Was wollen Sie denn mit mir besprechen? Und warum nicht sofort, sondern in Portishead?«, fragte William.

»Schnauze. Das wirst du noch erfahren. Fahrt einfach weiter und redet nicht so viel.«

Also schwiegen die beiden auf dem Kutschbock weiter, während die Küste immer näher kam. William hoffte auf eine andere Kutsche, die vielleicht helfen könnte. Aber, als er sich vorsichtig umdrehte, sah er nur einen leeren Weg hinter sich. Vor sich genauso. Nach etwa 15 Minuten tauchten die Klippen von Portishead auf.

»Anhalten«, brüllte der Fremde mit der Pistole im Anschlag. »Fahr die Kutsche quer an den Rand und bleib stehen.« Das machte der Kutscher, und der Fremde stellte sein Gefährt eng daneben und stand auf. Er richtete die Waffe auf William und bellte: »Runter vom Kutschbock.

Beide. Schön langsam. An den Rand der Klippe!« Er
sprang auf den Boden und stand jetzt drei Schritt hinter
William und dem Kutscher.

»Jetzt stell dich hinter Mr. Brown, Kutscher und gib
ihm einen Stoß. Dort unten ist der, der sich mit ihm
unterhalten will.« Der Fremde lachte schrill. »Und dann
schiebst du die Kutsche mit den Pferden hinterher und du
kannst gehen.«

»Das ... Das sind 90 Fuß und Felsen. Da unten kommt
er tot an«, stammelte der Kutscher.

William lief es heiß und kalt den Rücken hinunter. *Der
will mich umbringen ...*

Der Fremde lachte meckernd. »Wenn das so ist, dann
ist es so. Komm mach schon!«

»Das mache ich nicht. Nie und nimmer« schrie der
Kutscher.

Williams Knie waren weich und wackelig wie nie
zuvor. Durch seinen Kopf rauschte sein ganzes Leben.
Seine Eltern. Seine Lehre. Seine Liebe zu Gertie. Die
wundervollen Möbel, die er gebaut hatte und die allen
gefielen. Auch Florence und Mutter Miriam und Cyrus.
Das alles soll gleich vorbei sein?

Der Fremde schoss wieder über die Köpfe hinweg in
die Luft und brüllte. »Du stößt ihn jetzt über die Klippe
und die Kutsche auch, damit es aussieht wie ein Unfall
oder ich erschieße dich als Ersten.«

Der Kutscher zögerte weiter. William spürte seine
Hände im Rücken. Er sah nach unten und würgte. Ihm
wurde übel.

»Was machen Sie da?«, rief auf einmal eine Stimme, die William bekannt vorkam. Es war Lord Arthur.

Der Lord? Hier?

»Lassen Sie die beiden sofort gehen, ich bin Lord Skinnerpick ...«

»Ist mir völlig egal, wer du bist.«, fuhr in der Fremde an. »Absteigen! Stell dich am besten dazu. Ich habe ausreichend Kugeln im Lauf.«

William wusste nicht, ob es eine gute Gelegenheit wäre, sich umzudrehen. Der Fremde konnte mit seiner Waffe nicht in zwei Richtungen gleichzeitig drohen. Unbeschreibliche Angst ließ William starr und unbewegt auf der Stelle stehen.

»Mach! Ich habe nicht so viel Zeit. Meine Geduld ist gleich am Ende. Los!«, knurrte der Fremde. William drehte kurz den Kopf und sah ihn wild mit der Waffe herumfuchteln. Er schubste den Lord nach vorn. „Geh schon!«

Sekunden danach stand der Lord plötzlich neben William und atmete schwer.

Die Gelegenheit ist vorbei ...

»Mylord, was macht Ihr hier?«, fragte William mit gepresster Stimme.

»Hört auf zu quatschen! Ich zähle jetzt bis drei – dann«, brüllte der Fremde ungeduldig. »Eins ... zwei ...«

William schloss endgültig mit dem Leben ab. Das sollte es also gewesen sein. *Keine Möbel. Keine Gertie ...*

»Halt! Sofort Halt!", schrie in diesem Momente eine andere Stimme und ein Schuss ließ die drei Männer am Klippenrand zusammenfahren, der nicht aus dem Revolver des Fremden kam. Man hörte, wie die Waffe und ein Körper zu Boden fielen. Die drei an der Klippe blieben stehen, wie sie waren. Nur der Lord schwankte und griff sich an die Brust. William packte kurz entschlossen zu und hielt ihn fest. Dann hörten sie Pferdegetrappel und eine tiefe Stimme:»Polizei! Constables Miller und Hayes von der Somerset County Police. Kommen Sie weg von der Klippe, Gentlemen. Die Gefahr ist vorüber.«

»Er ist tot. Musstest du ihn gleich erschießen?«, sagte der eine Polizist.

»Du hast gehört, wie er gezählt hat, sollte ich warten?«, entgegnete der andere.

»Hast auch Recht.«

»Eben.«

Der Lord röchelte. William musste ihn halten, damit er nicht zu Boden fiel.»Mein Herz. Ich kriege keine Luft. Hilf mir, William«, stöhnte Lord Arthur.

Die Polizisten sprangen von ihren Pferden. Einer schob William zur Seite.

»Lassen Sie mich, Sir. Ich kenne das, mein Vater hat öfter Herzprobleme.«

»Ich, ich muss mich hinlegen und ausruhen«, stieß Lord Arthur hervor und schloss die Augen.

»Ein Arzt, er muss zum Arzt! Der Lord muss zum Arzt!«, schrie William seinen Kutscher an.»Hilf mir, ihn in die Kutsche zu legen und dann sofort zum nächsten Doktor.«

»Am besten Doktor Myers, der kennt seine Lordschaft«, keuchte der Kutscher.

***

Entscheidung

»Schneller, schneller!«, trieb William den Kutscher ab. Er hatte Lord Arthur so gut es ging in der Kutsche hingelegt, seinen Kopf auf dem Schoß. Der Lord schwitzte und atmete schwer, William tupfte ihm die Stirn ab, öffnete den Kragen und versuchte, ihn zu beruhigen. »Wir sind gleich da, Mylord« sagte er, ob wohl er keine Ahnung hatte, wie weit es bis zum nächsten Arzt war. Der Kutscher kannte aber das Haus von Dr. Myers und fuhr auf direktem Weg dorthin. Angekommen half er William, den Lord ins Haus zu tragen. Dr. Myers war da und kümmerte sich sofort um den Patienten. Er ließ ihn sich in ein Bett legen, hörte ihn ab und verabreichte eine leichte Dosis Laudanum gegen mögliche Schmerzen und zur allgemeinen Beruhigung. »Ich denke, ein halber Tag Ruhe hier und dann ein paar Tage Ruhe zu Hause und regelmäßig Laudanum bringt ihn wieder auf die Beine. Er ist nicht mehr der Jüngste, er muss es langsam angehen lassen.«

»Die Aufregung war wohl zu groß«, sagte er, nachdem William in groben Zügen geschildert hatte, was passiert war.«

William wartete am Bett des Lords, nicht nur weil er es für angemessen hielt, sondern auch weil die Constabler noch vorbeikommen wollten, um über das Verbrechen zu sprechen. Sie hatten das hinterhergerufen, als er in Windeseile mit dem Kutscher verschwunden war.

Auf einmal hustete der Lord und erbrach sich. William rief nach dem Arzt. Der kam mit einer Gehilfin und versorgte Lord Arthur und zog ihn um in ein Krankenhemd.

So sieht er nicht aus wie ein mächtiger Adeliger, sondern nur wie ein alter Mann, dachte sich William. Ob er wollte oder nicht, er bedauerte ihn. Wenig später begann sich der Patient zu erholen. Er nahm die Umwelt und William wieder wahr. »Mr. Brown? Wo bin ich? Wieso dieses kratzige Hemd?«

»Ihr seid in der Praxis von Dr. Myers, Mylord. Ihr hattet einen Schwächeanfall.«

»Der Überfall!« Lord Arthur richtete sich ruckartig auf und begann stockend zu erzählen: »Ich war auf meinem Inspektionsritt, den ich immer nach Reisen mache und habe einen Schuss gehört. Da ich nichts von einer Jagd wusste, bin ich dem Knall nachgeritten. Kurze Zeit später noch ein Schuss. Ich bin schneller geritten. Dann habe ich eine Kutsche gesehen, sie als eine von uns erkannt. Da standen ein Kerl mit einer Pistole und zwei Menschen am Klippenrand, auf die er zielte. Ich habe gerufen, und er hat mich auch bedroht und gezwungen, mich dazuzustellen. Ich habe unseren Kutscher und Sie erkannt, und dann hat er gezählt … und noch ein Schuss. Mir wurde schlecht, danach weiß ich nichts mehr. Haben Sie mich gerettet?«

»Nein«, antwortete William, »Die Polizei. Zwei Constabler. Sie werden noch vorbeikommen und uns zum Geschehen befragen, haben sie gesagt. Legen sie sich wieder hin, Mylord. Dr. Myers sagt, Ihr müsst Euch unbedingt schonen.«

»Ich, ich fühle mich auch noch nicht besonders. Was … was ist mit meinem Pferd?«

»Mit Verlaub, Mylord. Ich weiß es nicht. Ich nehme aber an, die Constabler haben sich gekümmert.«

»Anzunehmen, hoffe ich. Es war mein Lieblingstier.«

Offensichtlich haben alle Adeligen ein Lieblingspferd …

Dr. Myers war ins Zimmer gekommen. »Wie geht es Euch, Mylord? Die Polizei ist da und möchte Euch und Mr. Brown ein paar Fragen stellen.«

Lord Arthur nickte und sagte: »Ich ziehe die Decke hoch, damit man nicht so viel von diesem Krankengewand sieht. Warum habe ich es überhaupt an?«

»Eure Lordschaft haben sich übergeben. Wir mussten die Kleidung wechseln.«

»Ach so. Natürlich. Bitte kümmern Sie sich drum, dass ich frische Sachen herbekomme. In diesem Aufzug kann ich nirgendwo hin. Der Kutscher soll nach Backlynn fahren und mir etwas bringen.«

»Selbstverständlich, Mylord. Darf die Polizei jetzt hereinkommen?«

»Natürlich, bitte.«

Die beiden Constabler betraten den Raum, verbeugten sich vor dem Lord und stellten sich vor. »Constabler Miller und Hayes von der Somerset County-Police.« Der erste fragte: »Wir haben den Kutscher schon befragt und wissen, dass Ihre Lordschaft erst später hinzugekommen sind, als das Verbrechen schon im Gang war. Ist da richtig?«

»Ja. Ich war auf einem Inspektionsritt und habe einen Schuss gehört und bin dem ungewöhnlichen Geräusch gefolgt. Wollte den Schurken stoppen, aber er hat mich in seine Gewalt gebracht. Wenn Sie nicht gekommen wären …«

»Wir sind wie Ihr dem Knall gefolgt. Waren auf einer Patrouille und haben einen gesuchten Verbrecher aus Bristol verfolgt. Den Mann mit dem gelben Band am Hut, von dem wir einen Steckbrief hatten. Ein Gast aus einem Pub hat ihn als auffällig gemeldet und wir wollten ihn uns mal ansehen. Dann sagte man uns, dass er in einer Mietdroschke der Kutsche aus Backlynn gefolgt ist. Tja, wir sind wohl gerade noch rechtzeitig gekommen.«

»Zum Glück. Ich bin Ihnen so dankbar. Sie haben uns das Leben gerettet«, sagte William.

»Wofür ich mich auch noch erkenntlich zeigen werde«, ergänzte der Lord, »Richten Sie das Ihrem Inspector aus.«

»Vielen Dank, Mylord. Doch wir haben nur unsere Pflicht getan, Euer Lordschaft. Das tun wir für jedermann.«

»Recht so, Gentlemen. Ich danke Ihnen. Was haben sie noch für Fragen?«

Der zweite Polizist wandte sich an William. »Wissen Sie, warum man es auf Sie abgesehen hatte? Wer könnte Auftraggeber sein? Kannten Sie den Mann?«

William schüttelte den Kopf. »Ich kannte den Mann nicht. Er hatte zudem eine Maske auf. Ist er tot?«

»Er ist tot«, sagte der erst Polizist.

»Ich weiß auch nicht, warum man es auf mich abgesehen hatte«, fuhr William fort. »Mein Tod sollte wie ein Unfall aussehen, hat der Verbrecher gesagt. Den Kutscher wollte er aber laufen lassen, nachdem er die Kutsche hinter mir die Klippen hinunter gestoßen hätte …«

»Ergibt wenig Sinn«, meinte der Polizist. »Der Kutscher hätte alles erzählen können.«

»Ich kann nur wiedergeben, was er gesagt hat, Constabler.«

»Klar, fahren Sie bitte fort, Sir.«

»Vielleicht wollte der Verbrecher den Kutscher nur in Sicherheit wiegen und ihn nachher auch über die Klippe treiben«, warf William ein.

»Möglich. Denn, wenn er ihn erschossen hätte, hätte es auf keinen Fall nach Unfall aussehen können.«

»Mehr kann ich nicht beitragen. Den Auftraggeber kenne ich natürlich auch nicht.«, sagte der Lord.

»Cui bono, meint unser Chef immer. Wem nützt das Verbrechen? Haben Sie eine Ahnung, wer etwas davon haben könnte?«, fragte der Polizist William.

Mir fällt nur Cyrus ein, dachte William, *aber würde er so weit gehen?* Er beobachtete den Lord, dessen Gesicht sich bei dieser Frage verfinsterte. *Er denkt das gleiche wie ich …*

»Ich habe nicht die geringste Ahnung, Sir«, antwortete William und wich dem Blick des Lords aus.

***

Cyrus war wütend, wütend auf sich und wütend auf diesen Kutscher, der den Braunen mit seiner Kutsche so erschreckt hatte, dass das Pferd stürzte und der Reiter mit.

Missmutig saß er mit hochgelegtem Gipsbein in der Bibliothek, starrte auf die an den Sessel gelehnten Krücken und ließ sich zu essen und zu trinken bringen. Seine Laune verschlechterte sich dramatisch, wenn er den mühsamen Weg zum WC auf sich nehmen musste. Das konnte kein Diener für ihn erledigen. Immerhin gab es in jedem Stockwerk ein modernes Wasserklosett, er musste keine Treppen überwinden.

»Ich wollte die Times, nicht dieses Provinzblatt!«, herrschte er einen Diener so laut an, der ihm eine Zeitung vom Stapel in der Ecke der Bibliothek bringen sollte, dass dieser zusammenzuckte.

»Verzeiht, Mylord, hier ist keine Times«, stotterte der Bedienstete.

»Erzähl keinen Unsinn, Mann. Mein Vater hat immer die aktuelle Times in der Bibliothek. Such sie!«

»Verzeiht, Mylord«, schaltete sich der Butler ein, der im Gang zugehört und den Raum betreten hatte. »Die Times ist diese Woche nicht gekommen. Der Bote ist unverrichteter Dinge aus London zurückgekommen.«

»Also gut, Mr. Summer, wenn Sie das sagen. Lass, lass das Käseblatt hier. Dann lese ich eben das«, knurrte Cyrus.

Der Diener entfernte sich rasch mit Bücklingen rückwärts. »Darf ich Ihnen noch etwas bringen lassen, Mylord?«, fragte der Butler.

»Ach, Mr. Summer, es ist schrecklich, hier sitzen zu müssen und nichts tun zu können.«

Vor allem nicht zu wissen, was der Mann mit dem gelben Hut tut oder schon getan hat, dachte er.

»Gegen Unglücksfälle ist man nun nicht gefeit, niemand, Mylord.«

»Hat man den fremden Kutscher verhaftet? Er ist schuld an meinem Bein und einem guten toten Pferd.«

»Mir ist dazu nichts bekannt, Mylord. Ich werde mich kümmern. Darf ich mich zurückziehen.«

»Gehen Sie. Ist alles in Ordnung.«

Der Butler drehte sich.

»Halt. Ist mein Vater da?«

Der Butler drehte sich zurück. »Er ist von einer Reise zurück und auf seinem üblichen Inspektionsritt. Allerdings schon überfällig. Wir erwarten ihn jeden Moment.«

»Geben Sie mir Bescheid, wenn er da ist. Ach, noch was. Meine Schwester, ich habe sie den ganzen Tag noch nicht gesehen.«

»Lady Florence ist in dem Raum, der eine Schule werden soll, und zeichnet.«

»Aha. Danke. Was halten Sie von der Idee?«

»Mylord, es steht mir nicht zu, Ideen von Lady Florence zu beurteilen.«

»Mr. Summer, reden Sie nicht drum rum. Sie haben doch eine Meinung.«

»Mylord, mit allem Respekt. Die Idee ist gut, sie hilft den Familien in den Dörfern und auch der Familie Skinnerpick.«

Hat sie doch schon alle infiziert mit ihrem modernen Zeugs ...

»Gut. Danke. Jetzt sind sie entlassen.«

Cyrus wendete sich der Zeitung zu. Er konnte aber nicht verhindern, dass seine Gedanken wieder bei dem Mann mit dem gelben Band am Hut landeten. *Ich wollte es verhindern. Hoffentlich ist nichts geschehen. Vielleicht hat Hendrik nur geprahlt und es gibt keinen Mann mit solchem Hut. Mein Gott, und wenn doch? Warum bin ich vom Pferd gefallen?*

Er hatte noch keine zwei Seiten gelesen, da stürzte der Butler in die Bibliothek.

»Mylord, ein fürchterliches Verbrechen ist geschehen. Man hat versucht, Mr. Brown mit unserer Kutsche von den Klippen von Portishead zu stürzen. Die Polizei hat es verhindert. Alle sind unverletzt. Nur Lord Arthur hat einen Schwächeanfall erlitten. Er war zufällig beteiligt. Dr. Myers behandelt ihn. Es geht ihm gut und er wird bald zurückerwartet. Lady Florence holt Lady Miriam nachhause.«

Cyrus erschrak bis ins Innerste. Er glaubte, er falle in ein tiefes schwarzes Loch und sein Herz bleibe stehen.

Oh, Gott. Er hat es getan ... Hendrik hat es getan ...

Kurz danach raffte er sich auf, und schleppte sich trotz der Treppen schwitzend und fluchend in sein Zimmer. Er schloss ab und griff nach der Brandyflasche.

***

Der Kutscher überbrachte die Nachricht von dem fürchterlichen Vorfall an den Klippen von Portishead. Nach kurzem Entsetzen und Freude schickten wir ihn mit frischer Kleidung für Vater zurück zu Dr. Myers, und ich setzte mich in eine andere Kutsche und fuhr zu Mutter, um sie nachhause zu holen. Sie war jetzt lange genug weg gewesen. Die Situation um William hatte sich aufgeschaukelt. Und es war an der Zeit, dass sie sie von Backlynn-Castle aus betrachtete und nicht nur durch gelegentliche Boten, die wir nach Bristol ins Stadthaus der Skinnerpicks schickten. Ich fuhr selbst, damit ich ihr alles erzählen konnte, was ich wusste. Die Einzelheiten von dem Anschlag auf William an der Klippe beschränkten sich auf das, was der beteiligte Kutscher uns hastig und immer noch von der schrecklichen Erfahrung gezeichnet erzählt hatte. Es reichte allerdings, um Mutter zu alarmieren und zum sofortigen Aufbruch und zur Heimkehr zu bewegen.

Wir erreichten beinahe zur gleichen Zeit wie Vater Backlynn-Castle. Der Kutscher half ihm gerade die Eingangstreppe hinauf, und Mutter raunte mir zu: »Ich hoffe, er ist bald wieder in Ordnung.«

»Lass uns hineingehen und uns frischmachen«, sagte ich.

Die ganze Dienerschaft war angetreten und freute sich offensichtlich, die Hausherrin und den Hausherrn begrüßen zu können. Mutter lächelte alle freundlicher an, als sie es sonst tat. Sie gab dem Butler und der Hausdame die Hand, was ebenso ungewöhnlich war.

Sie scheint mir weicher geworden zu sein, dachte ich.

»Ich gehe zu Vater und spreche erst einmal mit ihm. Dann sollten wir uns alle treffen. Warum ist William nicht da?«, fragte sie.

»Vergiss nicht, er ist beinahe ermordet worden, Mutter. Er hat sich auch noch nicht endgültig für uns entschieden, wie ich dir schon erzählt hatte. Es zieht ihn in so einem Moment zu den Menschen, die er am meisten liebt – den Browns, seinen Zieheltern.«

Mutters Gesicht verdunkelte sich, aber sie sah mich mit festem Blick an und sagte:»Ich verstehe das, auch wenn es mich schmerzt. Es wird einen Weg geben, ich bin sicher …«

»Das glaube ich auch, aber wir müssen ihm helfen, zu uns zu finden.«

»Ich bin deiner Meinung, Tochter. Wir sehen uns nachher im Salon oder in der Bibliothek. Ich schicke jemanden.«

Ich tat es Mutter gleich und machte mich in meine Zimmer frisch. Als ich an Cyrus` Zimmer vorbeikam, wollte ich anklopfen und nach ihm sehen, doch irgendetwas ließ mich weitergehen. Als ich mein Gesicht gewaschen und mich umgezogen hatte, klopfte ich bei meinem Bruder …

Oder soll ich jetzt immer ›Halbbruder‹ denken?
Unsinn, er ist seit 20 Jahren mein Bruder.

Nichts regte sich. Ich klopfte noch einmal – lauter. Immer noch nichts … ich ging nach unten.

***

William war immer noch durcheinander. Der Schreck wollte nicht weichen. Eben, als die Polizisten ihn und Lord Arthur zum Motiv und Auftraggeber des Verbrechens befragt hatte, war ihm nur sein Halbbruder Cyrus in den

Sinn gekommen. Wer außer ihm könnte ein Interesse an seinem Verschwinden?

Er betrat das Haus seiner Zieheltern leise. Sie schliefen oft übertags. Mutter hörte ihn und kam ihm entgegen. Sie erschrak. »Oh, Gott, William, wie siehst du denn aus? Was ist passiert? Komm, setz dich erst einmal hin.«

»Ich bin überfallen worden, Mutter, und ...«

»William, was ist mit dir? Du siehst ja aus wie der leibhaftige Tod«, unterbrach sein Vater, der schlaftrunken dazu gekommen war.

»Mir geht es gut. Gehen wir ins Wohnzimmer. Ich erzähle euch gleich alles. Hast du einen Tee für mich, Mutter?«

»Ich mache sofort einen. Geht schon rein.«

Im Wohnzimmer ließ sich William in einen Sessel fallen, er hatte die Stiefel noch an, die er sonst hinter der Haustürschwelle auszog. Es war ihm im Moment egal.

Zuhause. In Sicherheit.

Der Blick über seine Fußspitzen in die Tiefe. Der Fremde mit der Pistole hinter ihm. Die Hände des Kutschers in seinem Rücken. Ein kleiner Stoß hätte genügt, und ... Er schüttelte sich.

»Du bist so blass, Junge. Was ist passiert?«, fragte sein Vater.

»Lass Mutter den Tee machen. Ich will zur Ruhe kommen, mein Herz schlägt immer noch bis zum Hals, wenn ich an das denke, was mir heute passiert ist.«

»Gut, dann gehe ich mir etwas anziehen.«

William schloss die Augen, aber der Blick in die Tiefe der Klippen verschwand nicht. Er klopfte sich mit den

Händen an die Schläfen und dachte: *Verschwinde endlich.*
Alles wird gut.

Mutter kam bald darauf mit Tee und Vater setzte sich mit Hausmantel William gegenüber.

»Erzähl, was geschehen ist.«

William berichtete mit allen Einzelheiten, wie sich die Kutschfahrt entwickelt hatte. Nur unterbrochen von gelegentlichen Aufschreien der Mutter, die die Hände vor den Mund schlug. Vater legte beruhigend seine Hand auf die von William, der im Verlauf der Erzählung zu schwitzen begann. Sein Knie wackelten so sehr, dass er sie gar nicht beruhigen konnte. Er umklammerte sie mit beiden Händen, dann standen sie wieder still. Die Teetasse, die Vater ihm hinhielt, musste er wieder mit beiden Händen halten, um nichts zu verschütten.

»Oh, Gott, du könntest tot sein, Junge. Wir danken dem Herrn, dass es nicht so gekommen ist«, sagte Mutter unter Tränen.

»Lord Arthur hat uns retten wollen. Er hätte auch sterben können«, sagte William. »Und er hat mich ›William‹ genannt, als ich ihn aufgefangen habe.«

»Gottes Wege …«, sagte der Vater.

»Und der Kutscher. Der Mörder hat ihm eine Waffe an den Kopf gehalten. Ein kleiner Schubs und ich wäre gefallen …«

»Sag das nicht. Halte deine Gedanken nicht daran fest. Sei froh, dass du lebst und wieder zuhause bist.«

William stand auf und umarmte seine Mutter und dann seinen Vater. »Und wie ich das bin, das könnt ihr mir glauben, aber …«

»Komm zur Ruhe, Sohn.«

»Ich glaube nicht, dass ich in die Familie Skinnerpick will.«

»Warum denn? Du hast so viel mehr Möglichkeiten in deinem Leben, wenn …«

»Ich weiß, aber ich glaube, bin mir fast sicher, ich habe einen Feind dort – meinen Halbbruder Cyrus.«

»Oh, Gott, oh, Gott«, seufzte seine Ziehmutter und umarmte ihn.

***

Komisch, dachte ich, *eigentlich müsste er doch da sein.* Ich war schon halb auf dem Weg nach unten, wo vermutlich Mutter und Vater auf mich warteten. Aber ich überlegte es mir, kehrte um und klopfte noch einmal, energischer bei Cyrus. Und dieses Mal hörte ich ein dumpfes, langgezogenes »Was ist?«.

Ich rief: »Ich bin's, Florence«. Eine Weile hörte ich nichts, dann ein Fluch und ein schlurfendes Geräusch. Der Schlüssel wurde gedreht. »Ist offen«, tönte es durch die Tür.

Ich schob sie auf und sah Cyrus auf eine Krücke gestützt zu seinem Bett humpeln, auf das er sich warf und sich zu mir drehte. In der völlig zerwühlten Bettstatt lag er angezogen und mit unordentlichen Haaren. Der Kragen offen, der Stiefel des nicht gebrochenen Beines ausgezogen. Die Krücken verstreut im Raum wie einfach fallen gelassen. Eine Flasche Brandy stand halbleer auf einem Tablett neben dem Bett. Seinen Zustand als derangiert zu bezeichnen, wäre eine Untertreibung gewesen. Er sah mich mit stark geröteten, glasigen Augen an, besser – er sah an mir vorbei und gleichzeitig durch mich durch. Mein Bruder wirkte nicht wirklich betrunken, sondern verwirrt. Er kratzte sich mit den Händen an beiden Unterarmen gleichzeitig; mit der rechten den linken Unterarm und mit der linken den rechten. Speichel tropfte ihm aus dem Mund.

»Was willst du«, fragte er. Er lallte nicht, er holte die Wörter tief aus seiner Kehle. Sie klangen wie von einem anderen Menschen, als ich ihn kannte.

»Was ist los mit dir, Cyrus? Geht es dir nicht gut?«

»Mir geht es so gut, wie es mir gehen kann, Schwester. Du kannst mich allein lassen. Ich, ich komme zurecht.«

»Wir treffen uns unten, um zu beraten, wie es weitergeht. Kommst du nicht runter?«

Er sah mich an, als würde er nicht verstehen, was ich gefragt hatte. »Wozu das denn?«

»William und ein Kutscher sind beinahe ermordet worden. Vater hat einen Schwächeanfall erlitten. Mutter ist wieder da.«

»Und ich habe ein Bein gebrochen. Das interessiert niemanden, da bin ich sicher.«

»Du bist betrunken, Cyrus. Es ist wohl besser, du bleibst hier.«

»Ich, ich bin nicht betrunken. Habe nur die Schmerzen betäubt.« Er zögerte einen Moment. »Also gut, ich komme.«

Er stand auf. Also, mühte sich mit dem Gipsbein zuerst. Er trat auf und versuchte, sich in der Luft festzuhalten, ruderte mit den Armen und fiel zu Boden. Ich machte einen raschen Schritt, um ihn aufzufangen. Doch er lag schneller am Boden, als ich ihn fassen konnte. »Scheiße«, fluchte er wie ein Stallbursche. Ich reichte ihm eine der Krücken. Er rappelte sich mit ihrer Hilfe mühsam hoch. »Weg!«, fauchte er, als ich ihm helfen wollte. »Der Erbe Lord Cyrus Skinnerpick, Viscount of Backlynn ist bereit.« Er lachte. So hatte ich ihn noch nie lachen gehört: Fremd – teuflisch, zynisch, wütend und traurig zugleich.

»Du bist nicht richtig bei dir. Bleib hier, ich entschuldige dich unten, Cyrus.«

Er hörte auf zu lachen, klang plötzlich wieder klar: »Entschuldigen? Die Schuld wegnehmen? Das kann nur ich, Florence. Ich komme mit. Gib mir noch ein paar Minuten. Ich mache mich ein bisschen frischer.«

»Wenn du meinst. Gut. Ich gehe vor und sage, dass du gleich nachkommst.«

***

Unten angekommen, redeten Vater und Mutter gerade mit dem Kutscher, der den Anschlag auf William miterlebt hatte.

»Ja, Mylady, ich hatte schreckliche Angst. Man hatte mir noch nie über den Kopf geschossen«, sagte er.

»Aber es gehört Mut dazu, zu versuchen, mit der Kutsche wegzukommen. Meinen Respekt, Robert«, ergänzte Vater.

»Danke, Mylord. Dann kam der zweite Schuss, und ich sah ein, dass ich nichts machen konnte.«

»Am meisten Respekt verdient, dass du Mr. Brown nicht über die Klippe gestoßen hast, als der Verbrecher anfing zu zählen«, warf ich ein.

»Mylady, ich bin dabei vor Angst beinahe gestorben.«

»Und er hat wirklich gesagt, es solle wie ein Unfall aussehen und er würde dich danach laufenlassen?«, fragte Mutter.

»Ja. Mylady, das hat er.«

»Was denkst du, was das heißen sollte?«, fragte Vater.

Der Kutscher senkte den Kopf. »Ich, ich weiß es nicht, Mylord.«

»Er hat nicht nach Geld gefragt?«, schob Vater nach.

Der Kutscher schüttelte den Kopf.

Vater schaute von Mutter zu mir und von mir zu Mutter. »Gut, Robert, ich denke, das reicht. Du kannst dir vom Butler 10 Pfd als Ausgleich für deine Angst und als Belohnung abholen … Und du wirst über das schweigen, was wir gerade besprochen haben? In Ordnung?«

Der Kutscher verbeugte sich. »Danke, Mylady, Mylord. Natürlich, kein Wort mehr von mir.«

»Du kannst jetzt gehen.«

Der Kutscher nickte noch einmal und verschwand aus der Bibliothek.

Vater lehnte sich zurück. »Wo ist Cyrus?«

»Er wird gleich kommen, er macht sich noch frisch«, antwortete ich.

»Zeit für mich, das alles zu resümieren«, sagte Mutter. »William wird überfallen. Es soll wie ein Unfall aussehen.

Du, Arthur, kommst zufällig dazu, wirst gleich mit an die Klippe gestellt. Dem Kutscher und der Polizei verdanken Du und William ihr Leben. Richtig?«

Vater und ich nickten.

»Das hat sich der Verbrecher doch nicht selbst ausgedacht, oder?«

Ich nickte noch einmal. Keine Regung von Vater, er schwieg.

»Nun, Arthur? Wem nützt das? Nur Cyrus. Das siehst du doch auch so, oder?«

»Du meinst, er war das?«, fragte ich.

»Es drängt sich mir auf«, sagte Mutter.

»Man kann es auf den ersten Blick nicht von der Hand weisen«, sagte Vater zögerlich. »Geld hat der Unhold ja nicht gewollt.«

»Fragen wir doch am besten Cyrus«, sagte Mutter. »Er kommt gerade.«

»Mein Gott, wie siehst du denn aus?«, fragte Vater. »Du wolltest dich frisch machen – wie hast du denn vorher ausgesehen?«

»Guten Tag, Mutter. Guten Tag Vater«, knurrte Cyrus, ohne auf die Frage einzugehen, und setzte sich hin. »Ihr beratet euch, worüber?«

»Wir sprechen darüber, wer das Verbrechen beauftragt hat, dem Vater, William und ein Kutscher fast zum Opfer gefallen sind«, fragte Mutter.

»Aha.«

»Weißt du es?«, fragte Vater.

»Woher soll ich das denn wissen?«, fragte Cyrus erstaunt.

Ich holte tief Luft. »Wir fragen uns, wem es nützt, wenn William tot wäre.«

»Ja, und?«

»Dir würde es nützen, Cyrus. Stell dich doch nicht so dumm«, herrschte Vater ihn an.

»Oh! Ja. Tatsächlich – das wäre so.« Cyrus grinste dümmlich. »Was für ein Zufall.«

Ich sah, dass es in Mutter brodelte. »Ist das alles, was du dazu zu sagen hast, Sohn?«

»Was soll ich denn anderes sagen? Das ist die Wahrheit«, sagte Cyrus mit brüchiger Stimme. »Ihr glaubt doch nicht im Ernst, dass ich so etwas täte …? Vielleicht hat er Geld gewollt und wollte vom Raub ablenken?«

»Und den Kutscher laufen lassen? Unsinn!«, knurrte Vater. »Überleg, was du sagst.«

Danach schwieg er und trank einen Schluck aus seiner Tasse. Mutter wischte sich mit einem Tüchlein einen Schweißtropfen von der Stirn. Sie schaute mit leeren Augen an Cyrus vorbei und schwieg ebenfalls. Mir war unbehaglich, ich spürte im Innern den Drang, es auszusprechen, aber irgendetwas hinderte mich daran. Mein Mund war trocken, ich nahm einen Schluck aus meiner Tasse und sagte: »Dann hoffen wir, dass die Polizei es herausfindet.«

Cyrus stand auf, ging an die Kommode, auf der ein Tablett mit Gläsern und einer Portwein-Karaffe stand. Er griff nach einem Glas und fragte: »Kann man nicht einfach den Täter befragen?«

Vater wurde wütend. »Stell dich nicht dumm. Er ist tot. Den kann keiner mehr was fragen.«

»Oh, was für ein Pech«, sagte Cyrus und nahm einen Schluck aus dem Glas, das er sich vollgeschenkt hatte. »Gibt es sonst noch etwas?«

Ich erkannte meinen Bruder nicht wieder. *Kann er denn so schauspielern?*

Mutter sprang auf. »Mir reicht es. Ich gehe.« Dann blieb sie stehen und sagte zu Cyrus: »Übrigens solltest du wissen, dass dein Vater und ich uns geeinigt haben. Er wird William als Sohn anerkennen und als Erben einsetzen. Dich, den Bastard ...« das Wort sprach sie mit Verachtung aus. »... wird er anerkennen.«

»Ich fahre morgen zum Friedensrichter«, ergänzte Vater und regele, was nötig ist.«

Cyrus erbleichte, trank sein Glas aus, knallte es auf das Tablett und ging, nein, stürmte wortlos aus der Bibliothek.

***

Der Augenblick verschluckte William. Ein solches Hochgefühl hatte er selten erlebt. Seine geliebte Gertie stand vor ihm, vor dem Stadthaus ihrer Herrschaft. Brauner im Gesicht als vor der Reise. Obwohl sie ihm geschrieben hatte, dass ihre Herrschaften und sie sich stets und ständig vor der Mittelmeersonne geschützt hatten. Sie umarmten sich, ihre Lippen fanden sich und blieben zusammen, als wenn sie sich nie wieder trennen wollten. Er konnte sein Tränen nicht zurückhalten. Sie liefen, und eine riesige Last fiel von ihm ab.

Sie ist wieder da! Meine Gertie. Endlich. Alles wird gut werden, schoss ihm durch den Kopf und er drückte sie fest an sich.

»Ich kriege keine Luft mehr«, keuchte Gertie und löste sich ein wenig. Sie hatte wie er Tränen in den Augen. »Es … es … es ist so schön, dass du wieder da bist, Liebste.«

»Und ich habe drei Tage frei. Mylady hat mir freigegeben, damit ich meine Heimkehr mit dir feiern kann.«

»Oh, das ist wunderbar. Was unternehmen wir?«

Gertie griff in eine Tasche ihres Kleides, holte ein Tüchlein heraus. Sie wischte sich die Tränen weg und schnieft tief.»Wir sind verlobt, Liebster«, sie errötete und schlug keck die Augen nieder.»Wenn du willst, können wir uns einen Gasthof suchen oder deine Eltern fragen, ob …«

Sie ist schon wieder schneller als ich …, dachte William. Ihm wurde heiß bei dem Gedanken, mit ihr endlich allein sein zu können. Er spürte, wie dieser Gedanke Besitz von seinem Körper ergriff.

»Ich kenne keinen Gasthof, der uns aufnimmt. Man kennt uns nicht und wird uns nicht glauben, dass wir verheiratet sind.«

»Aber ich kenne einen.«

»Wie das?«

»Eine der Dienerinnen in unserem Hause hat einen Bruder, der einen Gasthof weiter weg auf dem Land betreibt, wo uns niemand kennt. Er würde uns dort übernachten lassen, wenn wir ihm etwas mehr als üblich bezahlen. Das hat sie mir so erzählt.«

»Ich, ich hab etwas Geld. Wir mieten uns eine Droschke und fahren dahin, Liebste.«

»Ich habe auch Geld, habe nichts gebraucht in den letzten Monaten.«

»Dann machen wir das. Ich freue mich.«

»Ich auch«, sagte Gertie und küsste William innig. »Ich gehe und mache mich reisefertig.«

»Ich gehe eine Kutsche für uns mieten, Liebes. Wir werden eine schöne Zeit haben …«

»… und reden. Es gibt das Problem, das du in deinem letzten Brief hattest.«

»Und du hast mir so wunderbar geantwortet, Liebes. Da gibt es noch etwas, was mir inzwischen passiert ist. Das habe ich dir noch nicht erzählt. Dann wirst du mich noch besser verstehen. Ich lasse dich nicht gehen.«

***

Nachdem Mutter und Vater Cyrus deutlich gemacht hatten, dass er nicht der Erbe von Skinnerpick sein würde, bemühten sie sich um William. Zwei Boten kamen von den Browns unverrichteter Dinge zurück. Sie sollten den künftigen Skinnerpick-Erben zu einem Gespräch nach Backlynn-Castle einladen. William sei drei Tage verreist hieß es das eine, er sei auf der Baustelle beschäftigt das andere Mal. Deshalb fuhr ich ihn jetzt eigenhändig auf der Baustelle abholen. »Er weicht der Entscheidung für oder

gegen seine Zukunft mit uns aus«, hatte ich Mutter gesagt.
»Wir sollten ihm helfen, es zu tun.«

»Was meinst du damit?«, hatte sie gefragt.

»Ich hatte die Idee, euch eineinhalb Stunden in der Kutsche zusammenzubringen. Das ging ja schief, wie du weißt. Aber es hat dazu geführt, dass Vater für ihn sehr eingenommen ist, weil William ihm so vorbehaltlos geholfen hat. Das müssen wir ausnutzen. Ich hole ihn her.«

MP Hyatts' Haus, an dem William arbeitete, beeindruckte mich mit seiner klassischen Fassade mit Säulen, Erkern, einer Veranda und verzierten Fenstern. Man ahnte großzügige Empfangs- und Wohnbereiche dahinter. Von außen sah man nichts von der Renovierung. Ich hielt die Kutsche vor dem Eingang an und hörte Arbeitsgeräusche von innen. Auf mein Klopfen an der Tür reagierte niemand. Also ging ich hinein. Jemand hämmerte weiter oben. William war im Erdgeschoss mit einem Helfer dabei, einen großen Tisch abzuschleifen. Ich erkannte ihn, obwohl er schwitzte und über und über mit Schleifstaub bedeckt war. Seine Augen strahlten, wie ich sie kannte. Nach dem Überfall traf ich ihn das erste Mal.

»Pass auf, hier ist alles schmutzig«, rief er mir zu, als ich auf ihn zuging. »Mach mir nichts aus, William«, sagte ich, machte den letzten Schritt und umarmte ihn. Er sah mich verdutzt an und sagte verlegen zu seinem Helfer: »Lady Florence, meine … meine Schwester.« Dem anderen Handwerker fiel fast der Schleifklotz aus der Hand. »Schwester?«, stotterte er. Ich gab ihm die Hand. »Ein Mensch wie Sie. Freut mich.« Er bekam den Mund nicht mehr zu. »Ich bin da, um dich für einen kleinen

Ausflug nach Backlynn-Castle abzuholen, William. Es ist Zeit, dass wir reden. Vater möchte es und Mutter möchte es auch.«

»Ich, ich …«, stammelte William.

»Du hast doch sicher mit Gertie alles besprochen? Jetzt kannst du mit uns reden. Ich möchte es übrigens genauso wie die Eltern.«

»Aber ich, so wie ich aussehe, kann ich doch nicht …«

»Doch, du kannst. Die Skinnerpicks müssen sich daran gewöhnen, einen arbeitenden Menschen in der Familie zu haben, oder?«

Mutter wird sich schwer tun damit, aber entweder akzeptiert sie das, oder sie kriegt ihn nie in die Familie …

William zögerte, dann sagte er:»Ich komme mit, aber nur, wenn ich mich zuhause kurz waschen und umziehen kann.«

Dagegen konnte ich nichts haben, weil ich froh war, dass er so schnell zugestimmt hatte.

Folglich fuhren wir bei den Browns vorbei, er machte sich frisch und ‚ansehnlich' wie er sich ausdrückte. Ein leicht wohliges Gefühl der Vertrautheit stieg in mir auf, als er so nah neben mir auf dem Kutschbock saß und ich ihn roch und spürte. Ich war optimistisch, dass er sich für ein gemeinsames Leben mit uns entscheiden würde. Wir plauderten über seine Arbeit bei MP Hyatt, und er schwärmte von seinem Bauherrn und der Ausstattung des Hauses. Sie sei so schön, wie ich sie mir kaum vorstellen könne. Ich lenkte ihn sanft auf den Schulhausplan auf Backlynn-Castle. Seine Begeisterung auch für dieses Projekt war nicht zu überhören. Er strahlte Leidenschaft,

Frische und Freude für seinen Beruf auf, wie ich sie im Kreise meiner Klasse selten erlebt hatte. Aber – diese Einschränkung machte er – erst nach Hyatt's Haus käme ich dran. Die Zeit verflog, und wir fuhren vor meinem Zuhause vor. Mr. Summer erwartete uns vor dem Eingang und begrüßte uns. Es war wie immer sein Geheimnis, wie er unsere Ankunft erahnt hatte.

»Mylady, Mylord, willkommen. Lady Miriam und Lord Arthur erwarten Euch«, begrüßte er uns. Ich merkte, wie William bei der Anrede zusammenzuckte, und fragte mich, wie gut der Butler wieder einmal informiert war. Mr. Summer war auf seinem Gebiet ein Genie darin, Entwicklungen im Haus Skinnerpick zu sehen oder zu erfühlen. William wollte etwas sagen, doch ich drückte seine Hand und sagte nur: »Alles wird gut.«

Wir stiegen aus, und ein Diener übernahm die Kutsche. »Komm, gehen wir ins Haus.« Der Butler schritt vorweg, und wir folgten ihm, bis vor den Salon. Mr. Summer wollte uns ankündigen, das wusste ich. Ich kam ihm zuvor. »Danke, Mr. Summer, wir kommen zurecht.« Er verneigte sich und zog sich zurück.

»William und ich sind zurück«, sagte ich, als wir den Salon betraten. Mutter und Vater saßen auf einer Chaiselongue nebeneinander. Ein Tischchen mit Tee und Gebäck vor ihnen. Vater stand auf, umarmte mich und gab William die Hand. »Ich freue mich, dass du gekommen bist, mein Sohn.«

Mutter blieb sitzen, hielt William ihre Hand entgegen. Er deutete den Handschlag formvollendet an, wie er es schon bei der ersten Begegnung getan hatte. Sie strahlte.

»Es ist schön, dass wir uns endlich eingehender unterhalten können, William.« Sie lächelte uns an und zeigte auf zwei Stühle vor dem Tischchen ihnen gegenüber. Wir setzten uns. Mutter schenkte Tee ein. Es waren keine Diener im Raum.

»Ich bin ... froh, hier zu sein, obwohl die Einladung durch Florence etwas überraschend kam.« Er schenkte mir wieder so ein bezauberndes Lächeln, in das ich mich zu verlieben begann. Ich konnte seine Verlobte verstehen. *Wie sie wohl sein wird?*

»Fang du an, Arthur«, sagte Mutter.

»Die Ereignisse haben einen schlimmen Verlauf genommen, William. Man hat versucht, dich umzubringen. Mich auch, der ich zufällig dazu kam. Ich habe meinen Schwächeanfall dank deines beherzten Eingreifens gut überstanden. Mir ist erst viel später klar geworden, dass ich hätte abstürzen können, als ich zwei Inches vor der Felskante zu taumeln anfing. Ich danke dir von Herzen dafür, du hast Schlimmeres verhindert.«

William errötete leicht und sagte: »Das war doch eine Selbstverständlichkeit.«

Mutter räusperte sich ungeduldig. »Arthur, mach weiter.«

»Natürlich, Miriam. Wir haben gehört, dass du dich mit deiner Verlobten beraten wolltest, in welche Richtung du dein Leben jetzt fortsetzen wirst. Du hattest bisher keine Möglichkeit, es selbst in die Hand zu nehmen. Jetzt ist die Gelegenheit da. Uns ist klar, dass es eine kaum vorstellbare Veränderung für dich sein kann. Florence hat für dich gesprochen und uns überzeugt, dass man dich nicht zwingen kann und sollte. Doch von einer Sache sind wir, deine leiblichen Eltern, überzeugt. Die Verbindung zwischen uns ist da, sie existiert. Mutter und ich fühlen sie, obwohl man 23 fehlende Jahre nicht durch Worte und wenige Begegnungen ersetzen kann. Du hast zudem Eltern, die dich als ihr Kind großgezogen haben, und die du liebst. Das respektieren wir.«

Ich sah, wie Mutter Vaters Hand ergriff und streichelte. Vater holte tief Luft. »Deshalb, lieber William, werde ich dich als meinen Erben einsetzen, ganz egal, wie du dich entscheidest. Denn du bist es. In dir fließt das Blut der Skinnerpicks. Meine Frau und ich bieten dir an, alles Notwendige zu vermitteln, damit du diese Verantwortung übernehmen kannst. Und – das halten wir für enorm wichtig – deine Zieheltern können, wenn sie wollen, hier auf Backlynn-Castle in deiner Nähe leben. Diese Verbindung soll nicht abreißen, das möchten wir dir nicht antun.«

Vater hatte bis hierhin gestanden. Er setzte sich und griff zur Teetasse. »Jetzt bist du dran, William. Was sagst du dazu?«

Alle schauten wir auf William, der seine Hände knetete. Er blickte uns offen an, holte tief Luft und sagte: »Ich danke euch für dieses Angebot. Gertie, so heißt meine Verlobte, ist in einem herrschaftlichen Haushalt in Bristol angestellt. So habe ich einen gewissen Einblick in das Leben der Aristokraten. Sie hat mich beraten. Wir wollen bald heiraten, und sie weiß, dass ich als Lord meinen Titel wieder verlöre, wenn sie meine Frau wird.«

Vater und Mutter schauten sich verschreckt an.

»Deshalb will sie meinem Glück nicht im Wege stehen und verzichtet auf mich, wenn ich euer Angebot, eine neue Lebensrichtung einzuschlagen, annehme. Das erschreckt mich total, weil ich sie von Herzen liebe und mir ein Leben ohne sie nicht vorstellen kann. Ich sage es deutlich – ich komme nur in die Familie, wenn ich sie heiraten darf. Ihr habt ja noch Cyrus. Gertie sagt, dass ein Bastard zwar nicht erben kann, aber man muss den Bastard ja nicht an die große Glocke hängen. Cyrus ist hier aufgewachsen und als Gentleman erzogen…«

Eine Minute herrschte Schweigen. Ich wusste nicht, was ich dazu sagen sollte, und blieb still. Außerdem war das eine Sache von Vater und Mutter. In deren Gesichtern arbeitete es. Dann sagte Mutter:»Ich danke dir«, sie schaute zu Vater, der nickte,»wir danken dir für deine offenen Worte, die uns nicht völlig überraschen. Wir haben uns überlegt, was wir in so einem Fall tun sollten. Wir akzeptieren deinen Entschluss, so wie du ihn ausgesprochen hast, und setzen auf die Zeit. Besonders ich möchte, dass du Teil meines Lebens wirst, dem 23 Jahre mit dir fehlen. Wenn du, wenn ihr erst einmal bei uns lebt und euch an dieses Leben gewöhnt habt, werden wir weiter sehen. Nicht wahr, Arthur?«

Vater nickte, auch wenn ich ein leichtes Zögern in seinen Augen las. Ein Erbe, der kein Erbe sein kann, das konnte er nicht so gut finden. Aber Mutter hatte sich durchgesetzt. Schließlich hatte Vater ein Mädchen geschwängert, sie betrogen, als sie kurz verheiratet ihr erstes Kind, William, unter dem Herzen trug.

Geschieht ihm Recht ...

Ich hatte das Gefühl, alles sei gesagt, und freute mich. Doch William lag noch etwas auf dem Herzen. Er stand auf. »Ein Problem habe ich noch. Das möchte ich ansprechen, damit es nicht unausgesprochen bleibt. Wer hat einen Mörder beauftragt, mich umzubringen, einen einfachen Handwerker ohne Vermögen? Feinde habe ich keine. Das kann doch nur jemand sein, der ein Interesse daran hat, dass ich nicht mehr da bin. Da du es nicht warst, Vater, fällt mir nur einer ein – mein Halbbruder Cyrus. Wie soll ich hier mit ihm unter einem Dach leben?«

Er setzte sich wieder und griff nach seinem Tee, trank die Tasse aus. Dann erhob er sich und sagte: »Solange das nicht geklärt ist, lebe ich mein altes Leben. Florence, kannst du mich bitte nachhause bringen lassen. Ich muss mich umziehen und an meiner Baustelle weiterarbeiten. MP Hyatt möchte Fortschritte sehen.« Er verbeugte sich kurz und ging aus dem Salon in den Flur.

Wir waren alle wie vom Donner gerührt. Ich erholte mich am schnellsten, eilte hinterher und veranlasste das von ihm Gewünschte. Wir schwiegen, bis die Kutsche vorfuhr. Bevor er einstieg, umarmte ich ihn und flüsterte: »Alles wird gut, William. Alles wird gut.« Er hatte Tränen in den Augen, als er wegfuhr. Von dem charmanten Lächeln konnte ich nichts erkennen.

***

Nachdem William gefahren war, saßen Vater, Mutter und ich noch eine Weile im Salon. Meine Eltern waren niedergeschlagen und wütend zugleich. »Das heißt, dass Cyrus es zugeben muss, wenn er es war. Ich kann es mir leider vorstellen, und alles spricht gegen ihn«, sagte Vater.

»Und wenn er es zugibt, dann muss er entweder vor Gericht oder weg, sonst kommt William nicht«, bemerkte Mutter.

»Vor Gericht kommt er nur, wenn es öffentlich wird«, steuerte ich bei.

»Richtig«, sagte Vater. »Das könnten wir verhindern.« Dann stand er auf und sagte wütend: »Ich gehe zu ihm und prügele es aus ihm heraus. Er ist es nicht wert, einmal Earl zu werden.«

»Lass das sein, Arthur. Das ist kein Weg. Außerdem ist er stärker als du. Setz dich wieder«, meinte Mutter.

»Aber untätig bleiben können wir auch nicht«, sagte ich. »Irgendwoher weiß das Personal, zumindest ein Teil, zum Beispiel Mr. Summer, welche Rolle William einnehmen könnte. Und dem Kutscher von der Klippe rutscht vielleicht auch etwas heraus.«

»Das stimmt auch«, sagte Mutter. »Soll ich mit ihm reden?«

»Und dann? Schicken wir ihn weg, weit weg?«, fragte Vater.

»Wäre ein Weg«, sagte ich. »Ich glaube, ich spreche mit ihm. Ich habe einen Plan.«

»Wie sieht der aus?«, fragten Vater und Mutter wie aus einem Munde.

Ich wusste es selbst nicht, sagte aber: »Den verrate ich euch hinterher. Aber ich brauche eine günstige Gelegenheit.«

Damit hatte ich mir Zeit zum Nachdenken geschaffen, was ich auch tat. Ich setzte mich in meinem Zimmer an den Schreibtisch und skizzierte die Lage. Wenn Cyrus jemanden tatsächlich beauftragt hatte, musste er mit ihm Verbindung aufgenommen haben. Das konnte er ohne Probleme in seiner Rolle als Soldat. Dort würde ich von niemandem etwas erfahren. Der Weg schied aus. Wenn es so war, befand ich mich in einer Sackgasse. Wenn er von zuhause aus etwas unternommen hatte, hätte jemandem vom Personal etwas auffallen können. Jemand musste ihn besucht haben, oder er muss sich mit jemandem außerhalb getroffen haben. Wenn das zuträfe, würde es einer auf jeden Fall wissen: Mr. Summer. Ich ließ ihn kommen und wir setzten uns vor meinem Schreibtisch hin.

»Wie lange sind Sie schon bei uns, Mr. Summer?«, begann ich das Gespräch.

»Fast 30 Jahre, Mylady.«

»Und? Sind sie zufrieden?«

»Wenn ich es nicht wäre, wäre ich nicht hier, Mylady.«

»Das ist schön.«

»Was möchtet Ihr wissen, Mylady? Ihr ruft mich doch nicht einfach so zum Plaudern.«

»Ihnen kann man wenig vormachen, stimmt's?«

»Zu viel der Ehre, Mylady.«

»Ich möchte tatsächlich etwas wissen, Mr. Summer.«

»Ich höre.«

»Ist Ihnen in letzter Zeit etwas an meinem Bruder Cyrus aufgefallen?«

»Mylady, es steht mir nicht zu, das Tun und Lassen von Familienmitgliedern zu beurteilen.«

»Das weiß ich. Aber, wenn ich Sie darum bitte?«

»Mylady wissen, dass ein Butler alles sehen und hören darf, aber darüber wie ein Grab schweigen muss.«

»Sie sind länger in der Familie, als ich lebe. Neben Anne sind Sie der, der Cyrus und mich am meisten erzogen hat, stimmt's?«

»Dafür bin ich sehr dankbar.«

»Wenn Sie Cyrus und mir und der Familie einen großen Dienst erweisen könnten, würden Sie es doch tun?«

»Sicher. Mylady.«

»Dann denken Sie bitte nach und sagen mir, ob Ihnen an Cyrus in den letzten Wochen etwas aufgefallen ist.«

Er dachte ein Weile nach und begann vorsichtig: »Da ist in der Tat etwas Eigenartiges passiert. Vor zwei Wochen – niemand erfährt doch, dass Ihr es von mir habt, Mylady?«

»Natürlich.«

»Vor zwei Wochen ist Euer Bruder nicht wie sonst mit seinem Rappen Glorious vor dem Einspänner weggefahren, sondern mit dem Braunen und er hat sich – sagen wir – verkleidet.«

»Verkleidet?«

»Ja, sein Kammerdiener erzählte mir, dass er sich ungewohnte Kleidung herauslegen ließ. Der Diener schätzte, er wolle wie ein Ingenieur aussehen, und legte eine Schutzbrille dazu. Lord Cyrus akzeptierte das ohne ein Wort.«

»Ingenieur?«

»Tweedanzug mit Weste, weißes Hemd, Fliege, robuste Lederstiefel. Darüber ein Arbeitsmantel und zu guter Letzt einen Bowlerhut.«

So habe ich ihn noch nie angezogen gesehen ... »Das ist wirklich eigenartig. Wohin kann er damit gewollt haben?«

»Das entzieht sich leider meiner Kenntnis, Mylady. Aber ...«

»Aber?«

»Da wäre noch etwas. Nachdem er gestürzt war, wieder mit dem Braunen, hat er sich gezwungenermaßen in der Bibliothek aufgehalten. Dort hat er sich über eine falsche Zeitung derartig aufgeregt, wie ich ihn bis dahin nie erlebt hatte.«

Das war der Ritt, zu dem er wie vom Teufel verfolgt aufgebrochen war ... Als wäre er durch den Sturz an etwas für ihn Lebenswichtigem gehindert worden ... Was war vorher geschehen, dass ihn so blitzartig aufbrechen ließ?

»Wirklich seltsam, Mr. Summer. Gibt es sonst noch etwas?«

Er schüttelte den Kopf. »So leid es mir tut, Mylady. Mehr habe ich nicht.«

»Es ist gut, Mr. Summer. Vielleicht kann ich damit etwas anfangen.«

»Verzeiht. Hat es damit zu tun, dass Euer neuer Bruder fast umgebracht worden ist?«

Ich lächelte ihn an und sagte: »Ein Butler darf alles sehen und auch hören, er denkt sich sein Teil, doch er schweigt wie ein Grab, oder?«

»Ich verstehe, Mylady.«

»Danke, Mr. Summer. Sie haben mir geholfen.«

Er verabschiedete sich mit einem Nicken und ließ mich allein.

Ich legte mich aufs Bett und dachte nach. Nach und nach reifte ein Plan … Vor meinen Augen stand auf einmal glasklar, was mein Bruder Cyrus getan hatte.

***

Cyrus hatte das Gespräch mit den Eltern verdaut und auch nicht. Er war sich nicht sicher, wie sein Handeln angekommen war. Ganz nüchtern war er ja nicht gewesen. Aber er hatte jetzt Klarheit, er würde nicht der Erbe sein, der er gerne geworden wäre. Im ersten Impuls wollte er schon wieder zur Brandyflasche greifen. Eine ungewohnte innere Stimme hinderte ihn.

Was mache ich denn dann? Einen Beruf ausüben?

Ich habe ja schon einen. Ich bin Offizier. Damit kann man etwas anfangen. Hat Vater ja auch erkannt. Als anerkannter Bastard muss man nicht schlecht leben. Aber mit diesem William auf Backlynn-Castle?

Der innere Widerstand schmolz dahin. Er nahm die Karaffe und schenkte sich ein. Doch es klopfte an der Tür, bevor das Glas ansetzen konnte. Er machte sich nicht die Mühe, zur Tür zu humpeln und rief:»Herein!«

Florence trat ins Zimmer.

»Oh, Schwester, was verschafft mir das zweite Mal heute die Ehre. Auch ein Glas?«

»Danke, nein, ist mir zu früh. Darf ich mich setzen?«

»Nur zu. Für einen Brandy ist übrigens nie zu früh ... Was willst du?«

Florence setzte sich.

»Sag mal, Cyrus, willst du dein Offizierspatent aufgeben?«

»Wie kommst du den darauf?«

»Mir ist zu Ohren gekommen, dass du dich bei der Eisenbahngesellschaft vorgestellt hast. Irre ich mich?«

Was soll das denn?

Cyrus schluckte, seine Gedanken rasten.

»Wer hat dir denn das erzählt?«

»Niemand, aber ich weiß, dass du dich wie ein Ingenieur angezogen hast und ohne deinen geliebten Rappen, den jeder kennt, weggeritten bist. Was hast du getan? Mit wem hast du dich getroffen?«

Cyrus wurde warm um den Hals, er hüstelte und nahm einen großen Schluck aus seinem Glas.

Florence fuhr fort:»Ich erinnere mich, Cyrus, dass das passiert ist, nachdem wir einen Familienrat hatten. Da hat Vater dir gesagt, das du doch beim Militär Karriere machen kannst, wenn William Erbe wird. Erinnerst du dich?«

Und wie ich mich erinnere ...

Cyrus begann zu schwitzen.»Ja, und?«

»Vielleicht hast du ja beschlossen, etwas zu unternehmen, um das zu verhindern. Und dazu brauchtest du jemanden, der Einfluss genug und Verbindungen zu Verbrechern hat.«

»Du redest irre. Ich glaube, du willst gehen …«

»Noch nicht, Cyrus. Ich erinnere mich an noch etwas. Als du wie vom Teufel gezwickt weggeritten bist, wieder mit dem Braunen, hatten wir vorher ein Gespräch mit William. Erinnerst du dich?«

»Geh bitte …«

»In diesem Gespräch, das war vier oder fünf Tage nach dem Familienrat, hat William gesagt, dass er vielleicht gar nicht Erbe werden will. Du hast das gehört und plötzlich gemerkt, dass der Mord an William möglicherweise gar nicht nötig ist. Dann hast du versucht, das zu verhindern. Wie weiß ich nicht, aber dazu musstest du irgendwo hin. Möglichst schnell. Stimmt's?«

»Hör … hör auf …«

Aber Florence ließ sich nicht beirren. »Da du gestürzt bist, hast du nicht mehr aufhalten können, was du angestoßen hattest. Deshalb warst du unausstehlich zum Personal, Unausstehlicher als du sonst schon bist. Es ist aufgefallen.«

»Ich … ich …«

Florence stand auf, ging nah an ihn heran und tippte ihm mit ihrem Finger an die Brust. »Ich glaube, ich habe den Nagel auf den Kopf getroffen. Wer hat dir denn geholfen? Moment, wo braucht man denn im Augenblick Ingenieure? Oder – wo fällst du nicht auf, wenn du wie einer angezogen bist? Bei der Eisenbahn vielleicht? Kennst du dort jemanden? Vielleicht von früher? Hat Vater nicht mal fallen lassen, du hättest in Cambridge schlechten Umgang gehabt? Er hat sogar einen Namen genannt. Ich erinnere mich nicht, aber er wird es noch wissen. Soll ich einen Privatdetektiv engagieren oder es Vater empfehlen?« Cyrus wich zurück und sah sie mit großen Augen an. *Florence ist teuflisch klug. Wenn sie das machen, kommen sie mir mit Sicherheit auf die Spur, oder? Hendrik hat gesagt, seinem Mann könne man nichts nachweisen und der ist tot ...* Er schob seine Schwester von sich. »Du, du solltest jetzt wirklich gehen. Deine Phantasie geht mit dir durch, Florence. Mach die Tür zu.«

»Dein Blick schreit wie ein Geständnis, Cyrus, er kann meinem nicht standhalten. Du weichst mir aus. Ich weiß ich habe Recht mit meiner Vermutung.«

»Raus!«

»Denk darüber nach. Wenn du reinen Tisch machst, ist die Möglichkeit noch groß, dass dir rein gar nichts passiert, Bruder. Ich drücke es so aus: Du bist dabei, die Familie zu zerstören, nicht William oder ich. **Du** bist es! Ich warte zwei Tage, dann ...«

***

Vater und Mutter erzählte ich nicht, wie das Gespräch mit Cyrus gelaufen war, obwohl sie mich drängten. Ich bat sie um zwei Tage Geduld, dann würde sich die Angelegenheit klären, oder Vater könne es mit Prügeln versuchen. Beide sahen mich ziemlich skeptisch an, aber gaben Ruhe. Cyrus zeigte sich am nächsten Tag nicht. Bei keiner Mahlzeit. Er ließ sich zu essen aufs Zimmer bringen. Ich war mir nicht sicher, ob ich es richtig gemacht hatte. Doch es war auch für mich unvorstellbar, mit dem Auftraggeber eines Mordes unter einem Dach zu leben. Für William wäre es ohnehin unzumutbar. Mutter tat mir leid. Sie hat ein fremdes Kind großgezogen und geliebt, das sie jetzt an der Wiedervereinigung mit ihrem leiblichen Sohn hindert, ihn sogar umbringen lassen wollte. All die schönen Erinnerungen an die gemeinsame Kindheit und Jugend mit Cyrus schienen mir wie weggeblasen, zugeschüttet durch die Ereignisse der letzten Wochen. Fürchterlich. Ich hätte nie gedacht, dass so etwas passiert. *Bin ich doch die Zerstörerin der Familie? Oder Anne?*

Am zweiten Tag mittags erschien Cyrus zum Mittagessen – in voller Uniform.

Mutter, Vater und ich saßen bei einer köstlichen Wildsuppe. Unser französischer Koch war ein Würzkünstler. Man schmeckte vom Thymian genau so viel, dass man ihn bemerkte, er aber den Wildgeschmack nicht übertönte. Wunderbar.

»Setz dich doch, Cyrus. Warum bist du in Uniform?«, fragte Vater.

»Schick bitte die Diener raus«, sagte Cyrus leise. Das tat Vater.

Mir kam Cyrus' Gesicht verquollen vor, in jedem Fall unausgeschlafen, die Wangen gerötet. Er schwitzte. Getrunken hatte er nicht. Ich bemerkte keine Fahne, als er sich neben mich setzte. Ich griff nach der Suppenkelle.

»Danke, keine Suppe für mich«, sagte er. »Ich habe euch etwas zu sagen.«

Vater und Mutter legten die Löffel zur Seite, wischten sich mit den Servietten über den Mund und schauten Cyrus erwartungsvoll an. Er holte tief Luft, fuhr sich mit dem Ärmel über die Stirn.

Mit klarer Stimme, aber sehr leise, sagte er: »Ich bin verantwortlich für den Anschlag auf William und alles, was dabei noch passiert ist. Es tut mir unendlich leid. Ich wollte es noch verhindern, aber dann bin ich mit dem Pferd gestürzt und …«

Vater sprang auf, der Stuhl fiel hinter ihm auf den Boden. »Ich kann es nicht glauben, mein Sohn, ein Bruder, der seinen Bruder umbringen will. Wie Kain und Abel. Du bist nicht würdig, mein Erbe anzutreten. Du gehörst ins Gefängnis, am besten nach Australien.«

Mutter schloss sich an. »Du wolltest mein leibliches Kind töten lassen. Es sollte wie in Unfall aussehen, damit man dir nicht auf die Schliche kommt? Wie verdorben ist das denn? Ich dachte, wir hätten dir genügend Charakter anerzogen. Geh mir aus den Augen …«

Charakter kann man nicht anerziehen, schoss mir durch den Kopf. *Den hat man von seinen … Eltern, Annes Tochter war auch beteiligt …*

»Es tut mir so leid.« Aus Cyrus Augen schossen Tränen. Er schluchzte. »Ich wünschte, ich hätte diese unsägliche Idee nie gehabt.«

»Wer hat dir geholfen? Nenn mir den Namen, ich bringe ihn vor Gericht«, zischte Vater. »Ich höre.«

»Ich werde euch verlassen«, sagte Cyrus, statt zu antworten. »Ich gehe nach Indien.«

Ich weiß, wie man es herauskriegt. Ein alter Freund aus Cambridge-Tagen. Soll ich es aussprechen? Wenn man den findet, geht Cyrus ins Gefängnis oder schlimmer ... und alles wird öffentlich ...

Vater hatte Mühe, sich zu beherrschen, das sah ich. Er ballte die Fäuste, die Zähne knirschten, seine Stimme zitterte. »Ich verfluche dich, Cyrus. Brudermörder! Verschwinde aus meinem Leben, oder ich zerre dich vor ein Gericht!« Er warf die Serviette in den Suppenteller, dass die Suppe aufspritzte und zeigte zur Tür.

Cyrus machte einen Schritt in Richtung Tür. Ich sprang auf und stellte mich mit ausgebreiteten Armen dazwischen.

»Halt!«, rief ich. »Überlegt, was ihr tut!«

Aber Vater war noch nicht fertig. »Auf keinen Fall werde ich dich anerkennen. Niemals!«, brüllte er. Ich war sicher, dass die Dienerschaft das mitbekam. Aber das konnte ich nicht ändern.

»Was sollen wir überlegen, Florence?«, fragte Mutter. »Dieses hinterhältige Stück Dreck hierbehalten?«

Wo hat meine Mutter so einen Ausdruck her?

»Ich verstehe, dass du wahnsinnig enttäuscht bist, Mutter. Du gleichermaßen, Vater. Aber denkt bitte einen Tag nach oder schlaft eine Nacht darüber. Immerhin ist

Cyrus hier und hat gebeichtet, was er getan hat. Ein ›Stück Dreck‹ wie du es nennst, Mutter, hätte das nicht getan. Das hätte gelogen und gelogen …«

»Bis man es ihm bewiesen hätte«, warf Vater verächtlich ein.

»Das meine ich, Vater. Wie hätten wir es denn beweisen können? Der Täter ist tot, und Cyrus wird seinen Helfer nicht verraten, oder?«

Cyrus stand mit aschfahlem Gesicht vor mir und schüttelte den Kopf.

»Seht ihr?«, sagte ich und wandte mich an Mutter. »William will nicht kommen, ohne dass diese Sache geklärt ist. Wenn Cyrus nicht die Wahrheit gesagt hätte, wäre William also nie gekommen. Zumindest auf lange Zeit nicht.«

Ich sah, wie es in Mutter und auch Vater arbeitete. »Du hast nicht Unrecht, Florence«, begann Mutter zögernd. »Ich verstehe, worauf du hinauswillst.«

»Ich nicht«, blaffte Vater, dem die Wut immer noch aus den Augen sprang. »Erklär's mir.«

»Wir dürfen daraus keine laute Angelegenheit machen. Es darf nicht öffentlich werden. Das ist schlecht für uns alle. Auf den Namen Skinnerpick darf kein Schatten fallen. Cyrus muss uns ganz offen mit einem in aller Augen normalen, nachvollziehbaren Grund verlassen. Nicht als Eingeständnis von irgendetwas.«

»Und so lange, dass William ihn nicht als Hinderungsgrund erfährt, richtig?«, fragte Mutter.

»Genau. Wenn Cyrus – sagen wir – für fünf oder zehn Jahre ins Ausland geht. Indien, Australien, Amerika, egal, um da Karriere zu machen, ist das ein plausibler Vorgang. Dass es so aus heiterem Himmel kommt, hat sich so ergeben. Die Wege des Militärs sind doch gewunden und nicht immer auf den ersten Blick einleuchtend. Stimmt's, Cyrus?«

Cyrus nickte und flüsterte:»Colonel Strongbook hat mich sogar schon gefragt, ob ich nach Indien will. Dort ist eine Beförderung drin.«

Vaters Wut ließ nach, das erkannte ich sofort. Seine Augen wanderten von Cyrus zu Mutter und mir. Ein kleines Lächeln spielte um seine Lippen. Er nahm seine Serviette und wischte Suppenspritzer von seinem Tellerrand.»Was habe ich für eine kluge Tochter.«

»Geh auf dein Zimmer, Cyrus. Wir sagen dir Bescheid, was wir tun werden«, sagte meine Mutter kühl wie immer.

»Lass uns weiteressen. Schick die Diener wieder rein«, rief sie Cyrus hinterher.

Walter wird auch stolz auf mich sein, wenn ich es ihm erzähle ...

***

Cyrus packte für die Abreise, hörte ich von Mutter. Bei all dem schrecklichen, das er getan hatte, tat er mir dennoch leid. Über 20 Jahre meines Lebens, erinnert etwa 15, war er mein Bruder. Mein Schutzschild und Objekt zum Spielen und Erleben. So viel hatten wir gemeinsam getan, und jetzt so ein fürchterlicher Schnitt. Und ich hatte ihn ausgelöst, oder Anne, oder Vater und Mutter. Wir alle waren ein wenig beteiligt. Deshalb wollte ich ihn nicht ohne ein Abschiedswort ziehen lassen. Zum Frühstück war er nicht erschienen, so ging ich danach zu ihm auf sein Zimmer. Mr. Summer stand vor der Tür mit einem Umschlag in der Hand, und ich hörte Geräusche von innen. »Mein Bruder da drin?«, fragte ich. Der Butler schüttelte den Kopf. »Lord Cyrus ist eben abgefahren. Er hat mir freudig erzählt, dass er nach Indien muss, um dort Captain zu werden. Das Schiff geht früher als geplant. Ich habe ihn beglückwünscht und lasse aufräumen. Diesen Umschlag für Sie habe ich gefunden, Mylady.«

Er gab ihn mir und ich riss ihn auf. Da drin befanden sich ein kurzer Brief und ein zusammengefaltetes Stück dickeres Papier. Ich faltete es auf, es war die aus dem Kirchenbuch herausgerissenen Seite mit dem Eintrag von William und Cyrus. Das Brieflein bestand aus drei Zeilen: »Liebe Florence, es tut mir unendlich leid. Vergiss mich nicht. Dein Cyrus.« Es trieb mir die Tränen in die Augen.

»Alles in Ordnung, Mylady?«, fragte der Butler, der ein paar Schritte zur Seite gegangen war, als ich den Umschlag aufmachte.

»Danke, Mr. Summer. Ein Abschied ist immer schwer, egal aus welchem Grund.«

Cyrus war also weg. Der Weg frei für William und seine Zieheltern. Mutter fabulierte von einem großen Fest zum Empfang und Einzug auf Backlynn-Castle und schwebte vor Vorfreude auf ihren leiblichen Sohn durchs Haus. Vater wartete auf den Friedensrichter mit der Anerkennungsurkunde für William und schien mir aufgeregt.

Ich kümmerte mich ums Praktische. Wo sollten die Browns wohnen? Wo das Zimmer für William? In das von Cyrus sollte er nicht ziehen, auch wenn ich ihn gern in meiner Nähe gehabt hätte. Mr. Summer, den ich so weit wie möglich in die Umstände einweihte, hatte – wie immer – eine passende Idee. Wir haben ein kleines Haus am Eingang zum Park, das ursprünglich als Wohnung für die Gärtner diente, die den Park gestalteten. Nicht übermäßig groß, aber mit acht Zimmern und einem kleinen Garten drum herum. »Dort kann die Familie Brown nahezu so wohnen, wie sie es gewohnt sind. Und, wenn ich Mylady den Vorschlag machen darf, zu Beginn könnte Lord William dort auch ein Zimmer haben und bei seinen Zieheltern sein, wenn er möchte.«

Das Häuschen war in gutem Zustand, diente aber eher als Abstellfläche.

Seine Verlobte dürfen wie auch nicht vergessen, fiel mir noch ein.

Mutter fand die Idee nicht so gut, sie hätte William am liebsten bei sich im Nebenzimmer gehabt.

»Wir müssen die Umstellung für alle so sanft wie möglich gestalten.«, sagte ich. »Die beiden Alten sind hier so fremd, wie man nur sein kann. In dem Häuschen sind sie für sich und können sich allmählich an das Umfeld gewöhnen. Ihre Freunde und Nachbarn werden ihnen trotzdem fehlen. Wenn dann William jederzeit bei ihnen sein kann, wird ihnen das gut tun und ihm auch. Und, das halte ich für sehr wichtig, in das Häuschen können sie die meisten ihrer gewohnten Möbel mitnehmen. Möbel, das habe ich ja erzählt, von denen William die Mehrzahl gefertigt hat. Vom Allerfeinsten, du wirst sehen. Für Gertie und William, wenn sie denn verheiratet sein werden, müssen wir weitersehen.«

Mutter stimmte widerstrebend zu. »Aber wir geben ein Fest mit allen unseren Freunden, Musik, Tanz, großartigem Essen, vielleicht eine Dichterlesung …«

»Halt, Mutter. Ich glaube, genau das werden wir besser nicht tun.«

»Warum nicht?«, fuhr sie mich an. »Mein Sohn, der Erbe von Skinnerpick verdient die bestmögliche und würdigste Begrüßung. Davon verstehst du nichts, Florence.«

»Doch, Mutter, mehr als du denkst. Versetz dich doch mal in die Lage der Alten und von William.«

»Was meinst du?«

»Sie kennen niemanden außer uns, dich, Vater und mich. Deine Freundinnen werden von Neugier zerfressen mit ihren Ehemännern kommen. Mit allem Prunk und aller – für uns – normalen Vornehmheit. Die kennen die Browns, einschließlich William, nur oberflächlich oder gar nicht. Sie werden die Sprache und die Etikette zum Teil nicht verstehen. Es wird sie eher abschrecken als anziehen. Die Getränke, die Speisen, die Musik, die Kleidung, der Dichter – wenn wir denn so weit gehen wollen – werden sie schlichtweg erschrecken. Was wir als Genuss ansehen, ist ihnen eher fremd. So leid es mir tut, Mutter. Ich empfehle, all dies nicht zu tun. Aus meiner Sicht sollten wir ein kleines familiäres einfaches Dinner planen. Vielleicht draußen vor dem Schloss im Pavillon, den manchmal die Musiker nutzen. Für das Essen und die

Getränke geht Einfachheit vor Vornehm- und Ausgefallenheit. Das können wir später noch alles nachholen. So sehe ich das.«

Mutter sah mich nachdenklich an. »Ich bin nicht sicher, dass ich das kann.«

Ich nahm sie in den Arm. »Doch, Mutter. Du kannst das. Wir setzen uns mit Mr. Summer und deiner Kammerzofe zusammen. Die beiden planen üblicherweise mit dir die rauschenden Skinnerpick-Feste. Aber sie haben einen Draht zum einfachen Volk behalten, den wir verloren haben – ich denke, du mehr als ich, weil du länger in unserer Schicht lebst. Lassen wir uns von ihnen helfen. Auf diese Weise werden sie – wie ich meine – die neuen Mitglieder der Familie und Bewohner auf Backlynn-Castle von Anfang an schätzen und ihnen die Hilfe angedeihen lassen, die sie eine ganze Weile benötigen werden.«

»Das hört sich gut an, Florence«, sagte Vater, der dazu gekommen war. »Du bist nicht nur klug, sondern auch einfühlsam …«

»Und gutaussehend, wie man es sich als Mann nur wünschen kann«, warf eine weitere Stimme ein. Walter hatte sich angesagt, und ich hatte ihn noch gar nicht erwartet.

»Oh, Liebling, schön, dass du da bist. Du wirst bei der Aufgabe, William zum Gentleman zu machen, eine große Rolle spielen.«

»Weiß ich davon?«, fragte er und gab mir einen Kuss, »aber egal, für dich tue ich alles.«

»Und wir?«, Mutter und Vater hatten sich auf die Chaiselongue gesetzt und hielten sich an den Händen. »Was tun wir?«

»Ihr gebt William die Liebe, die er 23 Jahre nicht von euch bekommen konnte, und den Zieheltern den Respekt, den sie verdienen. Das ist Aufgabe genug.«

»Wenn er begabt ist, darf ich ihm doch Klavierspielen beibringen, oder?«, maulte Mutter.

»Und ich das Reiten«, ergänzte Vater, »und Tontaubenschießen und die Fuchsjagd …«

»Ich bringe ihm bei, wie sich ein Gentleman anzieht und benimmt«, sagte Walter lachend. »Das ist das Einfachste.«

»Denkt immer dran, wir dürfen ihn nicht überfordern. Er ist 23 Jahre alt, nicht zehn«, fügte ich hinzu. »Wir werden das schaffen, wir alle zusammen. Die Zieheltern haben ja gute Vorarbeit geleistet …«

»Und was machst du, Tochter?«, fragte Mutter gut gelaunt, »nachdem du aufgehört hast, uns zu belehren?«

Ja, was mache ich?

»Das ist noch einfacher als alles andere. Ich werde ihm die beste Schwester sein, die er je hatte.«

»Das ist wirklich leicht«, bemerkte Walter und grinste bis über beide Ohren, »er hatte ja bisher keine. Du bist in jedem Fall die beste.«

Ich stubste ihm lachend in die Seite. »Ach du, du weißt, wie ich das gemeint habe.«

»Gut«, sagte Vater und stand auf und zeigte auf den Butler, der in der Tür stand. »Mr. Summer signalisiert, dass der Friedensrichter gekommen ist. »Ich bin gespannt, ob er alles zu meiner Zufriedenheit erledigt hat. Wir gehen ins Arbeitszimmer.«

In der Tür drehte er sich um. »Ich habe etwas Wichtiges vergessen. Die Skinnerpicks sollen fortbestehen. William darf seinen Titel, den ich gleich schwarz auf weiß sehen werden, nicht verlieren, wenn er seine Gertie heiratet. Das königliche Adelsgericht entscheidet solche Erbfolgefragen. Zu dem Schritt hat mir der Duke geraten. Schließlich konnte mein Sohn William nicht wissen, dass er von aristokratischer Geburt war und eine standesgemäße Frau suchen. Der Duke ist sicher, dass das Gericht in unserem Sinn entscheidet, und dann gibt es ja noch die Queen.«

Ich freute mich über das, was Vater gesagt hatte, aber da war noch etwas …

»Hast du auch wegen der Namen mit dem Friedensrichter gesprochen?«

»Richtig. Da der Cyrus, den wir getauft haben, nicht der ist, für den wir den Namen bestimmt hatten und vielleicht schon getauft war, hat Florence ein Problem gesehen. Der Friedensrichter hat mit den Pfarrern gesprochen. Annes Enkel war nicht getauft, es gibt keine Eintragung. Die Namen, die im Kirchenbuch stehen, sind die, die die Babys ihr Leben lang behalten. William ist als William getauft und Cyrus als Cyrus. Alles bleibt wie es ist.«

Ich hätte mich auch nur ungern umgestellt …

Epilog

Der Duke mit guten Verbindungen zum House of Lords (zuständig) und zur Krone berichtet, dass er mit dem Lord High Chancellor gesprochen habe, ob William eine Bürgerliche heiraten könne, ohne den Titel zu verlieren. Veranlasst hätte das mein Vater schon vor Tagen. Es sähe gut aus, würde eine gewisse Zeit brauchen, aber selbst die Queen habe von dem Fall gehört. Sie erinnerte sich an den tollen Park und habe gütig gelächelt. Außerdem, die redselige Baronesse, die die Adelsgeschichten sammelt, ist selbst so ein Fall. Ihr Mann hat den Titel nicht verloren, erinnerte ich mich, habe Vater erzählt.

Ein Hauslehrer und eine Hauslehrerin wurden eingestellt, um die Neuen in der Familie behutsam in ihr ungewohntes Leben zu begleiten. William bestand darauf, dass er seinen Beruf neben all den neuen Herausforderungen weiter ausübte. Das war seine Bedingung, die er noch stellte. Ich hatte kein Problem damit. Mutter und Vater schluckten, aber welche Wahl hatten sie denn?

Das Begrüßungsfest wurde ein Erfolg. Mr. Summer und die ganze Dienerschaft haben ein rustikales Zelt in den Park gestellt und über und über mit Blumen dekoriert. Das Zelt hätte auch in Nailsea auf dem Dorfplatz stehe können. Auf einfachen Holztischen standen Kerzen und Gestecke mit frischen Gartenblumen. Wir trugen keine teure oder ausgefallene Kleidung. Das, was die Browns als Sonntagskleidung ansahen, hatten wir uns angezogen. Sie sollten sich wie normal fühlen. Eine kleine Gruppe von Musikern aus Nailsea spielte auf. Mutter wollte Klavier spielen, das ließen Walter und ich nicht zu. Alles hat seine Zeit. Es wurde getanzt, Volkstänze, die wir uns von Mr. Summer und der Hausdame zeigen ließen. Walter und ich, wir stellten uns gar nicht so schlecht dabei an. Es war eine Freude, Gertie und William zuzusehen. Statt eines formalen Dinners hatten wir ein Buffet aufbauen lassen, das ausschließlich Spezialitäten der Region anbot. Der französische Koch war zunächst beleidigt. Aber ich brachte Mrs. Brown und ihn zusammen und am Ende zauberten sie unwiderstehliche Speisen, an denen sich jeder ungezwungen bedienen konnte. Ich hatte zeitweise das Gefühl, dass Vater das besser gefiel als manch steifes Dinner im Salon. Wir boten neben wenig Wein vor allem Cider und Bier an, dem ausgiebig zugesprochen wurde, nachdem die erste Spannung abgebaut worden war. Das lag aber auch daran, dass ich durchgesetzt hatte, dass die Dienerschaft mitfeierte. Wir saßen an runden Tischen in Gruppen. Klar, es gab einen Tisch mit den Browns, Gertie, William, Vater, Mutter, Walter und mir. Doch nach und nach wanderten die Skinnerpicks einschließlich des neuen Lord William, Viscount of Backlynn, herum. Es herrschte eine ausgelassene und heitere Stimmung wie selten. Mr. Summer hatte die Idee, Gastgeschenke zu verteilen, jeder Gast – auch die Dienerinnen und Diener – bekam ein Körbchen mit Leckereien aus der Küche geschenkt. Da durfte der französische Koch, der auch Patissier war, sich endlich austoben.

Natürlich wurden Reden gehalten. Vater zelebrierte die längste, wobei er seine Rolle an der Vertauschung geflissentlich ausließ. Das war nicht nötig, weil es sowieso jeder wusste. Mutter insbesondere und auch ich, nahmen ihm seine Reue mittlerweile ab. Der »Geile Teufel« tauchte nie wieder in meinen Träumen auf. Wer dort hin und wieder auftauchte, war mein Halbbruder Cyrus. Ich erinnere mich an das, was Mutter bei dem entscheidenden Familienrat zu William gesagt hatte. »Wenn du, wenn ihr erst einmal bei uns lebt und euch an dieses Leben gewöhnt habt, werden wir weitersehen. Wir setzen auf die Zeit.« Ich fühlte, dass das auch für Cyrus galt und hoffte, ihn irgendwann wiederzusehen. Vater hatte ihn, das hatte mir Mr. Summer insgeheim erzählt, als seinen Bastard anerkannt, ohne es ihm und Mutter zu sagen. Cyrus würde also nicht ins Bodenlose fallen, wenn er ins Vereinigte Königreich zurückkehrt. William würde bis dahin hoffentlich vergessen haben, was Cyrus getan hatte.

Bemerkungen

1) Die Hauptfrage, die sich für diesen Roman stellt, scheint, ob es überhaupt möglich ist, ein Baby gegen ein anderes zu tauschen, ohne dass die Mutter es merkt. In der heutigen Zeit kommt es vor, allerdings wird dann der Tausch oder die Verwechslung in einer Klinik passieren, meist kurz nach der Geburt.

Im 19. Jh. in der besonderen Situation der Hausgeburt, üblich in einer adeligen Familie, waren Vertauschungen grundsätzlich unmöglich, mangels Tauschobjekt. Die Situation im Roman wurde vom Autor bewusst komponiert, allerdings mit üblichen (ü) oder möglichen (m) Rahmenbedingungen: Lady Miriam krank nach der Geburt (m), Amme und Hauspersonal betreuen das Baby (ü), Rauswurf der schwangeren Kate (ü), Tod einer jungen Mutter (m), Motiv für Anne (m), Gelegenheit, weil Amme ihre Schwester (m).

Zeitungen aus dem 19. Jahrhundert berichten gelegentlich über Skandale und Gerichtsprozesse, die das Vertauschen von Babys betreffen. Diese Berichte sind jedoch oft anekdotisch und nicht immer verifiziert. Ein Beispiel ist der Fall eines vertauschten Babys in einem

Krankenhaus in London, der in der "The Times" erwähnt wurde. Es gibt keine konkreten Belege für Fälle von Babyvertauschungen in adeligen Familien im 19. Jahrhundert in England. Allerdings lässt sich aus dem historischen Kontext ableiten, dass solche Vertauschungen theoretisch möglich gewesen wären, insbesondere angesichts der Bedeutung von Erbfolge und Abstammung im Adel. Die strengen Heiratsregeln und der Druck, männliche Erben zu produzieren, könnten in Einzelfällen zu solchen Handlungen geführt haben.

2) U.a. zu Zeiten Queen Victorias war es unüblich, dass Aristokratenfrauen ihr Kinder selbst stillten. Dies übernahmen Ammen, sog. wet-nurses, gegen Bezahlung. Dabei lebten die Ammen (mit dem eigenen Säugling) entweder im adeligen Haushalt oder das Kind lebte bei der Amme (selten). Mütter und Väter sahen ihre Säuglinge und Kleinkinder meist nur am Abend für eine Stunde vor dem Zubettgehen. In der übrigen Zeit kümmerte sich das Hauspersonal um sie.

3) Ein Kind außerhalb der Ehe auf die Welt zu bringen, galt als Schande. Uneheliche Mütter wurden verachtet und regelmäßig in die Armut getrieben, was oft Prostitution bedeutete. Oder sie lebten in Armenhäusern, wo sie zur Kennzeichnung, dass sie einen Bastard geboren hatten, einen gelben Streifen der Scham (yellow stripe of shame) auf ihre graue Kleidung genäht bekamen.

Hausangestellte, Diener und Dienerinnen sollten unverheiratet sein. Liebschaften unter der Dienerschaft wurde nicht gern gesehen, ganz zu schweigen von offener Sexualität.

4) Der sog. CD Act (Contagious Disease Act) legte 1860 fest, das jede Frau, die innerhalb eines bestimmten Radius im Umkreis einer Garnison von der Polizei aufgegriffen wurde, zum Schutz der Soldaten vor Geschlechtskrankheiten festgenommen werden konnte. Die Habeas Corpus Akte, auf die England immer so stolz war (niemand darf ohne richterliche Anordnung festgenommen werden), war de facto aufgehoben. Frauen standen unter Generalverdacht. Man behandelte sie wie Huren, unterzog sie entwürdigenden Untersuchungen und steckte sie zu Behandlung drei, ab 1869 sechs Monate in ein Arbeitshaus.

Die Aussage der Prostituierten in einem Gerichtssaal (S.12f) ist echt.

5) Die Ehefrau gehörte vor dem Gesetz ihrem Mann samt ihres Besitzes, den sie in die Ehe einbrachte, und eventuellen Kindern.

6) Portishead, einer der Schauplätze des Romans, ist ein Endpunkt der ersten Transatlantikkabel. Um 1870 ist es nicht belegt, aber plausibel, dass erste Telegraphenverbindungen dort endeten. Möglicherweise zu Versuchszwecken.

7) Portishead hatte einen Bahnhof. Die Verbindung nach Bristol ist belegt. Die gelegentliche Ausstattung von Zügen mit Upper-Class-Abteilen auch.

8) Illegitime Kinder, Bastarde, stellten ein großes Problem für die Mütter dar. Aussetzen war ein Weg. Oder das Abgeben in sog. foundling Hospitals (Anstalten für Findelkinder), die allerdings das streng geprüfte Offenlegen der Mutterschaft voraussetzte und nur für wenige in Frage kam. Das Abgeben von Säuglingen in Baby-Farmen zur Adoption war eine weitere Möglichkeit, ein Kind zu versorgen und vor der Welt zu verstecken. Oft die einzige Möglichkeit für die Mutter, einer Arbeit nachzugehen. Dieses Baby-farming, unlizenzierter Adoptionshandel, war ein skrupelloses Geschäft, das Müttern gegen gutes Geld Fürsorge für die Kinder versprach, aber diese Kinder sehr oft vernachlässigte, verhungern ließ oder ermordete. Manchmal schon wenige Stunden nach Zahlung und Übergabe des Säuglings. Amelia Dyer war die bekannteste Adoptivmutter dieser Art, wegen Kindesmord an mehr als 400 Kindern wurde sie am 10. Juni 1896 gehängt, ohne ein Wort der Reue. Dieser Extremfall war allerdings eine Ausnahme. Es gab unter Queen Victoria strenge Gesetze zur Behandlung von Tieren (Speziell Kühe), aber keine zur Vermeidung von Kindesmisshandlung bis 1872. Kinder hatten keinen gesetzlichen Status und keine Rechte. Allerdings wurden erst 1897 Gesetze erlassen, die tatsächlich zum Verschwinden des grausamen Baby-Farmings führten.

Hinzu kam, dass 1872 auch eine Unterhaltspflicht von Vätern unehelicher Kinder bis 16 Jahren eingeführt wurde.

9) Bastarde waren auch ein häufiges Problem im Erbrecht. Ein Bastard durfte den Titel nicht erben, auch wenn er vom Vater anerkannt wurde. Er war nicht Teil der Erbfolge, konnte natürlich in einem Testament bedacht werden.

10) Die Baronesse ohne Namen, die Geschichten u.a. über nicht anerkannte Aristokratenbastarde sammelt, ist überwiegend Fiktion. Belegt ist, dass die Kirchenbücher (Parish Registers) die Geburten von illegitimen Kindern verzeichneten. In nicht geringen Zahlen, waren sie doch ein Zeichen für verpönten aber verbreiteten vor- und außerehelichen Sex. Die weltliche Gerichtsbarkeit kümmerte sich nicht so sehr um Bastarde wie die kirchliche, die im außerehelichen Kind eine Sünde sah. Die Existenz von unehelichen Kindern (auch mit Dienstboten) im aristokratischen England des 19. Jahrhunderts war eine Realität, die zwar oft verborgen wurde, aber dennoch Teil der damaligen Gesellschaft war.

11) Einen Ganter, der Gänseküken angreift, hat der Autor mit anderen Zeugen im Juni 2024 in Vallendar am Rhein beobachtet. Niemand konnte ihm dieses Verhalten bisher erklären. Vielleicht ein Verhalten ähnlich dem des Löwen, der eine Löwin mit Jungen von einem andern nicht akzeptiert? Das Internet sagt, dass Ganter Küken nicht angreifen. Der Augenschein spricht zumindest in einem Fall dagegen.

10) Eine allgemeine Schulpflicht wurde im Vereinigten Königreich erst 1880 eingeführt. 1870 wurde mit dem Elementary Education Act dafür der Grundstein gelegt. Vorher gab es neben Privatschulen für Mittel- und Oberklasse für die Armen die Sonntagsschulen der Kirche, sog. Dameschools und wohltätige Einrichtungen, die Unterricht anboten. Dameschools waren Einraumschulen, in denen gegen Geld ehemalige Lehrerinnen oder andere Berufene eher Kinderbetreuung als Lehrtätigkeit durchführten. In der Sonntagsschule wurde hauptsächlich Wert auf Lesen gelegt. Lesen war essenziell wegen der Fähigkeit, die Bibel verstehen zu können. Schreiben hingegen betrachtete der Klerus eher als »Teufelswerk« und war deshalb weniger wichtig. Vereinzelte private Armen-Schulen (ragged schools (rag=Lumpen)) boten den Eltern für den Besuch der Kinder gering finanzielle Anreize, um den Verdienstausfall auszugleichen. Am ehesten kämen Einrichtungen von Owenisten, Anhängern des Unternehmers und Sozialreformers Robert Owen (1771-1858)in Frage. Owens Ideen von genossenschaftlicher Gemeinschaft und Brüderlichkeit in Musterdörfern und -unternehmen ging in der Gewerkschaftsbewegung auf.

12) Voreheliche Sexualität war ein heikles Thema im Vereinigten Königreich Queen Victorias. Jungfräulichkeit bestimmte den Wert einer Frau in grundsätzlich allen Schichten. Hinzu kam, dass es keine gut funktionierende Verhütung gab. Mit der Verlobung, dem

Heiratsversprechen, wurde die Sicht auf die Dinge flexibler. Entscheidend war »not to get pregnant«, nicht schwanger zu werden. Wenn es dann doch passierte und man war verlobt, wurde schnell geheiratet oder abgetrieben (Diachylon, Bleipaste war ein in der Arbeiterklasse verbreitetes Mittel dazu). Ein gemeinsames Übernachten in einem Gasthof war fast unmöglich, schon der Gastwirt hätte wohl mit sehr hohen Summen bestochen werden müssen. Er hätte seinen Ruf, seine Existenz riskiert. Treffen in Familienhäusern wären eine Möglichkeit gewesen, intim zu werden, aber nur, wenn die Aufsichtspersonen (wie im Roman) mitspielten. So etwas geschah in Mittel- und Oberklasse kaum, in der Arbeiterklasse schon eher. Entscheidend war aber, nicht erwischt zu werden. Das war schlichtweg moralisch inakzeptabel und Ruf zerstörend. Man darf natürlich davon ausgehen, dass Liebende Möglichkeiten und Gelegenheiten für Intimität gefunden haben – wie auch im Roman.

13) Verwendete Quellen:

Monografien:
Austen, Jane (2023); Stolz und Vorurteil
Bryson, Bill (2010); Eine kurze Geschichte der alltäglichen Dinge
Burnett, John (1974); The Annals of Labour
Fenn, Violett (2020); Sex and Sexuality in Victorian Britain
Flanders Judith (2013); The Victorian House: Domestic Life from Childbirth to Deathbed
Golby, J.M. (1986); Culture and Society in Britain

Hoffmann, Frank (2014); Der Kampf des William Lovett um die Rechte der Arbeiter
Matthews, Mimi (2028); A Victorian Lady's Guide to Fashion
Thompson F.M.L. (1990); The Cambridge Social History of Britain 1750-1950 , Vol 1-3
Wilson, A.N. (2002); The Victorians
Internetquellen:
Darling, W. (2012); Researching Bastardy
MacFarlane, Alan (2002); Illegitimacy and illegitimates in English History
Haller, Dorothy, L. (1990); Bastardy and Baby Farming in Victorian England
Emsley, Clive (2011); Crime and the Victorians (BBC)
Cox, Jessica (2002); Breastfeeding, Wet Nursing, and Feeding "by Hand"
Brenner, Laurie (o.D.); Characteristics of Victorian Furniture
Seng, Mathias (2006); Sex unter Queen Victoria
Virtopia, Kikis (2012); Das viktorianische Zeitalter – echte Schreckensgestalten und falsche Sittsamkeit
Kirkham, Patricia Anne (o.D.); Furniture-making in London 1700-1870
Eisner, Manuel (2003); Long-Term Historical Trends in Violent Crime
div. Wikipedia – Britischer Adel
u.a.

Wichtige handelnde Personen

Lady **Florence** Skinnerpick, 20, moderne Anhängerin von Frauenrechten

Mr. **William** Brown, 23, Findelkind, vertauschter Sohn von Lord und Lady Skinnerpick, als Sohn eines Schulmeisterehepaars aufgewachsen, Möbeltischler

Lord **Cyrus** Skinnerpick, Viscount of Backlynn, 23, Sohn von Lord Skinnerpick, als Kind von Lord und Lady Skinnerpick aufgewachsen

Lady **Miriam** Skinnerpick, 45, Lord **Arthur** Skinnerpick, 50, standesbewusstes, begütertes Aristokratenpaar.

Hat Ihnen der Roman gefallen?

... wenn ja, dann schreiben Sie doch eine Rezension bei Amazon, Thalia, Hugendubel, XinXii oder anderen online-Anbietern.

Vielen Dank im Voraus dafür.

... wenn nicht, dann schicken Sie mir einfache eine Mail und sagen mir, warum nicht.

Ihr Anton Dellinger

... ach ja

... wenn Sie mehr von mir lesen wollen. Auf den folgenden Seiten finden Sie meine bisherigen Werke. Die meisten auch mit einem kurzen Video Trailer.

Als der Physiker Dr. Gottfried Leibner als geistesgestört eingeliefert in einer geschlossenen Anstalt aufwacht, dämmert ihm, dass jemand die Veröffentlichung seiner Entdeckung zur Lösung des Weltenergieproblems verhindern will. Ein verzweifelter Kampf gegen einen übermächtigen Gegner beginnt ...

ISBN: 978-3-74127-343-8;
Taschenbuch (2016) 324 S., 12,99€; eBook 2,99€

Link zum Video Trailer „Gegen die Gier"

Gottfrieds Vater kämpft auf der Intensivstation um sein Leben – leider vergeblich. Für Epilepsie, die als Todesursache auf dem Totenschein steht, gab es nie Anzeichen. Gottfried besteht auf ein MRT, das dies klären soll, doch dann verschwindet der Kopf des Toten. Der Sohn findet im Kalender seines Vaters als letzten Termin „Trauerdinner" und eine mysteriöse Zeitungsanzeige. Gottfried beginnt zu recherchieren, ohne zu ahnen, welcher Strudel aus Wahn, Gier und Schuld ihn bald zu verschlingen droht.

ISBN: 978-3-96438-099-9
Taschenbuch 291S 14,00€   eBook 6,99€
Verlag Südwestbuch Media Entertainment, Calw 2022

Link zum Trailer-Video „Kopfsturm"

Aus heiterem Himmel als Pädophiler verhaftet! Die Welt von Magnus Schwarz droht einzustürzen: Er, der seinem Vater am Sterbebett versprochen hat, das Familienunternehmen weiterzuführen und nicht zu verkaufen, landet im Gefängnis, als er sein Wort hält. Sein PC voller Kinderpornografie, Chatprotokolle in einem einschlägigen Forum und Nacktbilder duschender Jungen und Mädchen aus der Jugendfußballmannschaft, die er trainiert. In seiner Wohnung findet die Polizei die dafür genutzte Spionagekamera, und ein Video des Händlers zeigt ihn bei deren Kauf. In der Untersuchungshaft behandeln ihn die Mitgefangenen wie den letzten Dreck. Den Prozess führt ein voreingenommener Richter. Magnus ist unschuldig, doch die Hoffnung schwindet angesichts erdrückender Indizien. Er ist vor Verzweiflung nahe daran durchzudrehen. Wie soll er es schaffen, seine Unschuld zu beweisen und wieder ein normales Leben zu führen?

ISBN: 978-3-74609-627-8;
Taschenbuch (2018) 312 S., 12,99 ; eBook 4,99€

Link zum Trailer-Video „Unheilbruder"

Leiden Sie mit in "Der nackte Mann mit der Farbdose", stemmen Sie "Dreizehn Prozent Steigung" des Hobby-Joggers, tanzen Sie "Discofox im Aufzug", erleben Sie ein "Rachefestival", "Folter im Paradies" und „Hölle 2.0". Erfahren Sie, was "Tote Mäuse" und ein Auto mit Gedankensteuerung miteinander zu tun haben. Kurz gesagt, lassen Sie sich ausnahmsweise von fünfzehn Kurzgeschichten des Thriller-Autors Anton Dellinger unterhalten.

ISBN: 978-3-74814-520-2;
Taschenbuch (2019) 132 S. 5,99€ ; eBook 2,99€

Link zum Trailer-Video „Schön kurz. Skurrile Geschichten"

Anno 1689. Baumeister Fabrizio Mansani rettet seinen aufgrund falscher Anklage zum Tode verurteilten Bruder und will Venedig verlassen. Aber seine Tat blieb nicht unbeobachtet und so wird er vom wegen leerer Staatskasse verzweifelten Kämmerer Ducatini gezwungen, ihm bei einem Täuschungsmanöver zu helfen. Offiziell sollen sich Leibniz und Newton dem Bau einer Sternwarte widmen – größer als die des Vatikans. Doch Newton soll vor allem Gold für Venedig herstellen und der Kämmerer droht, ihn bei Weigerung als Hexer nach Rom auszuliefern …

ISBN: 978-3-8392-0464-1;
Taschenbuch (2023) 261 S., 14 € ; eBook 10,99€
Gmeiner Verlag, Juli 2023

Link zum Trailer-Video „Der Alchemist von Venedig"

Anno 1702, Venedig. Der Baumeister Fabrizio Mansani soll endlich die zweite Brücke über den Canal Grande bauen – bello, bono, perpetuo – für die Ewigkeit. Der Doge will sich damit unsterblich machen. Mansani fühlt sich geehrt, doch er ahnt nicht, dass er urplötzlich in eine Spionageaffäre verwickelt wird, und ihm Rache aus der Vergangenheit droht, die seine Familie gefährdet.

ISBN: 978-3-8392-0464-1
TB 14,00€, eBook 6,99
Im BoD-Verlag, 312 S.

.